当代著名作家美文自选集

与时光相认

蔡瑛 著

中国社会出版社
国家一级出版社·全国百佳图书出版单位

图书在版编目（CIP）数据

与时光相认／蔡瑛著．—北京：中国社会出版社，2018.5

（当代著名作家美文自选集／凌翔主编）

ISBN 978-7-5087-5972-2

Ⅰ.①与…　Ⅱ.①蔡…　Ⅲ.①散文集—中国—当代　Ⅳ.①I267

中国版本图书馆 CIP 数据核字（2018）第 097528 号

丛 书 名： 当代著名作家美文自选集
丛书主编： 凌　翔
书　　名： 与时光相认
著　　者： 蔡　瑛

出 版 人： 浦善新
终 审 人： 王　前
责任编辑： 张　迟

出版发行： 中国社会出版社　**邮政编码：** 100032
通联方式： 北京市西城区二龙路甲 33 号
电　　话： 编辑室：（010）58124856
　　　　　销售部：（010）58124850
网　　址： www.shcbs.com.cn
　　　　　shcbs.mca.gov.cn
经　　销： 各地新华书店

中国社会出版社天猫旗舰店

印刷装订： 北京楠萍印刷有限公司
开　　本： 165mm×230mm　1/16
印　　张： 14
字　　数： 220 千字
版　　次： 2018 年 8 月第 1 版
印　　次： 2018 年 8 月第 1 次印刷
定　　价： 49.80 元

中国社会出版社微信公众号

目 录

Contents

第三辑 衣舞飞扬

第四辑 她言

第五辑 致流年

|第一辑|

与时光相认

节日的样子

父亲去世之后，老家便空了。没有老家走动，日子渐渐模糊寡淡起来，节日也没着没落了。渐渐地，对于节日，像是患上了感官退化症。一年又一年，日子倏忽而过，那些个节日，像一张张毫无辨识度的大众脸，夹在平淡急促的日子里，忽闪几下，便寂寂而过。回过头来，只剩下些许怅然。

那时候在老家，节日都有节日该有的样子。那是和寻常日子完全不同的。每个节日，都有它独有的体温与性情，像一个个新生命，随着季节孕育、萌动、降临，饱含着喜悦与希望。

清　明

那个时候，清明并不具有悲情与肃穆的气质，它是一个最温润清朗的节气，像春的使者。

大约下过几场连绵的春雨，田野山林便怀春了，先是绿芽们迫不及待地探出头来，紧接着，花儿们也争相热闹起来，浓妆淡抹，尽显心机。

清明，要做清明饺。清明饺用来祭祖，也用来解馋。用粳米磨成粉，和上绿稠的水菊花汁，揉成粉团儿，捏成一个个圆形的薄皮，裹馅，收口，用手指匀称地按上秀气的花边儿，便是清明饺了。放进蒸笼里蒸熟后，水菊花汁与饺子融为一体，皮面翠绿透亮，玉饺儿一般。北方人爱吃面粉做的水饺，江西人则盛行吃米饺。米饺亦分节令，清明吃米饺，中元吃米饺，春节也吃米饺。但清明饺最为好吃，不同之处，在于水菊花。水菊花与粳米的交织碰撞，才是清明饺的精妙之处。水菊花也叫清明菜、鼠曲草，是一种春天长在田间地头的菊科类水草，一朵朵，一丛丛，绿茸茸的，水盈盈的，新生的雏菊一般。谁曾想，这满地的水菊花竟能与粳米对上亲呢？

清明前夕，是水菊花最为肥美的时候。遇上晴好的周末，父亲便吩咐我们去田间采水菊花。我暗自欢喜，正是天地万物最为滋润的季节，说是采水菊花，其实亦是去会一场明媚春光呢。有时候觉得，春天这个词，就像少女一样，自带一种娇媚新生的质地，任你什么词语，都没有春天形容春天本身更为确切。江南乡野的春天，可以打开一切闭塞混沌的毛孔，让人由衷地感知与热爱生命的蓬勃与斑斓。而采水菊花本身，也是一件极有意趣的事。一朵朵水菊花，在田野间肆意生长，水嫩诱人，叫人看着就欢喜。它们天真蓬勃，丝毫也不忸怩，丝毫也不躲藏，小半天工夫，便能采得满满一篮筐的春意了。采水菊花的过程如此美好，以至于后来，我无论在哪看到水菊花，都像是看到梦里的发小，想要与它们重温亲近一番。

清明饺的馅也最为鲜美。除了常规的韭菜豆腐馅、萝卜丝馅，还有正当季的竹笋馅与芥菜馅。肥白脆嫩的竹笋、碧绿芳香的芥菜，搁点肉丝蒜末，用猪油炒得发亮，嚼在嘴里，最是具有春天的清香。再被水菊花与粳米的香味一烘托，简直就是人间至味了。

每一次做清明饺都像做一件极大的事，头一天母亲便要忙乎一整天，备好馅料。父亲与母亲，一个揉粉，一个炒馅，一个捏皮，一个包饺，父亲捏的皮又薄又匀，母亲做的米饺又秀又巧，他们低头忙活，不时讨论几句，细声细语，眉头舒展，脸上带笑，屋子里一片和煦……米饺一笼一笼地蒸出来，不断考验着我们肚子的容量。每年，我们的肚皮总是被清明饺胀得滚圆，不得不去母亲的药房找来酵母片吃。

上山祭祖其实不用清明饺，而是用米粉团捏出一个个小动物，牛啊，鸡啊，猪狗之类的，这是祖上传下来的。大概是因为那时候穷，也让那头的亲人开开荤打个牙祭吧。清明扫墓的那天，父亲通常会带上我。那时候，寄托哀思好像只是父亲一个人的事，那边的亲人也只是父亲的亲人，我的爷爷奶奶及曾祖母我都从没见过，自是谈不上思念。我跟在父亲后面，心里头想的却是杜鹃花。杜鹃花也叫映山红，但我们把它叫作春天花。大概没有比春天花更适合春天的吧，漫山遍野，无拘无束，烂漫，热烈，仿佛不谙世事，不染风尘，最是纯真青春。满山坟茔的烟坡山被春天花们篡改了基调，尽显出活泼泼的生气。父亲在前头，跟我说着什么，大概又是在讲他祖母的故事吧。我的曾祖母，曾是父亲成长中唯一的亲人，每一次清明扫墓，父亲都会对我讲起她，动情而又郑重。然而，他讲着讲着，回过头来一看，那个跟着他后头的小女孩早就不见了。我被春天花给拐跑了。

自顾玩一圈回来，折一些春天花，插在先人们的坟前，然后看着父亲将祭品一样样摆出来，饭、菜、茶、酒、白水鸡蛋，以及憨稚的猪狗们，缤纷地摆开来，冰冷的墓前一下子有了五谷丰登、人畜兴旺的意思。烧纸，点香，燃炮，跪拜，父亲一丝不苟地完成着那些程序，脸上不悲不喜，却很庄重。在爆竹声与烟雾的缭绕下，被春天花点染得过于烂漫的烟坡山终于也变得庄重起来。我跪下去认真地磕头祭拜，心里也莫名庄重起来。

那个时候，父亲像一座山，隔断了人间的一切悲苦。后来，山没了，我们去祭拜父亲。我也学着父亲那样，烧纸，点香，燃炮，跪拜，一丝不苟。清明总是伴随着绵绵不断的阴雨，一座又一座新的坟茔快把烟坡山吞没了，春天花好像总是等不到盛放便凋谢了。

端 午

端午是除了过年最为隆重的农历大节。说端午，绕不过一些吃食与元素，咸鸭蛋，粽子，发粑，新衣，当然还有龙船。

哪怕是在那个食物匮乏的年代，我的味蕾对于端午的吃食都没有过太多的好感。但好像，它们也并不是完全为味蕾服务的，离了它们，端午就不是端午了。

发粑，像是端午的酵母，仿佛只有发粑的香味才能让端午发酵。发粑其实就是我们平时吃的馒头，只是发粑用酒水发酵，比起馒头，多了一种可靠的香甜。发粑通常做成圆形，大概取团圆之意。圆圆的发粑，蒸出来后，像一个个又白又胖的小娃娃，外婆取出一些颜料，用水和开，用筷子蘸上色，逐一给小娃娃们上妆，红的蕊，绿的叶，小娃娃们便一下子生动俏丽起来，煞是喜庆好看。

包粽子是外婆的绝活。外婆将一大串粽绳绑在椅背上，摆上糯米、粽叶，一个人慢慢悠悠地坐上一下午，干瘦的棕绳经了外婆的手，像被施了魔法，三下两下便开花结果，变成一摞摞饱满结实神气活现的粽子。外婆做的粽子极为精巧，小莲蓬似的，极像她的三寸小脚。每一次做粽子，外婆总是招呼我们，宝啊，过来，跟外婆学做粽子。我被外婆软糯的声音诱惑，兴致勃勃地试过一次，却完全不得要领，才知道那真是个特别讲技巧的活，对外婆油然佩服起来。暗自觉得外婆并不是真心要我们学，不过是对我们炫耀她的本领罢了。外婆包粽子的时候，总是笑盈盈的，无比专注，耐心，像一个要出嫁的姑娘给自己绣嫁妆，眉眼里都是和煦与喜乐。外婆只包两种口味的粽子，碱水粽、绿豆粽，口感咸香紧实，软糯不腻。我后来吃外面买的粽子，总感觉过于甜腻，像是吃到了赝品。只有外婆包的粽子，才是端午的味道。可是外婆并没有将包粽子的技巧传给母亲，她将它带走了，仿佛是特意给我们存一份念想。我后来一闻到粽子香，便无比想念她。

我们住在昌江边，每一年端午，镇上都会组织各村在昌江举行龙舟赛。那是昌江一年一度的盛会。那条昌江，平日里，是安静内敛的，江边的古县渡镇人不靠它打鱼营生，它只是终日寂寂地驮着往返对岸的几条渡船。每天，只有清晨洗衣的妇人溅起些桃色的口水，傍晚去县城的汽划子带回些兴奋的浪花。人们习惯性地享用它忽略它。到了端午，昌江终于是按捺不住了。

第一缕晨光仍在酣睡，端午便被锣鼓声唤醒了。龙舟们穿戴一新，像一个个蓄势待发的戏剧演员，咿咿呀呀，顾盼生辉，把月光下的昌江衬得活色生香流光溢彩。天空由深沉的幽蓝向明媚的蔚蓝渐变，整个世界都骚动起来，仿佛所有的色彩与声响都向昌江汇聚。沿河两岸一片脱了缰般的欢腾。

看龙舟赛，最上紧的是父亲。他是全家第一个早起的，然后扯着他的大嗓门惊心动魄地唤每一个人起床，好像看龙舟赛是一件多么了不得的大事。我们抹着惺忪睡眼，窗外仍是混沌一片，分不清到底是半夜还是清晨，眼皮刚打开又要合上了。还没合实呢，父亲的大嗓门像巴掌一样清脆地紧跟了过来，眼皮吓得使劲一撑，再也不敢合上了。拖拖拉拉，不情不愿，到底还是起来了。一到河边，我们便庆幸起来。倒也不是龙舟赛多有意思，只是那种氛围，全民联欢普天同庆的架势，滚滚热浪般，蒸腾着一种普世的欢喜，若不置身其中当真是遗憾了。昌江简直要沸腾了。河两岸都是挤挤挨挨的人群，喜气洋洋的笑脸，人们纷涌着追逐龙舟，仿佛追逐一种美好新生活。父亲那天最是情绪高涨，为了第一时间了解赛况，平日低调节俭的他，竟然豪放地煽动着几个家亲叔伯，租一条机子划船，一路追着龙舟看。那个时候我才发现，严肃刻板的父亲竟然也有天真率性的样子。

那时的端午，像初夏的阳光，一片耀眼的葱郁。父亲站在船头意气风发的样子，是关于端午最明亮的记忆。

中　秋

我总是会在中秋，怀念起一块麻酥饼。

那个年代的月饼可不像现在如此品种繁多，花样百出，最寻常的月饼是一种麦色的麻酥饼，饼面撒满白色的芝麻，里面是黑色的芝麻蓉及冰糖和成的馅，有一种纯正的香味与口感。说起麻酥饼，我总会自然地想起水保伯。那时候，麻酥饼属同村的水保伯做的最为地道，每到中秋，母亲便带我去水保伯家买麻酥饼，我总是迟迟疑疑不太愿去，因为我和这水保伯有一点小过节。事由颇为尴尬，有一次他在茅房挑粪，我恰巧经过，便自然地捂了鼻子跑开了。谁想他竟然为这事上我家告状，说粪水乃天地之气，我捂鼻的行为实在有失家教与体统，是对他劳动的侮辱。他对父亲说，顺保啊，现在的孩子日子过得好了，要忘本啰，你要好好教育，好好教育啊。一副痛心疾首的样子。我为此被父亲狠批了一顿。从此每路过挑粪的，我再也不敢捂住口鼻，反而会条件反射般暗吸几口气，仿佛能吸纳些天地之精华。说来也怪，打那以后还真就觉得粪水不臭了。因为这件事，我非但不记恨水保伯，反倒打心里觉得他是个挺高尚的人，对他另眼相看起来，仿佛他做的麻酥饼也别有一番特别的香味了。

中秋自然是从晚上开始的。月儿一上柳梢，母亲便将桌子搬到院外，摆上柚子，以及大大圆圆的麻酥饼，母亲说，中秋月亮为大，要先祭月。母亲的样子虔诚又温柔，像天上的月亮。我们都不懂祭月的意思，然而，我们仿佛被那样的月光给镇住了，她那么洁白，纯粹，圆满，像世间的一切善美。而月光下的母亲像是月亮的化身，她微笑地看着她的四个馋嘴的儿女，把一块大大的月饼用刀划成四个月牙儿，分给我们一人一块。我们拿着饼，也不着急着吃，一点一点地掰着，细嚼慢咽，仿佛生怕饼一吃完中秋便过去了。

一家人围坐，就着月光吃月饼，背歌谣，外婆又开始在讲陈旧又好听的月亮的传说，嫦娥奔月啦，吴刚伐桂啦。外婆说，宝啊，你们仔细瞧，月亮里面有桂花树呢。我们便睁大眼睛使劲看啊看啊，当真看出桂花树来，好大一棵，树干树枝树叶都一清二楚呢，我们都觉得太神奇了。

每逢中秋夜，洪伯伯必来家里坐坐，找父亲拉拉家常。他是我们家的常客，家中每做一件大事都是他来帮着前后操持。他是父亲的战友，却更像一个嫡亲的长兄，勤劳忠厚，像月亮一样照耀护爱着我们。我每一次看到他，心里都会涌起一种踏实的暖意。父亲和洪伯伯聊着天，外婆在给妹妹讲故事，我歪在椅子上，对着月亮发呆。他们细碎的声音密密地包围着我，像黑暗里的灯火，让我无比心安。院子里飘溢着柚子香，无声而又浓郁。像某种与生俱来的幸福。

离家后，我们总是赶回老家过中秋，仿佛只有回到家才算是真正亲近了中秋，才能获得某种节日的仪式感与归属感。只是，等我们过中秋的人越来越少了。老家终是渐渐空了。

唯有记忆里的中秋，月饼是圆的，月亮也是圆的，世事都是圆的。那银色月光下溢满笑声的小小院落，母亲的笑脸，外婆的歌谣，和月亮一样又圆又大的麻酥饼，是心灵深处一幅宁静而温馨的永恒画面。

春 节

那时的春节似乎特别漫长，又格外短暂。从腊月二十起，我便在心里开始了倒计时。

农村过年有各种讲究，什么日子做什么事，急不得，乱不得。从腊月二十开始，年便算是拉开序幕了。过年是一出大戏，需要各种繁杂的铺垫。首先是各种采买，买新衣裳，新年画，新对联，置办五花八门的年货；然后是操办各种吃食，做冻米糖，炒花生、瓜子、包米饺子；以及各种劳动，大扫除，大清洗，写对联，贴门神……所有的铺垫都有声有色，有条不紊，只等着迎一个崭新芳香的年。

年味先是随着冻米糖及炒花生的香味一点点地铺陈开的，一天比一天声势浩大。我们一边心猿意马地受着差遣，一边觊觎各种美食，惦记春晚的进程，心里面揣着一片乱哄哄的激动。

当然，也有让人讨厌的事。腊月二十四，父亲便开始大清扫。我们小孩每年的任务是负责清洗，洗家里的各种器具摆设，案头的花瓶，塑料花，瓷器鸭子，毛主席瓷像等。冬天的手格外不听使唤，泡在冷水里，刺骨得很。我们胡乱地洗着，恨不得把那些塑料花叶子全都扯掉。然而，洗毛主席像是要格外小心仔细的，那是父亲心里的神。每一次，我和妹妹洗得都快哭了，外婆总是及时把我们唤回屋，给我们端上一碗滚烫的酒糟水。到了年关，每家每户必做水酒。水酒是一种糯米做的酒糟，盈白，沁甜，既有酒的属性，又有糖水的质地。大冬天，身子再怎么冷，用炉火煎一碗酒糟水喝，当甜蜜热乎的酒水经过喉咙到达肠胃时，风尘顿扫，寒气尽驱，仿佛整个世界都春暖花开了。水酒，是米与水最温和的结晶，最是具有一种人情与节气的特质。水酒与小雪的搭配，是记忆里最纯正的冬天的味道，是年关最具情调的打开方式。

朴素的小镇街面花哨起来。飘扬的年画生龙活虎，把街道渲染得联合国一般。在阳光大好的日子，周边乡村的人都向镇上围拢，只管往热闹里蹭，由着自己的性子买，仿佛是终于可以扬眉吐气一回。各种铺面都人头攒动。市声氤氲，俗世欢腾，一种属于年的气息与声响，浓郁而又滚烫，冬日暖阳一般，向人劈头盖脸地泼来。我和妹妹有事没事就去街上游荡，从街头游到街尾，什么都不买也是欢喜的。

年味终于在大年三十喷薄而出，弥漫在爆竹的烟雾里，浸染在大红的对联里，舒展在母亲的笑容里，飘散在饭菜的香味里。年三十的重头戏当然是年夜饭。年夜饭仿佛是一年到头的总结，马虎将就不得，菜品要硬，鸡鸭鱼肉是必不可少的，样式要繁，寓意要好，比如要炸肉丸子，那叫全家福，寓意一家子团圆和睦；比如要有红烧鲤鱼，寓意鱼跃龙门，红红火火年年有余的意思。人们借着年夜饭，尽情地抒发与释放，带着一种无法言喻的仪式感，仿佛这日子里的盼头与彩头，都在这一餐饭里头了。每一年，母亲为着这年夜饭的菜式总是颇费一番脑筋。记忆中的年夜饭总是特别耗时，母亲从一早就张罗，却要等到傍晚才开席。厨房的香味此起彼伏，害得我们的鼻子完全乱了分寸，一趟又一趟地往厨房里钻。母亲说年夜饭要等菜上齐，放了爆竹，才能开吃。然而，她说她的，我们哪里管得住自己！我们涎着脸，时不时地见机下手。年夜饭最撩人心魄的，不就在于开吃之前的等待与偷吃吗。

终于，一大家子，齐刷刷地围坐在桌子前。我们激动地端杯举筷，正准备对那一大桌子的精美菜肴大快朵颐释放激情时，却发现味蕾突然矫情起来。仿佛是幸福太多，反而无法消受了。这眼巴巴地等了一天的年夜饭啊，真是叫人索然。

除夕之夜的春晚，是全家另一顿精美绝伦的年夜饭。一大家子大的小的老的少的忙碌的玩耍的，到了晚上八点一准儿全都坐在电视机前。

当主持人倪萍展开她那春光一样的笑容，用亲人般深情的语调说，亲爱的观众朋友们——我的心立马澎湃了。那时候追春晚，就是一种情结，是一种骨子里的追崇与喜欢。不像现在，大家都有些三心二意了，吃着碗里看着锅里，尽剩下些八卦与挑剔。从有第一台电视机开始，我们都是全家集体守到节目终结的，等零点钟声敲响时和主持人一起欢呼雀跃，互相拜年祝福。一直到曲终人散仍津津乐道，意犹未尽。

春晚过后和父亲一起吃消夜，是多年的习惯，更是除夕之夜美妙的终极。那时的父亲，最是慈爱宽厚，平日里搓衣板一样的面容舒展柔软开来，带着慈祥的笑意，与孩童的憨顽。姐妹几个围着父亲，大小脑袋凑在一块，将加餐的年夜饭吃得格外有滋有味。

一直到现在，我都清晰地记得老家每年除夕到初一的那一个个漫长的夜。枕边的新衣裳与红包，不绝于耳的爆竹声，不断撩拨着我，心里面像蓄着一坛米酒，甜美、芳香、温热，在一种微微的熏醉中，爆竹声越来越远，春天越来越近了……

三寸天堂

我的舌头日渐颓钝了。很多时候走在一个偌大的超市里，路过诸多美艳得不可方物的零食，它却在我的口腔里坐怀不乱，分泌不出任何荷尔蒙。我越来越相信，它比我身体的其他部位更加急速地衰老，进入了更年期，并且开始毫不羞耻地念旧。怀念舌尖上那些意乱情迷的旧时光。

与一瓣大蒜头的早恋

我想不起来那时候是怎么称呼它的，它也不可能有什么专属于它的别致称呼，我就叫它腌大蒜头吧。它确实就是腌大蒜头。

对于一瓣大蒜头的礼遇，如果没有过和我同样的经历，你肯定觉得匪夷所思。我现在想起来也觉得匪夷所思，但同时嘴里还是会无节操地生出久违的津来。拿现在时髦的话来说，它其实是孩童们在有限的素材中自创的一种腌制 DIY。

看过一个段子，戏谑韩国的饮食。说韩国除了泡菜就是饭卷，除了饭卷就是泡菜，相对于中国五彩缤纷的饮食花园，其在饮食文化上简直就是一座监狱。其实，哪怕是泡菜，咱也可能比人家更五彩缤纷。只是我们不叫泡菜，我们按照做法与口味，称作腌菜或咸菜。豆腐干、萝卜条、洋生姜、柚子皮、橘子皮，各种腌。做法相似，无非用盐、糖、辣生姜、大蒜头、红辣椒等配料放一块搅拌，放入坛中，封坛前淋入点香麻油，待数日，即可食用。这种咸菜，食材廉价，易操作，易储存，咸鲜爽口，特别下饭。在我小时候，谁家没有几样咸菜？日子窘迫些的人家，几乎就是一日三餐的主菜了。现在很少有人愿意动手自制咸菜了，菜市场有现成的卖，那叫一个五花八门，一色的大缸子装着，味道也千篇一律，分不出谁是谁来。这个时代，连咸菜们也失了个性。可总还是有些痴情的舌头，一桌子流光溢彩的佳肴摆着，吃着吃着嘴里不得劲了，盛上米饭时，舌头的主人向店家问一句，有自己做的咸菜吗？

还是说回腌大蒜头吧。大概是二年级的时候吧，这种腌大蒜头突然就在孩童们中间流行起来。主角当然是一瓣大蒜头，独瓣浑圆的那种，撒上细盐，搁点酱油，用一个干净的小方布（当然干不干净对孩子们来讲并不重要）裹上，找根细绳子拴住口，就完事了。样子就像一个简易的小香囊。香囊大同小异，区别在于裹着的布。在那个灰蓝与土黄铺天盖地的年代，讲究的小姑娘们也会想法子寻一些颜色鲜艳的布，小方格的，碎花的。布的由来就不得而知了，谁知道是些边角废料，还是直接就从某床被单或围巾上掏了一小块。在我们的心里，这可不仅仅是布，它是一个人的小心思小情趣，是大蒜头的衣裳。那可是一瓣与众不同的大蒜头。

制作的过程简单得不值一提，重要的环节是等。世上最美妙最有趣味的事就是等待了。从一瓣寻常的生大蒜头变成一瓣可以食用的腌大蒜头，在我们看来，简直奇妙极了。我们把它藏在书包里，像藏着一个宝物，一个不可言说的秘密。那是件多么棒的事，大人们怎能体会得到呢？

腌制的过程要三五日。但这过程，尤为稀罕。我们巴巴地上着课，摇头晃脑地跟着老师朗读，泉水泉水，你到哪里去？我要流进小溪里，溪水溪水，你到哪里去？我要流进江河里……我们边读边暗暗咽着口水，我们口水都要流进书包里了。课间的时候，总有人悄悄拿出来，放在手里把玩，放在鼻前嗅嗅，也有按捺不住的，干脆解开来，看它有没有变样儿。解开的过程，也是件激动人心的事，仿佛我们将要看到的不是一瓣腌大蒜头，而是一个能惊掉你眼珠子的魔幻世界。数个小脑袋凑过来，咽着口水，嚷嚷着，我看看，我看看。香囊的小主人凑近着自己偷看了一眼，又急忙系上，生怕里面的宝物飞了似的，嘴里嘟囔着，怎么还没熟透呢。舔舔嘴唇，又开始了单纯而快乐的期许。

不知为什么，对于真正吃大蒜的情形，我却有些模糊不清了。最让人兴奋的是，似乎并不在吃上，而是——与一块布的亲密接触！待盐渐渐渗入大蒜头里，大蒜头的身体开始发胀变软，带着大蒜香味的咸咸的汁便渗到布里。在开始享用我们的成果之前，我们总会一次又一次偷偷地用舌头去舔吸那块布。那咸香，从我们的舌尖丝丝地渗入我们周身的毛孔里。我们咂着嘴，回味着，无比满足。在等待与舔吸的过程中，那瓣大蒜头早已不是从前那瓣毫不起眼随处可见的大蒜头了，它穿着带有香味的花衣裳，从我们的日常生活中跳脱出来，从质朴平庸中跳脱出来，在我们的舌尖上完成了一次华丽的嬗变。

现在在超市食品架上挑花眼的孩子们，怎能想象舌头对一瓣腌大蒜头的牵挂与情愫？那岂是一瓣普通的腌大蒜头，它是我们的味蕾躲在香囊里做的一个美丽的梦呢！

在米糖里沦陷

米糖永远是伴随着“叮叮壳叮叮壳”的声音出现的。

在某个夏日漫长的午后，我们一个个被屋外毒辣的阳光捆绑，在竹床上半合着眼皮，正要睡去。“叮叮壳叮叮壳”的声音突然从树的蝉声中跌落下来，将我们砸醒。我和妹妹从竹床上弹跳起来，像对暗号一样，对着门外激动地大喊，米糖哎，来这里哦——

米糖，大概是用大米或麦芽熬制成的糖浆吧，经过冷却凝固，制成一个硕大的糖饼。在那个零食匮乏的时代，对于乡村孩童，这种手工自制的醇香米糖所带来的诱惑，绝对不是城里小孩嘴里的大白兔奶糖可比拟的。米糖大爷用他的小摊子挑着一整块米糖走街串巷地吆喝，他的吆喝不是用嘴喊出来的，而是手上一个神奇的铁器碰撞发出的声音——“叮叮壳叮叮壳”。那个清脆悦耳的声音，与收音机里的“小喇叭开始广播了，嗒嘀嗒，嗒嘀嗒……”，构成了耳朵最美的童年。

那个时候，米糖不是用钱买的，而是用一些废旧物品交换，像现在的废品收购，只是那个方式更为巧妙走心，而且简直太招我们这些孩子的欢心了。那个时候，哪有零花钱呢，但用完的牙膏皮，穿坏的鞋底子，废弃的塑料布还是能找出些来的。每次，“叮叮壳叮叮壳”的声音一响起，我们便开始了满屋子惊天动地的寻宝行动。所有能兑换的东西，但凡家里有的，我们绝不会遗漏。怎么可能遗漏呢？那时候觉得，简直没有比牙膏皮、鞋底子更美好的东西了，只巴望着牙膏能天天用完，鞋子天天穿坏。当然，这只是藏在我肚子里的小心思小算盘而已。

我们自然是等不到卖米糖的大爷一家挨一家上门的，只要一拿到可以兑换的东西，立马屁颠屁颠地跑出门，循着声寻去了。卖米糖的大爷总是笑眯眯地接过我们寻来的宝，拿起一个看上去有些锋利的小铁锉，缓缓掀开米糖上的油纸，一块硕大的或莹白或焦黄的米糖便在太阳底下熠熠生辉，一股清甜的浓香漫过来，我们的舌头恨不得变成一条条蛔虫哧溜一声钻进米糖里。米糖大爷要开始切米糖了，我们全神贯注地盯着他的手，眼睛都不眨巴一下，落下去的位置，切割的长度，我们看上去屏气凝声，却在暗暗运用全身的意念去操控他的手，可每一次切下来的米糖都让我大失所望——怎么才那么一点点呢？总有那么几次，我像一块米糖一样黏在了他的摊子前，我犹豫着，徘徊着，在看了数次自己的半新半旧的球鞋之后，我终于还是悻悻地离开了。毕竟，没有鞋子穿比没有米糖吃的后果还是要严重很多。

记得有一次，“叮叮壳叮叮壳”又一次在巷子里响起，我在家里寻了又寻，终是一无所获。米糖大爷最近来得有些勤，家里可兑换的牙膏皮、鞋底子、塑料布都没了。那个时候又能有多少废弃的鞋底子与塑料布呢？家里的鞋子，一只手指头都能数过来。这实在是太让人悲伤了。可是我的鼻子还是牵引着我出了门，吃不着米糖，闻闻也行啊。我走出弄堂，突然看见邻居桂保伯的窗户上一块厚塑料布随着风扑哧扑哧响。我盯着它，太阳底下，它发着亮泽的光，像一块没有切割的米糖。一个念头猝不及防地在我心里滋长了。我看了看四周，跑到桂保伯窗前，跳起来把他窗户上的塑料布给扯了下来。我揣着那块塑料布以及一颗叮叮咚咚的心，来到米糖大爷跟前。米糖大爷像往常一样收了下来，说，小姑娘又来兑糖吃了？我低着头，第一次没敢看他切割米糖的手，我听到自己在说，这个，是我家没用的塑料布。我不太记得那块米糖的滋味了，那大抵是我吃过的最食不知味的米糖。后来，有一天桂保伯在我家与父亲闲聊，突然说，不知道哪个小崽子把我家窗户上的塑料布给扯走了，怕是偷去兑糖吃了。昨天晚上，又是风又是雨，半夜起来蒙窗户。唉，刚置的新塑料布啊，哪天被我逮住那混崽子看不把他的腿给打废啰。我坐在窗前写作业，紧绷着脸，气都不敢喘出来。后来很长一段时间，我走过桂保伯屋前时小腿肚子总有些发软，总感觉桂保伯会突然从屋里蹿出来要捉住我。

我少年的节操在一块米糖里沦陷了。然而，这似乎也算不得什么丢人的事。这样的事在孩子们中间还有很多呢，那是我们之间的小秘密。那些莫名其妙用完的牙膏，穿坏的鞋子，常常弄得家里鸡飞狗跳，大人们拿起鸡毛掸子拍过几下屁股，便也罢了。米糖还是要吃的。

米的清甜与糖的纯粹在舌尖上舞蹈，身姿慢慢变软，渐渐化开来，与舌头缠绵悱恻，合二为一。那个过程，是舌头的一次肉体沦陷。想起米糖，我的舌头便像一个落寞的老妇怀念起她妙龄时的一场淋漓性爱。那种渴望与热烈，毕竟是远了。

与卤水豆子白头到老

这种卤水豆子，若要有心，还能在街面上寻到，只是越来越稀有了。我曾经在舌头怀旧时，一个人满街寻过，然而，不是从前的味道了。

不知道是不是由于对卤水豆子的偏爱，穿着素色衬衣的母亲，在阳光下晒卤水豆子的身影，是我的记忆里关于女性美好形象的范本。

这种豆子制作起来较为烦琐，把新鲜的黄豆或黑豆洗净，先放在蒸笼里蒸，豆子蒸熟后身体变得油亮肥胖，像一颗颗憨实的豆宝宝，散发出天然好闻的体香。接着便是晒。晒，是制作卤水豆子最重要的程序。赶着最好的秋阳，泼头泼脸地晒上两三天，豆宝宝们极速苍老，皮肤发皱，身体萎缩，变成了老态龙钟的模样。第二步就是卤水了。在大锅里烧好水，备好适量的细盐、白糖、茴香、桂皮、八角、甘草等卤料。把晒好的豆子往锅里一倒，加上备好的卤料，搅拌，收水，待卤水完全渗透到豆子里，出锅，继续晒。再晒上半个日头，干爽盈亮的卤水豆子便成形了。搁一粒在嘴里，咸香微甜，紧实入味的豆子在牙齿间几番碰撞，擦出火花，香味四溅。卤水豆子的味道要靠嚼，越嚼越香，豆子的醇正原香与卤料的特殊异香，被牙齿一一拦截，于是被诱惑，成俘成瘾。

上学时读到鲁迅的《孔乙己》，我固执地以为，孔乙己贪嘴的茴香豆，就是母亲做的这种卤水豆。后来才知道此豆非彼豆，首先是食材不同，茴香豆是用蚕豆制成，而非卤水豆的黄豆或黑豆。做法上也有差异，茴香豆没有经过晒干的程序，入口酥软清鲜，而卤水豆则是紧实浓香。后者显然更余味悠长。如果孔乙己牙齿好，断然是不会选择茴香豆的。

秋阳下，一扇旧木门上铺着一块藏蓝的棉布，无数颗卤水豆子挤挤挨挨，相亲相爱。我倚在门边，吸着鼻子，觉得整个世界都是香的。那个时候，每一次晒卤水豆，母亲总会发现晒好的豆子比她想象中少了很多，母亲唠叨着，这豆子一晒，缩水真是厉害，比先前少了近半了。我和妹妹坐在厅堂里，互相吐着舌头，无声地笑。每个晒卤水豆子的季节，我们总是容易拉肚子，因为豆子是咸的，吃得过多，便总要跑去灶屋水缸里舀生水喝。豆子们与生水在肚子里横冲直撞，便坏了事。对于我们毫无节制的贪嘴，母亲用几个小碗将豆子分成几份，让我们各自保管自己的那份。说来也怪，自从母亲用了这个办法，我们的豆子仿佛总是吃不完。有时候，我们在家里做游戏，藏猫猫，我们躲着躲着，会在某个角落里，突然发现一碗卤水豆子，它静静地躲在那里，诡异又得意地对着我们笑。

在衣兜里塞满卤水豆子，拿一本《少年文艺》或《故事会》，坐在飘有柚子花香的后院。这个缺一不可的情境，是一个小姑娘的天堂。我一边嚼着豆子，一边萌发出一个朴素的理想，与卤水豆子白头到老。

爱上一种能开花的糖

我特别喜欢它的名字，泡花糖，像是一种能开出花的糖。事实上，它真的能开出花来。

我们这里对这种零食有个很乡土气的称呼，叫糖巴仂。泡花糖其实是糖巴仂的一种，另一种更普及的叫冻米糖。你们一定都听过或吃过冻米糖，但知道泡花糖的肯定不多。它其实是冻米糖的孪生姐妹。它们有相同的形状与制作过程，就像一母所生。但再是同胞姐妹也必有各自的坯子与脾性。它们都是糖，但冻米糖的原材料是米，而泡花糖是谷。先有谷再有米，所以，泡花糖应该是冻米糖的姐姐。

在舌头的记忆里，泡花糖可真是一个温柔甜美的可人儿。与泡花糖相关的记忆，像发酵的酒，芳香，甜蜜，浓郁，还有一些微微的酸。让人眷恋，也叫人惆怅。

泡花糖的香味，是年味的开篇语。大概腊月二十之后，人们便开始忙着做糖巴仂了。我们家总是做泡花糖，因为父亲的偏好。冻米糖口感紧脆，泡花糖较酥松，父亲一口好牙，一向偏爱脆硬之物，像炸花生米，海参饼，炒豆子。可父亲却更爱吃泡花糖，他说，泡花糖，有一种谷子特有的清香，更原汁原味。世间万物，越纯粹的东西越稀罕。我虽然没有父亲那样分明的口感，对世间万物更没有什么分明的体会，心里却也是更偏向了泡花糖。

做泡花糖时，总是会请姨父、洪伯伯他们过来帮忙。灶屋里暖和，明亮，升腾着一种蓄势待发的甜香。我们几个小孩子围在灶前，等着看个究竟。姨父拿着大锅铲朝我们挥手，小孩一边去，等踩糖的时候叫你们。我们退到灶膛口，看到父亲把一箩干净的谷子倒进烧红的大锅里，姨父拿着锅铲不断地翻炒，接着，听到一声声炸响，一颗颗谷子在锅里翻腾，跳跃，然后，真就开出一朵朵花来。谷子变泡花了！姨父把肥白的泡花铲进一个大筛子里，父亲拿起筛子来回摇晃，谷皮纷纷往下掉，筛子里便全是漂亮的泡花儿。第二个程序，便是把泡花们倒进大锅里面一种吐着泡泡的油亮浓稠的液体里，父亲说那是麦芽糖浆。谷物与糖，天生就是情人，它们遇一块儿，总是会你侬我侬秀出诸多恩爱，不断刷新你嗅觉与味蕾的想象力。然而，我们倒是不急着吃了，因为最让我们兴奋的环节——踩糖，要开始了。

泡花糖的最后成形，是要靠人力踩压出来的。洪伯伯把着了色的泡花们一股脑装进一个大木盆里，在上面盖上一层厚油纸。他第一个踩了上去。这种踩糖必须要足够的体重与力量才能压制成形。洪伯伯一个人肯定是不够的。父亲接着上去了，伏在洪伯伯背上的父亲好像变得有些孩子气了，他微笑着看着我们说，谁还想上来？我们纷纷自荐，一个个猴急得恨不得自己跃上去。父亲便说，老大先来吧。

姨父把我抱上了父亲的背。记忆中我极少和父亲这样亲近过，我趴在父亲的背上，心里涌动着一种微妙的感觉，激动，兴奋，也夹杂着一丝丝的委屈。然而，那个小姑娘那么一刹那间的婉转情绪很快就飘散了。父亲的背像一条小船，荡来荡去。整个灶屋里都是泡花糖热乎甜腻的香味。我闭上眼睛，把脸贴在父亲背上，很想就那样睡过去。父亲的背，真像一座天堂。

我不记得我是怎样从父亲背上下来的，大家都在忙着切糖吃糖了。父亲拿起一块泡花糖，咬一口说，这糖真是香。然后他笑眯眯地对身边的小姑娘说，妹伢吃糖啊，这么多糖你们可以吃个够了。我拿起一块泡花糖放进嘴里，甜蜜的泡花儿在舌尖上竞相绽放，满口生香…

很多年过去了。

父亲成了一帧镜框里的照片。

我们过年再也不做泡花糖了。

我的舌头从此再没尝过那么香甜纯粹的味道。

在那里不需要做梦

——云南之旅散记

有人说在那里不需要做梦，因为你本身就活在梦里。

——题记

1

火车在晨光微开中抵达大理。

在公共汽车的窗外，它是一个极为安静古朴的小城，有种与世隔绝的清静与气韵。云雾缭绕青山秀水中，一排排错落有致的精巧房子，一色白墙黛瓦的徽派风格，不同的是，白墙上均大篇幅描摹了一些山水花草的图案，清秀素雅，古朴灵动，让大理一下子有了自己的辨识度。

大理古城终于从传说中走进我的视野，刻写着岁月痕迹的城墙之内，古城静静地依偎在苍山的怀抱下，小桥、流水、青石板路，鲜花、彩锦、白族人家。晨光中的大理古城既有山城的淳朴又有水乡的雅韵，杨柳依依，溪水潺潺，昨夜的雨漫在脚下的青石板路上，倒映出古城的绮丽，被清晨的阳光照着，越发流光溢彩。天空一点点放蓝，眼前的大理古城如梳洗一新的邻家姑娘，容颜清丽眼波流转。抬眼间，仿佛一个撑着油纸伞的丁香般的姑娘要从眼前的青石板路的巷子尽头含羞走来……

2

小雅，是大理迎接我们的第一个客栈。古朴老式的木门，一排凸出的有些暗旧的雕花铁窗架传递着低调的高雅，整个客栈门面萦绕着一种怀旧复古的文艺与神秘气息，仿佛张爱玲的故居。推门而入，我恍惚有种错觉，似乎曾在梦里来过。名副其实，小雅客栈，散发出淡淡的清幽与风雅。清雅的四合院，木质的房子，绿意盎然的草藤枝蔓依附着古色古香的雕花窗棂，折射出某种岁月与生命的交错感，院落中随意摆放着花草、木椅、茶具、花架，慵懒静逸的生活气息迎面而来。这家客栈最早的主人是个什么样的人，是个叫小雅的慧雅的女子吗？坐在小雅客栈的庭院里，我总会抑制不住地在角角落落里寻找她，似乎能闻到她的气息。

它现在的店主是一对“85 后”四川小夫妻。他们刚接手不久，随性地开着这家客栈，仿佛不是为了营生，只是为了结识各式各样的旅者。男主人有着绝好的手艺，原来在大理开着一家极有名气的四川风味餐吧，比他的手艺更有特点的是他的性情。他是个能和你天上地下聊上一天一夜绝不嫌累的人，是个为了帮你们找上一家可口的饭菜带你穿越整个大理的人，是个朋友遍地成夜宿醉的人，是个故事比年龄还多的人。庭院的后屋被他改装成一个小小的酒吧，在大多数夜晚，他和来小雅客栈的各路旅者在那里相见恨晚对酒当歌。他的妻子从头至尾都不曾与我们搭话，视我们为透明人。我们暗暗猜测，是因为她丈夫对我们的过度热情，或者她只是一个性格安静不善言语的实在姑娘？却在一日见到她在一个刚住入的男客人面前，盘着腿抽着烟，高谈阔论，笑得花枝乱颤，像是《新龙门客栈》的张曼玉附体。

在大理，有很多这样有故事的人，他们仿佛从电影里走下来，选择留在这里，选择了一种更宁静淡泊或更传奇另类的生活方式。不管他们是为了内心的梦想，或是对现实的逃避，他们终究是一些勇于挣脱生活枷锁的人，让我无比钦佩。

3

在大理的街上慢悠悠地闲荡，天特别的蓝，阳光明媚，水果香甜，每一条街道都淡淡弥漫着自由与艺术的气息，不时有葫芦丝悠扬地在空气里飘扬。在这里，时光仿佛变得很慢，你的脚步也不由得变慢，有一种情怀在你心里抚拂，像幼时妈妈温柔的手。街边，有文艺的男生在拨动吉他自顾弹唱，有风情的姑娘专心于手中的饰品原创，有慵懒的小狗蜷着身子悠闲地晒着太阳，有芬芳的花朵在阳光下兀自绽放，有苍山一样年迈却怡然的白族老太对你展开纯朴善意的笑。在大理，你必须待上一段时间，你必须放慢脚步，你需要感受的不仅仅是它迷人的文化风物，不仅仅是宜人的苍山洱海，而是一种生活心境。

在这个嘈杂现实的世界，大理就如同一个夹缝而生的梦想家园，它不喧哗不矫情，独特的艺术气息及白族文化增添着它的神秘与梦幻。大理，不仅是个让你流连忘返的地方，也是个适合生活的地方。它是那种在张扬的名气之下依然能在骨子里保有从容恬淡的极少数的旅行之地。仿佛是缘于苍山的庇佑，城楼的呵护，使它在小资文艺情调中自有一种仙风道骨与世无争的气韵，兼具才子的风流文雅与隐士的深沉淡泊，让你由衷地为它钟情。

有时候，我们需要来到大理这样一个地方，为自己找一些借口，寻一种慰藉，为我们不堪重负或日渐麻木的灵魂找到些光亮提供些滋养，但它并不是你想象中疗伤或修行的圣地。这世上哪有真正的纯净纯粹的修行圣地，所谓的修行，在于心灵，在于经历与沉淀之后的通透与辽阔。

人们总是习惯趋之若鹜，以爱的名义觊觎与占有，打扰与破坏。

4

深夜，一个人坐在一个叫大理的小城的某个庭院里，世界一片寂静。

有些人在远处的酒吧里买醉，有些人在更远处的房子里酣睡。你一个人坐着，在一个露天的庭院里，闭上眼睛。你或许也醉了，或许也睡了。你仿佛听到苍山轻微的鼾声，仿佛听到星空上星月的私语，仿佛听到黑暗里花开的声音。今夕何夕，此处何处，你的思绪变得迷茫，时光变得空旷，红尘不再喧嚣。

人们对于风景总是不断苛求，远处的太远，近处的又失了颜色，要得太多便徒然添累。或许，最初的才是最动人的，只是岁月的风霜遮住了你的眼它的脸。一滴水珠滴落在你裸露的膝上，是露珠吗？或是离人的眼泪？走得越远，心越发空了；离得越久，情越发浓了。你不由得想起那句话，择一城终老，遇一人白首。你醍醐灌顶，你热泪盈眶。你突然发现，你所追求的所向往的生活其实不过如此。它离你那么远，又这么近；这么近，又那么远。

5

在大理与丽江，最忘不了的是一些客栈。

从来不曾设想，商业的客栈能做得那么自然那么小资那么生活。所有的客栈都像是为你精心设计或用心等待的你自己的一家乡间小院。很多客栈，都呈四合院的布局，天地之间悠然自得，庭院静幽鸟语花香，家居与陈设都散发着木质与棉布的自然之气，一切的细节都充满了生活与禅意，充满了体恤与格调。白天，你可以在庭院里坐上一整天，在花香与茶香里打盹儿冥想发呆做梦，和每一个有故事真性情的店主聊生活聊梦想。晚上，把自己丢给星空与音乐，丢给灵魂与过往。不用着急着赶路，着急着赴局，着急着入睡，不用粉饰不用设防不用假装，怎样都是好的。

在双廊镇，你会看到很多客栈，美好到不真实。不仅仅是清幽雅致的庭院，不仅仅是奢侈梦幻的湖景，不仅仅是微笑如故人的店主，不仅仅是随处可见的书籍到处弥漫的音乐……所有的布置营造都那么的满腔诚意又毫不刻意，仿佛专门为了迎接你，迎接一个更美好的自己。

某个黄昏，你坐在客栈的露台上，迷人的洱海像一个梦一样在你眼前肆意展开，阳光温润，世界纯净。你突然真实地触到了你温软的内心。你不由想到某个著名的男人写给某个著名的女人的话，愿使岁月静好，现世安稳。

这世上，还有什么比静好与安稳，更让女人感恩命运心存暖意。

6

路过大理一家极有个性的原创首饰店。

店内的原创首饰有棱有角，无一雷同，夸张的色彩，张扬的表达，不菲的价格，有种语不惊人死不休的执拗。店内安静，神秘，散发着莫名的磁场与气场。三十岁左右的老板娘坐在门边自顾抽着烟，定定地看着人流，眼神漠然而坚毅。超短发，清瘦，白色低胸棉质背心里，两朵含苞的花蕊不躲不藏，弱小，又孤傲。

来往的人流中，总有人在她的店前停留，看她的作品，或看她。带着探究，带着新奇，交头接耳，世俗地笑。而她从不调动她的目光。她稳稳地坐在那儿，放浪形骸，又遗世独立。周遭一切，仿佛空气。她的世界只有她自己。

7

这个女子似乎没什么特别，她的木樨书房也似乎没什么特别。可是，我深深地记住了她，仿佛要记住自己以后的样子。

四十来岁，信佛，研究藏经，常年一个人旅游，穿墨绿色民族布裙，两个麻花辫，朴素，恬淡，像一幅安静的素描。和我谈咖啡，说咖啡最是不能怠慢，一定要自己磨，冲咖啡也有讲究，要看心情，每一种心情冲出的咖啡都有不一样的味道。任何事物，你尊重它珍惜它，它就会用最好的回馈你。咖啡也一样。她语速缓慢，笑容安静。留在大理，是为了我真正想要的生活。人生，放下很多，你会活得更纯粹。她悠悠地说。

我喝着她泡的咖啡，研读着她，着迷于那种于时光与阅历沉淀出的气定神闲。这是个怎样的女人，她如何修炼出如此淡然笃定的心胸与心境？这样的女人定是一本深沉耐读的好书，但是谁又知道，那本书里写就着怎样跌宕起伏的人生或风雨洗礼的岁月？

任何事物，你尊重它珍惜它，它就会用最好的回馈你。这个女人像她磨的咖啡一样醇香。

和每一种美好的人事的遇见，都是一份造化。

8

丽江的那个雨夜，现在想来有点不可思议。

只因为在某个小店为一张原创 CD《小航》驻足，且得知小航便是丽江某酒吧驻唱歌手，便有了一次难忘的雨中夜寻。六月的丽江雨夜，有着早春般的寒意，青石板路水流纵横，没过我们的脚面，我们在雨中几乎走遍整个古城，久违的执拗，只为寻访一个陌生却动人的声音。

我们最终并没有寻找到小航的“偶然”，却邂逅了闻名的“遇见”酒吧。那个墙壁上写着“‘在遇见里遇见’的‘遇见’”。在音乐背后，“遇见”藏着很多代名词，比如宣泄，艳遇，疗伤……这样的地方可以接纳与营造不同的情绪与故事。而我们，只为歌声。有时候，歌声，是最好的表达与安放。我们在歌声中柔肠百转，在歌声里泪流满面，在歌声里叹惜满足。人生有时候就是这样，想寻寻不着，却在不经意间遇见。那一晚，彻夜不停的凄风冷雨没有影响我们内心的蓬勃与热情，我相信我们都感动了自己，有时候我们寻访的或许并不是某个声音，而是内心的某种情怀，那个在岁月里不小心走失的自己。

那个夜，我被自己的感动而感动。

9

五一公社酒吧成了此次丽江之行的一个心结。

路过它是个偶然，走进它却似乎是一种必然。它是属于那种样子绝不喧哗媚俗，却特别有音乐涵养与氛围的酒吧。在走回客栈的路上，五一公社的低吟浅唱留下了我们的脚步。坐进酒吧不点酒似乎没有道理，价格不菲加上酒量不济，四个女孩点了两瓶啤酒心虚地表达着来听歌的诚意。刚倒上酒，便有一个男子从邻桌走来，微笑着说欢迎来到五一公社。在我戒备着艳遇在丽江如期上演之时，男子真诚的娓娓而谈让我们放下了设防。他是该酒吧的老板之一，辽宁人，曾经在北京同几个哥儿们与音乐厮混几年，自嘲是最不让父母省心的不务正业人士，去年六月来到丽江后，便把心与人都留在这里，接下这个酒吧，继续和几个哥儿们与音乐厮混，但现在他们更想的不是谋生，而是享受生活与结交朋友。男子笑容憨厚言语爽直，典型的东北汉子形象。知道我们为了听歌而来，他说他们的驻唱马上结束，但等会儿可以让歌手下来为我们演唱。我生怕有诈，他离桌时笑着加了一句，放心吧，绝不另加收费。过后，东北店主果真邀了本店有名的主驻唱歌手——船长李锦泽过来为我们即兴演唱。因为时间关系，我们错过了他今晚的演唱，他的声音里本身就有着沧桑与故事，能直抵内心，我们纷纷在他的歌声里沉醉。离桌前热情的店主送给我们每人一张船长的原版碟，外加四瓶酒，他真诚地邀请我们明天下午三点来听船长的现场演唱。我们纷纷点头微笑感动，许诺明天下午的约定，仿佛豪气冲天一言九鼎的江湖女侠。我们并没有消化掉店主赠送的四瓶酒，在更深的夜色与不安里，匆匆告别。

一路感慨着回到客栈，被美好的音乐与人情感动，充满喜悦与期待。第二天，丽江变得寒意袭人，昨夜的热情竟也冷却，我们在回程的最后一个下午违背了许诺，就近选择了一个安静的咖啡厅，呆呆地坐了一个下午。五一公社的歌声一直在耳边回响。我们还没有离开，便开始了怀念。

10

来丽江之前，听得最多的是艳遇之城，是文艺落寞青年的梦想之地。但你来了，才知道，传说仅仅是传说，丽江的美，在于符合着你想象，又能任你想象。

在丽江沉醉，只关情怀，无关风月。蔷薇细语、丁香胡同、安和锦年、花间拾零、流年往事、一米阳光……是的，这里有煽情文艺的店名，有丰富自由的艺术原创，有纯粹贴心的音乐，有慵懒情调的慢生活。当然，还有动人的故事与绮丽的未知。这样一个地方，会让你没来由地在眼底鼻尖自顾酝酿着情怀情绪，思考着来世今生，感叹着红尘往事，仿佛你不忧伤，不感怀，便浪费了它的用意。不管你怀揣多少情感或梦想，你都能在这里找到对接与释放。不管你心怀鬼胎，或是一心向佛，它都能懂得与包容。

在丽江，文艺是虚张的声势，也是内在的质地。这里有绚丽的民族文化与珍稀的地理风貌，这里充满了与生俱来的风骨与风月，远离世俗，歌舞升平，繁花似锦，像人们欲望里的盛唐，又像人们精神上的桃花源。丽江，成全了它的游客，游客也成全了丽江。丽江，确实是一座艳遇之城。在这里，你常会于不经意间，遇见另一个自己，你们迎面相撞，互相打量，像久未谋面的老友，像怦然心动的初恋，惊诧，寒暄，感叹，释然，然后，会心一笑，各自离开。

岁月涌动，沧海桑田。而丽江，云淡风轻，花好月圆。

与时光相认

——走进浮梁

1

浮梁首先是与景德镇相关的。

景德镇是离我家乡古县渡镇最近的一座城市。那时常听大人们说“上镇下府”，上镇指的是去景德镇，下府是去饶州府，就是我们的县城鄱阳。这种说法是以昌江作为参照物，景德镇在昌江上游，饶州府在下游。那时候，出行大多走的是水路，上镇下府是件挺了不得的事，是出远门了。我是在昌江河畔长大的，我像熟悉自己的心跳一样熟悉它的呼吸与脉动。曾经，我所有的梦想都依靠昌江的流淌来寄托。

因为同属昌江流域，我把景德镇视为地域上的亲戚。也就是那种三代以外的表亲，我极少能与它发生肢体接触或情感纠葛。与丈夫恋爱时，他家搬到景德镇做点小生意，我每次寒暑假从南昌返家，都会被他连哄带骗地拐到景德镇火车站约会。我因此与景德镇发生了七八年类似异地恋的交往。那个时候，我心里的景德镇只有几个地理坐标，电影院，铁轨，图书馆，珠江大桥，还有昌江……它无疑只连接着爱情，与china无关，与瓷器无关。自然，也与浮梁无关。

一直以来，我只知道浮梁在景德镇边上，别人说起浮梁，总是绕不过景德镇。可是它们的这份亲厚并没有引起我情感上的共鸣，在我与景德镇发生实质关系的那些年，我从没有爱屋及乌地去浮梁串个门认个亲。

生活里有多少不经意的错过，就有多少不经意的遇见。

在“中国作家看浮梁”活动的行程安排上看到浮梁瑶里，这才知道，我其实曾以商业的名义，打扰过浮梁。几年前，我曾经随我的婚纱影楼去瑶里取景。山水总会让人变得纯净而柔软，我和丈夫在那里重拾了多年前在景德镇相会的细节与情绪。瑶里确实适合培植爱情，那里拍出来的片子，山水与爱情仿佛天生一对。我后来曾把瑶里作为婚纱照的一个主打拍摄地，在宣传画上写了句极为滥俗的广告语——去瑶里，定格爱情。

突然对这次的浮梁之行，充满了歉意与期待。随后在浮梁的茶文化中心及沧溪村两次与昌江不期而遇，才蓦然发现，浮梁人和鄱阳人一直同饮昌江水，有很长一段时间，浮梁县还隶属于饶州府。这个发现，让我一下子多情起来。

2

路途上，我总被一些老与旧吸引。

同行的王志远老师是个来自农村的某省报副刊主编、散文家。农村与文学，像是他眉眼处的细纹或手指的烟渍，已与他的人生历程融为一体妥帖共处。他的文字里，透着一种岁月的老辣与劲道，充满了宣纸般的质感。他并不健谈，但一同我说起乡土文学，便满眼放光。我也来自农村，但我曾经以文艺青年自诩，很多年憋着劲写些小资文字。我是近年来才慢慢待见乡土文学的。我与他感叹：我现在越来越喜欢农村与自然风光，或许，是因为老了。很奇怪，我觉得我是在某个瞬间一下子变老的。并且，对于这渐渐涌来的老，颇为从容。

浮梁有很多耐人寻味的老。不只是老物件，古老的桥，沧桑的路，雕花的梁。老物件都是无声而远去的光阴。老物件里，都是人的故事。我印象最深的老，是浮梁的老人。他们与那些老物件合二为一，与自然合二为一。让你觉得，老，是一种天地开阔的境界，是一种无往不胜的力量。

有一些老人，坐在青石板的弄堂里，边划拉着一碗饭，边谈笑。他们大多和一些年轻的古树年纪相仿，有着古道一样旧迹斑斑的手指与脚掌，有着树皮一样的皱纹与河水一样的笑容。在瑶里汪湖森林出口，一个 85 岁的老婆婆跟我张罗着生意，我问她我可以给她照张相吗？她摆摆手，不照相，老了，不好看了。遂笑起来，并不坚持。我跟她聊了很久，买了一些并不太需要的干货。因为，她穿着一件记忆中我外婆常穿的蓝布便衣，有着和她一样泥土般混浊又温润的眼睛。

在汪湖村，遇见了一个 98 岁高龄的长辈。他胡须银白，却满面红光，神清体健，像一个长寿神话。路上，我们都颇有兴趣地猜想老人的生活，长寿者，想必人生平顺，生活殷实，儿孙满堂。车上的当地人却说老人一生未娶，孤寡一人。众人哗然。为什么？路不通，穷呗。有人便感叹：看来不结婚才是长寿的秘诀啊。在选项繁杂的生活方式里，谁知道哪条才是通往长寿的密道呢？回想老人的容颜，实在找不出任何与不幸有关的蛛丝马迹。只是觉得他活得舒展，健康得有些执拗。

在沧溪，有一个古树群。老树们鹤发童颜，比邻而居。它们最年轻的也有几百岁吧，却是一副风华正茂的样子，实在让人类嫉妒与汗颜。我在那里每多待一分钟，都觉得是在为身体造福，那里的氧气让我的毛孔兴奋，血液在汩汩地新生。我久久地向一棵千岁的银杏树行注目礼，并郑重地围着它转了三圈，据说那样会获得幸福。除了抗拒不了“幸福”两个字，我更抗拒不了的是它的老。在我的老家古县渡程家渡村，也有一两棵类似的老树，我每周都会去探望它们，像探望自己的远亲。它们让我觉得老去是一件平静而迷人的事。

3

完全没有预设，在沧溪村，我闯入了一个亲人的旧时光里。

我不知道我是怎么走进大新油坊的。那个漆暗的屋子，保存着旧油坊粗笨而阳刚的一切原貌。在旁边的屋子里，一个老人躺在一张摇椅上看电视。是那种大概十四英寸的旧电视，墙壁上贴着发黄的毛主席语录，一只灯泡从褐旧的屋梁上垂下来，肃然立着。那个画面，像被时光凝固了。我要说的是那个老人。他静静地躺在那里，一个人，瘦小，衰老，孤寂，坚守。像是长在屋子里的一粒静默的尘土。我待了半晌，差点被那尘土呛出泪来。

外公在油坊工作了一辈子。他的身上总是有一股浓浓的香油味，那种来自菜籽芝麻花生们最原始的体香。那时候，因为外公，我们碗里的菜总是发着任性的光泽，我的头发也比别的小伙伴要黑亮许多。小时候，外婆是住在我家的。为了帮衬母亲照顾我们，她曾经踮着一双小脚两头跑，后来，便丢下外公，在女儿家长期住下了。那个老实巴交的汉子，无条件顺着妻子的意愿，总是默默地一个人往返，带来些还冒着热气的一桶桶香油，一扎扎油条，以及一些油腻腻皱巴巴的零票子。我从没有去过外公的油坊。我理所当然地享受外公那香油般的关爱，直至他一个人黯然老去。直到今天，对于香油的味道，我仍有一种不可言说的亲近感，每次在乡下路过某个油坊，我总会打开鼻腔，像瘾君子面对毒品一样贪婪而满足。

在大新油坊那些昔日的沟壑与残留的体温里，我重新温故了外公的一生。浮梁的这份遇见，像某种冥定。

4

去严台，正赶上“浮红故里，印象严台”茶文化推介仪式。在一大片天然绿色的映衬下，舞台及宣传背景红得特别耀目。然而，还是被那铺天盖地的绿给压了下去。在严台村，绿才是主角。在微信朋友圈发了几张图，有人留言，不见浮红，但见婺绿。他说的婺绿，应是婺源的绿。婺绿其实也是一种茶，婺源的绿茶珍品。正巧，浮红，亦是严台的名茶，据说在美国旧金山举办的“巴拿马万国博览会”上还荣获了金奖。我对舞台上主持人千篇一律的宣传台词没有任何兴趣，却被“浮红”二字悄然俘虏。浮红，取浮梁之“浮”，这红茶，就有了暗香浮动的妙意。浮红，与婺绿，不仅构架绝配，就文字审美而言，简直颜值爆表，诗意潋滟，十里飘香。说来，严台与婺源在气质上确属同一流派，都以古村与茶叶闻名。在色系偏好上，也都属意于绿。然而，在中国的文字里，光是绿，就有数十种，比如深绿、浅绿、碧绿、草绿、墨绿、翠绿、豆绿、茶绿、玉绿、橄榄绿、森林绿、黄杨绿、苹果绿、祖母绿……我总觉得，婺源的绿相对而言，色系渐变的范围更大，更丰富，更跳跃，更花心。这似乎更符合婺源现在享誉全国的声名与地位。而严台绿，几乎只在绿的中心游移，在清静与淡泊里，它更接近绿的本意与原色。

严台是浮梁与祁门交界处的一个自然村，在那个保存完好的古村落，每个角落都是沧桑厚重的历史。唯有绿从旧时光里跳出来，清清爽爽，轰轰烈烈，无处不在。然而，细看，那绿，也是历史。那历史被河水淘洗，从古树里抽芽，在石缝里生长，盎然而鲜活。严台的绿，附着在古树、藤蔓、草芽、苔藓上，渗透在一切细枝末节里。严台的绿，有时呈气态，你吸口气，再呼口气，那呼出的气分明是绿的；有时又呈液态，它们借着参天的枝丫，毫无章法地在天空挥毫流淌，溢了下来，落得满眼都是。有一些落到水里，水便持重起来，由浅绿成了墨绿。那绿有时顽性大发，在墙壁台阶上肆意蔓延，鸠占鹊巢；有时又忍辱负重，在石缝里讨着生存，几番坚持，却也活得欣欣向荣，颇为自得。

绿，将时光衬得又苍老，又蓬勃。

5

宿梅岭山庄，一夜暴雨。

清晨起来，开窗，流水与鸟鸣便闯了进来。出门抬头看天，被那蓝吓了一跳。看了半晌蓝天，我像一个诗人一样心里泛起酸来。被暴雨冲洗之后，瑶里的天空蓝像孩子的眼睛，清新清澈得让人心疼。同行的“90后”散文家谢宝光说，这蓝，是蓝生出的蓝。真是。我一下子折服了。

在那样的天空下，瑶里像裸着的婴儿，纤尘不染纤毫毕现。在那样的天空下，山川巍峨河流婉约，粮食肥美果蔬香甜。

那样的天空，连接着童年与童话，连接着旧日时光。

小时候，最爱看天。夏天的傍晚，躺在竹床上看天，能看得如痴入迷。傍晚的天空蓝得最为温柔，云朵像是要俯身来拥抱你。有时候，看着看着，便有了各种心思。我把天空当作画布，把心思画在上面。我把天空画得五颜六色，画得惊心动魄。我在天空里悄悄安放着另一个天马行空的我。那懵懂的年纪里，那些隐秘飘忽狂放的心思，谁能懂呢？唯有天空吧。它那样高远而又亲近，洁净而又安详。洞察一切，包容一切。像上帝一样。

那时候的天空，藏着一切绮丽的秘密。

什么时候开始呢，我几乎忘了天空的存在了。我只关心天气。来浮梁之前，我就一直关注着天气预报，我希望天公作美，不影响出行。何曾想到过，来这里艳遇一片蔚蓝呢。

我们都习惯了简单粗暴地去设定一样事物的属性与功能。然而在瑶里，所有的事物都还原了她或柔软或热烈的初衷与天性。只要你愿意，天空，就是天空，它可以拿来盛装云朵、彩霞、诗歌或梦想。

天空也可以是生命的镜子。

我又变成了那个看天的孩子，我观察岩石滴落的眼泪，触摸古桥远去的心跳，追寻一种植物的由来……有一种灼热的情感在胸腔里涌动与奔腾，我的双眼与心脏仿佛重新长出了纤敏的绒毛，一切的事物都有了生命，一切的生命都焕发出新的质感。在古桥下汹涌的流水声中，我突然被十八岁的我附体，渴望着一场漫天而来的纯真爱情，甚至觉得没有比殉情更为唯美壮阔的誓言。

浮梁的苍老、翠绿与蔚蓝，纯粹而又深邃，让我一次次跌入生命源头，情不自禁，在回忆与畅想里完成了与诸多旧时光的相认。

邂逅香油洲

香油洲，是鄱阳湖在瘦身的时候，大自然馈赠鄱阳的一片世外桃源。那片风景，如果你不曾亲眼看到，你或许就错过了真正的鄱阳湖，你或许就错过了萦绕你内心深处的一个古色古香诗情画意的梦。

知晓香油洲，缘于鄱阳的一些摄影爱好者。从他们口中说出的这个地理名称，并没有带给我多少美感与想象。直到我陆续看到了一些关于它的摄影作品，那一大片的草洲与红花，那种绚烂到极致的美，让人惊艳。然而，也并没有念念不忘。

直到，我真正走近它。

那是一个阳光开始变得温软的秋日。以文学采风之名，我再一次地走进了鄱阳湖国家湿地公园。一路坐船，观湖，看鸟。没有任何预感，亦没有太多期盼，就那样走进了我素未谋面的香油洲，猝不及防地将它真真切切触个满怀。

谁曾想到，鄱阳湖竟然还私藏着那么一个天然的大草原！

据说，香油洲还有一个古雅而伟岸的名字，叫鄡阳洲。但我更喜欢香油洲这个名字。你见过才知道，草洲绿肥到一定的境地，真是像抹了油一样。然而，打动你的不仅仅是草洲，还有那摇曳生姿的芦荻，寂寞惆怅的栈桥，遍地散落的黄花，缱绻慵懒的云朵，闲暇打盹儿的老牛，那些个景象风物，新鲜，湿润，安宁，旷达，自成一体，相互成全，让你一时竟不能自已。

在鄱阳湖温湿的怀里，香油洲像个遗世独立的处子。

一切尘世的喧嚣躁动都隐去了，一片寂然。然而，细听，却又是一片生动与欢腾——风儿在与芦荻耳鬓厮磨，白鹭在与天鹅软语呢喃，牛们低头对草们诉说深情，蝴蝶在试嗓，湖水在伴奏……于是，你便也变成了某一种生物，随着那一株草芽那一枝荻秆那一朵小花撒着欢儿去了。是的，在那一刻，你的身体，你的思绪，你的一切疲累烦忧，都已悄然在香油洲的气息里飘散消逝，融进了香油洲的一草一木、一丝一缕里。

香油洲不仅有迷人的声线，还有它独特的气味。那气味不仅仅是你躺在草地里，来自青草与黄花的淡淡的青涩清香的气味；不仅仅是你穿梭于芦苇丛中，来自苇枝丝丝的酸涩微甜的气味。你站在那儿，轻轻地闭上眼睛，让身体沉醉，唯让鼻子苏醒，你便会闻到天空的味道，空气的味道，湖水的味道，春天的味道，甚至是，梦的味道。那种种味道，在你的鼻尖处萦绕、发酵，便像酒一样，于清甜芬芳中带着熏醉的魔力，让你欲罢不能，让你不能自已。

陶渊明如果来到香油洲，应该会有另一个版本的《桃花源记》吧。所谓世外桃源，不过是陶先生自拟的一个梦境罢了。香油洲亦是一个多情的梦境。

它更像是爱情的温床，神仙眷侣的世外桃源。那草洲的汪洋恣意，那芦荻的欲说还休，那小花的千娇百媚，那小桥的曲折缠绵……戴望舒笔下的小巷，比起它的多情多姿，怕是远远不及吧。

如此，我梦里的香油洲，且让一个在俗世里疲累的女子小憩在你温软湿润的怀抱里，为爱情做一场与世隔绝的梦吧。

如果我是那个荆钗素裙的温婉女子，你便是那勤劳质朴的山野樵夫，我们不劳国事，不屑文字，只在香油洲如歌如画的四季里，日出而作，日落而息。小木屋里飘出米饭清醇的香气，芦苇丛中我们的孩子们在嬉笑游戏，我在阳光下为你浆洗布衣。你劳作归来，捧一把小黄花塞入我怀，罢了，却又摘出一朵，含笑别入我发髻。我们四目相望，幸福满溢。如此，平淡相守，天荒地老。

如果我是那个白衣袂袂的才情女子，你便是那洒脱不羁的倜傥男子，我们风花雪月，诗情画意，在香油洲一望无际的草洲里，策马驰骋，天涯浪迹。不为前程忧心，不为俗事所系，万事皆空，两心欢喜。你为我晨起画眉，我为你湖边妆洗，我们在庭廊里饮酒，在桂花前对弈，我们对雨当歌，吟风弄月，哪管世事经年，哪管红尘喧嚣。如此，琴瑟在御，莫不静好。

如此良辰美景，这般良缘美眷，或只在香油洲里亘古绵长。

香油洲啊，你莫不是鄱阳湖的一滴眼泪？固守一份感性纯净的清澈，固守一份最初最真的容颜，只为净化那些邂逅你的迷茫彷徨的灵魂？

香油洲啊，你莫不是鄱阳湖的一缕青丝？浸染着母体的血脉精华，舒张着母性的博大胸怀，只为拂拭大地儿女的满目尘灰，只为接纳鄱阳子民的红尘倦意？

“恨程途渺茫，更风波零瀼，我这里千回百转自彷徨，撇不下多情数桩。”邂逅香油洲，就是邂逅一个千回百转的梦，就是邂逅一个曾经走失曾被遗忘的自己。

望　京

望京，是北京市东四环与五环交界的一个地名。我说的望京，与这个地理位置其实并无多少关联。对于北京这样的都市，我一直是在心里仰望的，而这次的北京之旅，则更像是我对北京的一次心灵探望。

第三次进京，是因为单位的一次新闻写作培训。其实对于北京，我并没有多少热切向往，我仰慕它，却并不钟爱它。这是它的文化与气候在我身上产生的相悖的作用力。但我还是为自己争取了这次进京的机会。与其说是对北京的渴望，不如说仅仅是对一趟旅行的渴望吧。生活像一泓静止的湖水，而我渐渐成为一尾安逸慵懒失去方向的鱼。

于是这次的北京之行，便带着一种冥冥般的诱惑。我想，我真的需要一次远行，来为我的内心激起某种力量的涟漪。

金山岭与青春

关于长城，北京人说，想看名气，就上八达岭；想看名堂，就上金山岭。所以，在培训组织方安排的一日游的行程选择表上，我硬拉着同伴徐选择了金山岭长城。

金山岭长城位于北京市与河北省交界处，从宾馆乘车到目的地需两个多小时，相当于从鄱阳县到一趟省会南昌。

早上七点钟，旅行社的大巴准时在宾馆外等候。尽管天气开始并没有展露笑颜，天色仍有些灰闷，但随着大巴驶离北京市内，天空就像剥开了一层层污浊的外衣，渐渐露出了明媚纯净的原色。那是我来北京多日初见的蓝天白云，它在车帘的撩拨下显得无比的明艳动人，我把头轻靠着车窗，沐浴着阳光，竟有种久违的激动。

北京郊外的春天在视野里缓缓铺开。北方的田园景致，尽管也是青山绿水，在色彩的层次与饱和度上都比南方更内敛凝重，一大片直白地铺陈，丝毫不渲染不矫情。就连那路边的桃花，也不是南方清秀娇羞的模样，它的花瓣颜色略深，花朵饱满壮实，明媚但不撩人。远处雄壮而并不峻峭的山峰前，庄稼与麦田以无比安静的姿态无限延伸。尽管我骨子里更钟情于南方景致的清丽秀美，但在那样鲜活而旷远的田园风光面前，仍不由地心旷神怡。几日里在柳絮飘飞的京城水土不服的心脏，此刻宛若鱼儿遇到了湖水，无比的酣畅熨帖。

到了金山岭，已快到中午时分。大伙儿为了更快地一睹长城风采都决定先赏景再用餐。走在金山岭的脚下，我和徐已经有点迫不及待了。

正是人间四月天。四月的金山岭虽没有百花齐放姹紫嫣红的撩人春色，一片葱郁间却也处处暗藏娇艳，各种不知名的小花点缀在山野间，无言地释放着春的风情。放眼望去，阳光下被绿意簇拥的古朴城墙，少了些历史的厚重悲怆，却多了一份青春张扬的原生态美，在花鲜若染松青滴翠的映衬下，刚柔相济，天人合一，有浪漫与梦幻之感。

正如老北京人所言，金山岭的确有看的名堂。这里的城墙基本保持野味原色，举目而望群山之上的城墙曲折蜿蜒，雄伟壮观。城墙的外形多样，地势险要，城垛和障墙展现出的流畅韵律之美、城墙和山脉对比下的跌宕曲线之美，无不让人震撼。站在城墙上极目远眺，又是一幅山花烂漫春意盎然的北国风光，让人不得不感叹人类的伟大与自然的神奇。

那天，我穿了轻便的白色板鞋，一件宽松随意的白衬衫，一条牛仔裤。青春休闲的装扮，使整个人也轻盈洒脱了许多。几番攀爬，累得大汗淋漓却也无比畅快。站在一视野开阔的墙头，蓝天白云下的山野景致，激发了我体内久违的青春因子，我不禁对着远处的青山大声喊叫起来。身边几个陌生的女孩看见我喊，竟也纷纷对着远处吼叫起来，不同的声音在山谷里回响，然后便是朗朗的肆意的笑声。

一路上游客并不多，间或迎面走来的，或年轻情侣，或外国小伙，或白发老人，不同的容颜肤色，不同的身份年龄，却竟无一例外的神清气爽、青春洋溢。

攀上长城的一座高峰，山上有一个展馆，摆放的全是金山岭长城的摄影画册。画册中的金山岭在摄影家手中呈现着四季不同晨昏之间的极致的美，或巍峨庄严或深沉凝重或风情秀美或梦幻壮丽，作品浸透着摄影家的一颗殷殷爱国之心，那种摄人心魄的灵魂之美让人叹为观止。所有的摄影作品均出自一人之手，是一个生于长城脚下的农民摄影家，有"长城之子"的美誉。他身有残疾，坚持二十多年的长城拍摄，获奖无数，最大的成就是将所拍的长城作品挂到了人民大会堂。

画册中有作者的照片，皱纹，黝黑，质朴，专注，浑身透出那么一股青春的精神气却像他身着的红 T 恤那样炫目。

青春，真好。原来，青春竟与岁月无关。

靠在城墙上小坐，四周一片宁静，微风拂来，清新中夹着花草的清香。城墙外，是满目的青山，美好的世界。我在阳光下闭上眼，时光仿佛静止。那一刻，我内心里满满涌动着一种情绪，滚烫的，湿润的，躁动的，感动的，那是什么，我也说不清楚。

"798"与生活

好友云住在望京。望京以南就是北京著名的"798"艺术区，云说从她住的地方步行十多分钟便可。云从一开始知道我来京时，就兴奋不已，她说，我们到时一起去“798”吧，你一定会喜欢那儿。

“798”艺术区原是北京国营798厂等电子工业的老厂区所在地，因为一些艺术家的介入，逐渐发展成为画廊、艺术家工作室、设计公司、咖啡酒吧等各种空间的集合，形成了具有国际化色彩的“SOHO式艺术聚落”和“LOFT生活方式”，并已成为了北京都市文化的新地标。类似纽约的“SOHO”，法国的“左岸”。

这样的地方，无疑深深诱惑着我内心深处的那一点小资情怀。和云约定的那天，天不作美，一早起来，天便是灰蒙蒙的，春雨肆意得像从南方飘洒而来。打电话给云，拨不通，电话显示欠费停机。一个人在宾馆闷坐，手机却突然收到短信：“已帮你交话费，宾馆吧台有伞外借，朋友，出发吧。”我笑了，这就是云，永远为别人着想，永远不对生活妥协。

一走出来，我才知道天气远比我想象的要恶劣。除了雨，还刮着有点邪门的大风，薄薄的雪纺衫哪经得起风雨的摧残，我冷得瑟瑟发抖，恍惚入冬。却因为有云同往，心里始终存有一份暖意。

因为下雨，“798”艺术区显得很冷清，仿佛一处被魔法摒弃远离喧嚣的艺术城堡。一路走去，竟没有行人，饕餮艺术盛宴仿佛只为了我们绽放。我们不是艺术的创造者或追捧者，我们不能完全读懂那些雕塑的线条与油画的色彩，但这并不妨碍我们享受艺术与美的情怀。是的，在这样一个地方，有这样一个情趣相投的故友，时光与心情便没来由地变得那般怀旧与诗意。

“798”艺术区除了一些艺术展馆，还有各种充满格调与情趣的小店，每个小店门口都有一些或张扬或憨实或粗犷或精致的雕塑，像一个个极具个性的小型艺术展区，使整个街道充满了异国情调与艺术氛围。

我和云偏爱一些个性的书店与咖啡店，那里往往会让人收获意想不到的惊喜。

路过一家咖啡店，我和云不由得同时为它驻足。它门前是木质的台阶，台阶上随意地摆放着几盆绿色植物，植物旁边懒散地靠着一幅画架。玻璃门内，有暖暖的灯光与温馨的布艺沙发，一束新鲜的百合在靠窗的木桌边向我们微笑张望。缓缓的音乐与醇厚的咖啡香从屋子里溢出。我和云相视一笑，推门而入。

在靠窗的木椅上坐定，当咖啡的香味在身边弥漫时，云不由得叹口气。一直处在幸福生活边缘的云，难得的双目依然清澈，此刻却隐约雾气弥漫。

我们在咖啡香的萦绕中闲聊。背井离乡，孑然一身，前方是不可知的茫然未来，内心深处是对于一双儿女最深的牵挂，云却内心笃定，从容自信。她说，她得感谢她前半生的生活那么糟，以至于她觉得现在与未来的日子总有美好所在。她说，她享受现在的这份自由与前方的未知，再苦也好过一潭死水的窒息。她没有了以前在困顿中的絮叨，神清气爽，双目始终含笑，我仿佛看到了十五年前那个校园里衣裙飘飘芬芳如栀子花的女孩。

她是不幸婚姻的逃亡者，北京是她暂时的避难所，十多年的盲目坚持，一朝的了然清醒，经过那么的事，云还是那个云，那个内心洞透灵魂美好的女人。我望着她，也不由得在心里叹口气。

我们懒懒地坐着，在咖啡里沉溺。我说，好想自己也能开家这样的店，不为盈利只为生活，要有最好的音乐与电影，有最醇香的咖啡与茶点，有鲜花与书籍，有友谊与共鸣。云说，想想都美，等我十年，让我们一起拥有自己想要的生活。

从咖啡店出来，遇见一小店，店名叫“原色生活”。小店门外，有一尊很有意思的雕塑，四个不人不兽的怪脑袋和谐相叠，相亲相爱，同样的眯眼，稀缺的牙齿，丑陋的模样下却分明是婴儿般灿烂美好的笑容。我们站在那里看着它们，同时笑出了声。

原色生活，我知道，我一定会把这个店名以及关于这里的记忆，一直记在心里，记到老去。

“后海”与梦想

后海，并非海。它是一个靠湖的酒吧集聚地。三年前，我曾经去过一次，夜晚的后海灯光旖旎歌舞升平，别有一种风情。

去后海，当然还是和云。从望京倒了两趟公交，站了近两个小时，终于到了后海。刚刚还在公交车上和德国帅小伙聊得起劲的云，一下公交车便躲到一旁呕吐，我不禁哈哈大笑。

下了一整天的雨，终是停了。后海酒吧街，因为临湖而生，于繁华时尚间多了一种灵动与韵味。雨后的后海华灯初上，如刚梳洗妆毕的女子，眼波流转，明媚动人。百余家酒吧肢体相连，缠绵交错，仿佛空气都飘着乐曲的旋律与美酒的醇香。

一路行人攒动，笑颜相叠，一派繁华俗世景象。后海的酒吧，大小不一，档次不等，格调各异，但营业项目统一，饮酒与听歌。酒分等次，有人头马、XO等贵族的洋酒红酒鸡尾酒，也有平民的二锅头、扎啤；音乐的表现形式也不一，有黑人领唱乐队伴奏，有男女对唱歌伴舞，更多的是一个个雅致的小间，一个个年轻的不知名的歌手单独驻唱。

来北京多日，看惯了废气笼罩柳絮飘飞的北京街头，此刻的后海清新得如江南小镇，微风拂来，尽管仍有丝丝凉意，却无比宜人。我和云很少说话，一路的风景，一路的歌声，足以叫人沉醉。路边一直有酒吧的侍者过来拉客，一拨接一拨，扰人情致。

走过一家小酒吧，一个年轻的男孩静静地坐在那儿拨动着吉他琴弦，淡淡的神情，深情的歌声。他有着清亮而略带忧伤的声线，在周围肆意狂放的吼叫中，他的歌声如同他的人，显得格外的安静动人。我和云停下来，为他的歌声驻足。

一坐下来，我和云便感叹，我们在这里停留是多么的明智。酒吧很小，不足二十平方米，几乎没什么装修与装饰，只有那个男孩，他的琴声，他的歌声。然而，这已足够。他唱的歌全是安静而忧伤的民谣，深情的，怀旧的，感伤的。他认真地用心地唱，只为我们而唱。从来不知道，在现场听歌，会是那样轻易地沉醉与感动，那些熟悉的旋律，因为眼前一个真实的用心的歌者，而变得如此动人。正如云说的，没有外在的粉饰，歌才是最纯粹的。

趁男孩中场休息，我们突然想听听他的故事。能这样唱歌的人应该有音乐梦想吧？唱歌是为了喜欢，还是为了生活？云邀他喝了杯酒，与他闲聊。他说从中专型的艺校毕业，到现在工作了 7 年。曾经也干过别的，最后还是选择了唱歌。在后海这边待了 2 年。每星期二和星期日在这家酒吧唱，虽然酒吧小了点，但刚来的时候就在这唱，跟老板特别投缘，像是哥儿们。每天都唱，不唱的话就没工资，另外的时间在别的酒吧唱。开始音乐是梦想是朋友，是真喜欢唱歌，后来天天唱，为生活而唱。渐渐麻木了。出名？是不可能的。这条街有 200 多个酒吧，歌手就有 1000 多人。再说现在唱片公司也不挣钱。参加比赛？倒是不少，去多了才知道没钱真别谈。这里收入很低，开销又大，每天唱到 12 点，月收入不到一万元。生活没有规律。女友？有，还在读书。特别想她。异地恋很艰难。以后想拥有一家属于自己的酒吧，交朋友，不唱歌。男孩是东北人，姓彭，有着韩国明星般的面孔与气质。

歇息会儿，他又得拿起吉他轻唱。弹着吉他，在怀旧的忧伤的旋律里，吟唱。多么美的画面。为了生活，与梦想无关。是的，生活总会轻易夺走我们内心深处的最爱。

生活是残酷的，所幸，我们都曾有过青春和梦想。

感谢男孩，因为他的歌声，让我对后海的记忆变得那么有质感有回味。

我对北京，从此有了念想。

第二辑

老　屋

房子，房子

1

那天，母亲进门就跟我说，有人打电话问家里的房子了，像是有意买的意思。母亲说这句话的时候，语气是欢快的，眉眼舒展着。父亲去世后，母亲随我来县城住了，乡下的那栋四层楼房便一直空置着。久了，成了母亲心里的一个结。每次下雨，母亲便像风湿发作般跟我念叨那栋房子，你说，家里——会不会进了雨水？

遇到梅雨季节，一想到那见不着日头的房子，母亲心里便滴滴答答，长久不得干爽。

其实，我也一样。

那栋房子建于1998年，是父亲手上的第二套房子。父亲当年像个将军，在一张稿纸上挥斥方遒，亲自规划设计。那时候，村里的楼房还很稀有，父亲一口气做了四层。

谁也没料到父亲会突然走了。最没料到的，也许是父亲自己。他一辈子都像在跟自己的命较劲。比如，他小时候和祖母住牛棚，所以，他这辈子要自己做房子，不仅做一套房子，还要做两套房子，三套房子。不仅要做房子，还要做更好的房子，更高的房子。还比如，他爷爷走得早，他父亲也走得早，所以，他这辈子要长寿。他把养生看得极为重要，每天坚持跑步，叩牙，梳头，他说，他要把祖辈们缺的寿命都补回来。

可是，有时候，还真没法跟自己的命较劲。

父亲在病中的时候，有一次，谈到过这房子。父亲说，要不，咱都搬到城里去吧，你弟弟也在城里买一套房子，我们一家人都在一起。这房子，卖掉去。父亲说这话的时候，挺寻常的样子，我有点摸不准，他是知道了自己将不久于人世，经过了深思熟虑作的决定，还是只是心血来潮时的随口一说。但这确实是父亲不久于人世之前对于房子的提议。我们都觉得这该算是遗嘱吧。

所以，母亲便放出口风，想把房子卖掉。毕竟，是没有人去住了，毕竟，还没结婚的儿子面临着在城里买房装修，需要一大笔钱。

房子没人住没人管，一日一日，衰颓着，像没人管的孤寡老人。按说，也是该卖掉。

那天晚上，母亲又跟我说起房子的事，不知道为什么，突然地，就黯然神伤起来。她喃喃地说，房子若卖了，总好像和你父亲断掉了什么，而且，没了房子，咱那村子，可能再也回不去了。

似乎真是那么一回事。那房子，是父亲留在村子里的脐带，连着筋脉呢，怎能说断就断了？

事实上，房子没卖，我们也不怎么回去了。偶尔，因为其他一些事，路过乡里，却并不愿意绕去看看它。离它稍近些，心里便会突然地潮湿起来。那房子，时时刻刻，角角落落，都是父亲的气息。父亲走了。很猝然地走了。可是有时候，生活里一片喧哗，阳光灿烂，秩序井然，好像忘记了父亲的走，便也寻常而快乐地过着。但是一面对那房子，父亲猝然走了这件事便又跳了出来，像里面的每寸墙面每块瓷砖般杵在那儿，我们不得不复制着某种悲凉，像是生活突然又暗了下来。

所以，我似乎有些不太愿意面对那房子了。

我有时候会为这种情绪而羞愧，甚至是伤心。仿佛是我在潜意识地想要把父亲忘掉了。

2

父亲做这房子的时候，特别有劲头。他一个人关在房子里，像模像样地在一张稿纸上画了几天的设计图。然后，他拿着那张看不出所以然的图纸，兴致勃勃地要跟我们解说。我们却总是很不以为然的样子。

楼房做起来之后，确实和村子里其他的楼房样子不太一样。外观格外清秀，素雅，透着点文化的味道。可事实上，这栋房子除了观赏性，实用性极为欠缺。父亲为了弄出些不凡的样子来，打破常规格局，楼房的正面，也就是朝南的方位，做了整体的墙面凹凸设计，把最为紧要的阳台设计到了西边。父亲颇为自己的设计得意。我们居住之后，才发现，我们连个正经晒太阳晒衣服的地儿都没有。我们极少去西边的阳台，那儿的阳台总显得有点矫情，冬日里，阳光总是磨磨蹭蹭地从中午之后才出来露个脸，夏天，却又是劈头盖脸地，让人避之不及。我们才恍然起来，阳台设在南面，才是最正确最合理的呀。然而，我们总是不太好当着父亲的面说。

我特别记得，做房子的那些日子，天微亮，迷迷糊糊之间，就听到父亲叮叮当当使锤子的声音，清脆，紧凑，结实，一声接着一声。父亲坐在一个小凳子上，细细磨磨，没日没夜，做一些力所能及的碎活儿。那些个日子，父亲整个身心都扑在造房这件事里，前前后后地操持，从不懈怠。父亲黑瘦了许多，也显老了。造这房子耗时半年之久吧，我感觉，像是耗上了父亲半辈子。我那时候正在省城读中专，暑假回来，也被父亲抓着做些小工，搬砖，提水泥桶之类的。弟弟还小，我这个长女不做谁来做？然而，我总是不太情愿的，只巴不得赶紧开学。有一次，搬砖头，心不在焉吧，一不小心，跌在坚硬的水泥石阶上，小腿骨磕出一个大口子，鲜血喷涌。我的小腿到现在还有一个很难看的疤，这让我穿裙子的时候特别介意。那个时候，我大抵是在心里怪过父亲的。我是父亲的女儿，可我那时候总是娇气懒惰得很，贪恋更优越享受的生活。

因为这栋房子，父亲欠下不少债，也落得些非议。因为父亲那时候在单位上做会计。人的眼皮子都很浅。父亲是个特别重声誉也特别严谨低调的人，这栋醒目的四层楼房，很有些与父亲格格不入。父亲有时候，又是个有些让人难以捉摸且特别固执的人。

对于这四层楼，父亲是有规划的。第一层是客厅、厨房、卫生间，第二层是他和母亲的卧室，弟弟的房间。第三层，他很费了些心事。这层楼，是专属我们三姐妹的，有三间房，带一个小露台。父亲请了木匠，将东边及中间稍大些的房间做成了小套间，给每间房做了整体衣柜与书柜，还根据我们的意愿，上了淡蓝色漆，显得特别清新别致。那个时候，装修这个词还很少被人提及，那种衣柜与书柜在乡下极为少见，一些比较讲究的人家一般会用在儿子的婚房里。我们那时候颇有受宠若惊之感，在我的心里，父亲是有些重男轻女的，我暗暗觉得除了我这个长女之外，下面的几个妹妹都不过是弟弟的陪衬而已。我有些愧疚起来。

房子做好后，有人到三楼参观，便说，妹头伢的房间搞这么好干吗，以后不都要嫁出去的。父亲笑着说，妹伢也一样，嫁出去了，也是要回来住的，住得舒服，才会多回来嘛。父亲极有远见。我后来结婚，把我那个小套间布置成了婚房，也是因为，它比我在婆家的婚房要体面得多。丈夫在部队，回家住的日子少，便依了我的意思。我们郑重地在房间里贴上金闪闪的红喜字，重新置了窗帘、沙发。它看起来，特别像一个理想的婚房的样子。丈夫在部队的那几年，我几乎一直住在家里，仍然像闺中女儿。一直到后来，房间都保留着我们最初布置的样子，我们姐儿个每每回去，总要在家里过个夜，大大小小，叽叽喳喳的，特别人丁兴旺的样子，整个楼房都欢腾得很。

在做这楼房之前，我们家是一个老式的土面瓦屋，总共有三间房。父亲母亲一间，外婆一间，还有一间是母亲赖以生计的药房。我们姐妹仨曾和外婆一起挤在她的小房间里，小妹和外婆睡她的雕花老床，我和二妹在旁边支了张铺。那房间有些阴暗，外婆一双小脚，夜起不便，便习惯在床头放置尿桶。那个时候，好像大家都习以为常，尿桶从不及时清倒，一直积着，使得房间里终日弥漫着一股浓重的尿骚味。不知道什么时候开始，我们打起了母亲药房的主意。母亲的药房有些杂乱，也有股酒精味儿，但比尿骚味好闻得多。我们将药房归置一下，从中间扯上个布帘，便给自己隔出了一个小小的闺房。那个不到十平方米的闺房，让我们无比欢喜。我记得，我和妹妹用一些彩纸折了很多纸鹤和幸运星，挂满了房间，在墙上贴了小虎队的挂画。我们还在窗口挂了一个风铃，我记不起风铃的由来了，玻璃的，有阳光的时候，一朵朵水晶花一般，随着风儿，叮叮当当地摇曳。那时候，我们特别满足。

谁想到呢，我们后来还能住上有衣柜和书柜的套房。现在想来，真的，那段闺阁时光，美好得像一个梦。

3

房子，也是父亲心头的痛。

父亲后来说，那房子，卖掉吧。父亲说得很平静，我不知道，他是经过怎样复杂的心路历程才说的那句话。

父亲在村里，曾是一个人。一个人的意思是，在他出生成长的那个地方，他没有任何血缘至亲。父亲不记得他父亲的样子，他三岁之后，唯一的亲人是祖母。等到 15 岁时，他连祖母也没了。很小的时候，父亲对我们说起他的身世，像说一个很久远的故事：我那时候，一无所有，跟着我奶奶住村里的牛栏……

父亲曾住在牛栏里，但他还有祖宗留给他的地。他要在那块土地上生根发芽，首先，得在那块地上做上房子。房子，是父亲生活的起点。

那个年代，封闭，贫瘠，村子里还很蛮夷，往往是人多势强。哪家出现个什么纷争，兄弟叔伯便一齐上阵，武力解决。为些并不多大的事，动辄全家人去“讨人命”，甚至村子与村子之间齐殴杀阵。很小的时候，模糊记得，屋前的一个老实巴交的李姓汉子，在一次与邻村的杀阵时被斧头砍了，好几个后生把他抬回家，殷红浓稠的血洒了一路。

那个时候，村子纷争最多的，是土地。

说回我家那间土面的瓦屋吧。在村子里，那是一栋很特别的房子。

那是父亲生命里的第一栋房子。父亲做那栋房子的时候并没有我，因此我无法去想象父亲当时做这栋房子的情境。我想告诉大家的是，那是一栋没有后门的房子。不是父亲没设后门，而是，我家的后门被邻居家的猪栏给死死地堵住了。邻居是在我家做了房子之后，才把猪栏做过去的。他们说我家后面的地是他们祖宗的菜地。他们紧紧地挨着我家后门，做了一个大猪栏。猪栏与后墙之间，只留了十厘米左右的缝。我家的后门，成了被扼住的咽喉。邻居说来和我们家还算是宗亲，按辈分，父亲称他为叔叔。我这个宗亲爷爷兄弟七个，兄弟七个又各自开枝散叶，一家子几十口人。记忆中，父亲像是一直在为后门的事据理力争，有一个场景，至今在我的记忆里散发着一种凛冽不祥的气息，像是萧瑟的秋冬里一群乌鸦在头顶无声盘旋——我的瘦弱的父亲，被邻居家六七个兄弟围在中间，张着嘴，喉结上下蠕动，刚发出一点声音，便被无数喧嚣的唾沫给淹没了……

父亲无法跟他们理论，但父亲从来没有松过口，父亲始终说，那后面的地就是我们自己的。是我们祖宗留给我们的。邻居后来搬到景德镇去了，猪栏空置着。空置着的猪栏仍是堵在我家后门口。后门与猪栏间的那条过道，因为终年不见阳光，地底又不得通畅，总是积着苔藓与污水，像条发炎糜烂的阑尾。小时候，懂什么呢？那个与众不同的后门倒是给我们带来些乐趣，若是父亲打骂我们，我们一阵风似的往后门钻，那条窄小的过道从不刁难我们瘦小而灵活的身体，却把父亲给难住了。父亲叹口气，便也罢了。

父亲后来坚决拆掉老屋，在原地重做楼房，我不知道是不是想迫切地想改变这个境况。我那个邻居有个长兄，算个读书人，很早便到景德镇去安了家，在我父亲小时候给予过关照。父亲觉得他应该是个明事理且说得上话的人，便在某个夜里，点灯熬油，恭恭敬敬地给那个宗亲叔叔写了一封长信。我看过那封信，父亲把它重新抄在了一个笔记本里。那封信情真意切，字字句句极尽谦恭，父亲说到从前，也说到未来，说了祖辈，又说了后人。父亲说，你们难道打算堵我一辈子吗……

那封信终究还是半点回音也没有。

父亲后来绕过那猪栏将后门做偏，辟了一条狭窄的院门。那栋楼房，总算是舒出了一口气。

4

卖房的事终究没有谈成，母亲嫌对方出的价太低了，几乎比我们的预期价格缩了1/2。母亲说那人不实诚。其实，我们的预期价格只不过是我们自己一厢情愿的感情价罢了。时代毕竟是不同了，那房子无论是结构布局都极为落后，地段又不好，院子倒是有，只是前院通不了车，后院呢，就一条窄小的胡同，畸形一般，总让人不太舒服。谁还会出高价买这样的房子呢？

可好像，还不仅仅是价钱的事。我们其实都还没有做好卖掉它的准备。

丈夫一直不主张卖，他说，叶落归根，房子在，根就在。人，不能忘本，不能断根。然后，丈夫说起了母亲百年以后的事。我们说的百年以后，是指一个人的后事。对一个在生的人说后事，自然是不太合适的，但时间总得往前走，有几人能活过百年？这样去说，就不难听了。丈夫说，妈百年以后，总还是要回去操办的。妈以后，总还是要和爸在一起的吧。我们那个村子，有一座山，凡是村里老了人，都葬在那座山上，那是祖宗待的地方，也是祖宗传下来的。父亲自然也在那里安了身。丈夫的意思是，如果房子卖了，跟村里没了联系往来，母亲随了我们在城里，这百年以后怎么去办这后事呢？丈夫的意思，一是以后或许不好再往那里去了，二是也没有地方好操办。我是有些忌讳的，也有些不以为然，便说他，怎么就扯到这事，想得也太远了吧。这身后的事再怎样比得了身前的事？再说了，这和乡下断了根的，这住城里的，就不老人了？就不办后事了？丈夫便说，你们女人家，懂什么呢。

丈夫去年也在老家做了房子，方正气派的四层楼。当初，为做这房子，我挺有些意见。太折腾了。好不容易，从乡下都到了城里，事业家庭都稳固了，父母也都跟在身边住，为什么还要回乡下做房子？这日子才舒坦些，又要真金白银地往外抛。然而，丈夫特别坚持。房子做起来之后，最高兴的，是我的公公。他说话的声音一下子敞亮了起来，倒像从前他都是憋着嗓门说话似的。

我的公公曾经在壮年时离开这个村子，去邻市景德镇打拼，做了十多年的蔬菜批发生意。我记得，我和丈夫恋爱时，住在他们在景市租的房子里，一个很有些年岁的房子，寒碜老迈的样子，总共六十平方米的样子吧，三间房，隔音特别差。睡觉的时候，好像每个角落都窸窸窣窣地发出可疑的声响。我总是极难入睡，往往是好像才刚睡着，又被公公起身咳嗽的声音惊醒。公公的动静极大，咳嗽起来，一声连着一声，一声比一声急剧，我总是担心他会把胸腔咳出一个洞来。过一会儿，又恍惚听到隔壁房间里传来霍霍的磨刀声。当然，那极有可能是我耳朵的臆想。隔壁的房子里，合租了一个乡下来的卖肉的屠夫，我偶尔看到他，四十来岁，默默的一个人，身上总是套着一件油腻腻的黑褐色皮围裙，脸膛像是那块皮围裙裁剪出来的，黑褐色，抹了猪油般光亮，倒给他整个人衬出一种生机。后来，公公几次辗转搬家，终在一个半新的楼房里租下了整个一层。在那个城市，公公把夜里当成白天来用，却也只是把几个孩子拉扯大了，没有在城里谋得属于自己的一砖半瓦。到了老年，便也只有依附儿子了。依附儿子，是最理所应当的。他重新回到村子里，住上了村子里最醒目的大楼房，这个一辈子都没怎么伸展开手脚的男人，仿佛天地重新开阔了。逢年节，他总是在楼房上挂灯笼，扯上彩旗，格外的招摇。有人路过，赞叹，这房子真气派，乡政府似的。他便总是对我们转述，一次又一次，说过又像忘了，下次又津津有味地说起，某个路过的人，说我们房子气派，跟乡政府似的。呵呵，乡政府。他拣着字眼，重复地强调着，回头来打量着自家楼房。像是第一次说起，也像是第一次打量。公公没事的时候，将手背在身后，像个退休老干部一样，悠悠地踱着步子走家串户，村里人聊起他现在的生活，都说，还是你有福气呀。公公便笑，都是儿子还争气罢了。像是很低调谦虚的口吻，却又是止不住的得意。

公公原在这个村里只留下半座废墟似的瓦屋。一间没有做成器的房子。当年，也是拼着全力想做成，却终是不了了之。丈夫叫来挖土机，把那半座房子推平。挖土机轰轰隆隆的，声势浩大，横冲直撞，顷刻便改写了历史。其实，村子的地很富余，完全可以重新在一块更好的平地上做房子，但丈夫说，还是在老地基上做吧，那是祖宗传下来的。

有了房子之后，我们会在周末的时候回乡下，像有些城里人那样，享受着田园周末。房子面向昌江，背靠青山，我们跟着太阳一同醒来，日子像河水一样发出原始的光泽，缓慢而悠长。丈夫说，以后我们老了，还是会回来住的，这里的天地，多敞亮。对于我们老了之后的生活，我并没有过多去想，然而，每一次回来，看着这里的天空与河水，总觉得无比心安。不管怎样，我像是逐渐习惯了这样的生活。

5

德国著名小说家聚斯金德在小说《鸽子》中，描述房子对于主人公约纳丹的意义，“这是他在这个动荡不安的世界上的安全岛。是他牢靠的支撑点，是他的庇护所，是他生活中唯一被证实可以依赖的东西”。约纳丹是个正直朴素禁欲的小人物，他在动荡与被遗弃中守护着房子里安稳牢固的生活，画地为牢，在房子里构建自己的全部自我与世界。然而有一天，他的内心平衡与生活秩序却被一只鸽子扰乱与打破，最终分崩离析。

对大多数人来说，房子是生命栖息之所，它证明我们在这个世界上安身立命，证明一种存在，一种尊严。人赤条条地来到世上，要奔波劳碌，要天天向上，要衣冠楚楚。人活着不容易。所以，需要庇护，需要支撑，需要包裹。房子，对抗着一切外来因素，房子是自己的地盘，是安全岛，是遮羞布，是母体。

我想，对父亲而言，亦是如此。一个孤独的人，一个无依无靠的人，更需要一种有形的物体，将他包裹起来，给他在人世取暖。父亲无从选择他的出身来路，而房子，是一个可以推翻与重建的载体。他曾经，竭尽全力地，想要用一所房子来为自己证明，想要在一所房子里重新生产出他想要的生活的模样。对父亲而言，房子除了是安身之所，还是重生，是希望，是他的诗歌与远方。

我是在父亲走了之后，才突然又记起那条曾横亘在我家后门数年之久的“阑尾”，回过头来细细思量，那也正是父亲世界里从天而降猝不及防的“鸽子”。对于父亲，那是一种关乎到精神信念的摧毁与嘲讽。我后来想，那些关于房子九曲回肠的心结，抑或也是种在父亲身体里的一种病因？那些不得舒缓的痛，一点点地，变异，肿大，悄然植入父亲的生命深处。

从上海确诊后，我留父亲在城里住，父亲执意回家。父亲说，你们有你们的生活，我在自己的屋子里更自在。在他生命的最后一个月里，除了看书，写书法，便是整日地打理院子侍弄花草。我周末回家，看到父亲穿着一件白色汗衫，在院前的花圃里拔杂草。他背着我，弓着身子，缩成瘦小的一团。他拔得很认真，身体随着手的用力微微起伏，偶尔，他或许有些累了，手略略一停顿，歇口气，又埋头继续了。那个身影，单薄，执拗，像一芯火苗，在风里颤抖着身子，弯腰，又直起。我双目灼热。我突然想起他当年建房子时的情景。那时候，他也这样，弓着身子，给旧木板起钉子，清理废砖头，他的身体起起伏伏，流畅有力，臂膀坚实地鼓起，像藏着一头小兽。他多么欢喜，亲手给即来的新生活清除障碍，铺陈秩序……

父亲身后的那四层楼房被父亲衬得无比伟岸，在阳光里熠熠生辉。院子里葱郁井然，看不出任何生命衰败的迹象。

6

就在房子没谈成的那天，我去一个政府部门办事，听到两个办事员在闲扯。说一个老人办后事的事。一个女人对另一个女人说，是我们小区的老头儿，有好几个儿子呢，都在城里买了房的，结果，最后停在我们小区临时租来的棚子里头。她又说，真是，你说有多大意思，到头来就那样停在外头，想着都凄凉。另一个女人接了一句嘴，是哦，死去的人怎么心安？女人有些唏嘘的意思，却又露出鄙夷的神色。像是极看不上这件事。

我由此想到丈夫曾提及的母亲百年以后的事来。

在乡下，在传统的观念里，百年以后这件事，是件庄严庄重的事。讲究热闹操办，讲究入土为安。仿佛是为在世一遭，画上一个圆满体面的句号。死者为大。后人之孝，不仅仅体现在生上，更要体现在死上。在我们这地方，一个有家室有子孙的人过老，入土之前，安放在自个的房子里，方为妥当。一个人生前有归宿，死了却停在外头，像是孤魂野鬼，是件极难看的事了。这难看，不仅仅是凄凉的意思，还有着很多枝枝蔓蔓的世故与讲究在里头。死去的人，自然是不会心不安的，心脏都停止跳动了，早就安了。心不安的，是在生的人。

要买我家房子的原也是我们村里人。很早便离开村子去外面打拼了，如今后辈都成了城里人，自己却想回村里来，饮水思源，叶落归根。老头七十多了，脾气拧得很。他说，外面再好，老了，还得回家。他说的回家，是回到源头，从哪来回哪去，你出生的那个地方才是灵魂的最终归处。这个执拗着回乡买房的老人，与其说是安排自己的余生，不如说是在打算自己的后事。

母亲对于房子与她百年之后的事的联系，并不以为然。她觉得对她而言，把儿子的婚姻大事安排妥当才是最为紧要的。既然儿子不可能在乡下安家，房子卖掉更有现实意义。对于一个母亲而言，儿子的事才是天大的事。然而，她也踌躇着，有时候，恨恨地怨一声父亲，到头来，倒让她左不得右不得了。

她当初，风华妙龄嫁给孑然一身上无片瓦的父亲，亲手和父亲一起置了两栋房子。这大半世的滋味，尽在那一砖一瓦里了。人这千头万绪的一辈子，亦不过是房前屋后的春秋。

我自认为是一个头发长见识短的妇人，也是个无神论者，对于身后的事，对于人死之后的那个世界，我从来没有去思量过。似乎是，那个世界对我来说太远，也似乎是，我在回避着那个世界。自从父亲走了之后，我仿佛被死这个东西绕住了，它重新走到我的面前，与我对视。我发现，我在与它对视时，一次比一次平静。我越来越觉得，人死后，真有那么一个世界，一个大房子里，我们走着走着，终究，又要聚到一块去了。

很奇怪的是，在父亲走后，我觉得我和父亲之间的情感更深厚了，我们之间的某种交流突然打通了，我重新变成父亲的女儿，仿佛一种血脉源头的重新相认。因为父亲，我成了一个有历史的人，父亲的故事变成了我的故事，我的生命变得厚重而丰富了。有时候，我决定一件事，突然地，觉得是父亲的旨意。

然而，对于这件事，我却没有感知到父亲的旨意。我不知道，若父亲还在，对于这栋房子究竟会怎样处置。

自从母亲说有人要买房子以来，我几次梦见那房子。有一次梦里，叮叮当当的锤子的敲打声清脆袭来，欢快，紧凑，结实，像滚滚春雷，撑满了整个世界……我惊醒过来，心突突地跳。

一叶落知天下秋

1

那似乎只是一个寻常的傍晚，我和父亲去田间散步。

父亲走在前面，腰板特别直，像他年轻时一样。他努力掩盖着病体的虚弱，脚步却明显有些沉缓。在走了第四个来回时，他说，再走一圈吧，我还没累呢。父亲看着我，眼神热切，像个逞能的孩子。我依了他，上前挽起他的臂膀。我陌生而亲昵地挽起我父亲的臂膀，合着他的步子。我发现，父亲像是矮了许多，我穿着厚底鞋，眼睛瞟过去，正看到他稀疏灰白的头顶。我紧紧挽着父亲，用一双在岁月里空置了三十余年的手。

那晚，他洗澡出来，头发滴着水，我拿一条大毛巾去给他擦，然后用吹风机给他吹头发。父亲那头他不满意了一辈子的粗硬微卷桀骜不驯的头发，像是换了脾性，稀疏而细软。我边给父亲吹风边用手捋着他的头发，父亲似乎有些不太习惯，憨憨笑着，对母亲说，有妹仂就是有福气，都是你的功劳。

近些年来，父亲常常对母亲说起这句话。像唠叨着一张欠条。父亲越来越变了，变得不像父亲了。

父亲把我们姐妹几个的合影挂在厅堂里，来个客人，便赞叹着儿女的漂亮他的福气，父亲笑眯着眼，也不谦虚。合照旁边贴着一张红纸，排头是父亲庄重的字迹：请记住一家人的生日。后面是浩浩荡荡的名字，日期，五个孩子，包括女婿，外孙。红纸黑字，醒目蓬勃，阳光普照的样子。

每一次回家，父亲老早便到村口停车的地方接我们，太阳大的时候，还会撑一把伞。当然，那伞是给我们备的。走的时候也要送到村口，不管什么样的天气。临走时，总是要叮嘱几句，都是些以前他不屑于说的废话。姐妹几个一起回时，便像是过年一般，父亲除了和母亲一起给我们张罗伙食，还要帮我们张罗好牌局。姐妹几个四体不勤，只管往牌桌上一坐，只管一边笑得捂肚子，一边往嘴里塞父亲偶尔端上来的茶水零食。

暑假我难得带孩子在家里过个夜，父亲会早早地到我的房间去，点好蚊香，搬好电扇。有一次竟然和母亲抱怨，那床板太硬了，妹仂会睡得不舒服。他去地里拔萝卜，我要跟着一起去，父亲说，这么大太阳，你别去，在家看看电视睡睡觉。我看着父亲，生出错觉。记得很久以前，到畈上收花生，我最怕那毒辣太阳，总是突然肚子痛或头痛，父亲严厉地戳穿我的把戏，从不给我偷懒的机会。

这真的不是我所熟悉的父亲。

岁月像粗粝的砂纸，那个严苛而执拗的父亲，被打磨得渐渐没了任何脾性，越来越温润柔软，成了一个老人，或一个孩子。

这样的父亲，突然就没了。在我刚刚挽起他臂膀的时候。

像一片叶子的飘落。

2

小时候，总似乎感觉不到父亲的存在。家里常常只有母亲，以及外婆。外婆年富力强精明能干，她的关爱覆盖了我的童年，父亲便越来越远。

父亲是有单位的人。八九岁的时候，或许更小，外婆总是把我叫到跟前，去所里叫你爹回来吃饭。我点点头，却又被外婆拉住。从窗户里先看看你爹在干吗。外婆贴着我的耳朵，像说一个秘密。我不懂，外婆为什么叫我先从窗户里偷看父亲，可我还是照办了。外婆还说父亲的所里新来了几个年轻漂亮的姑娘。外婆总是有些神神道道。我穿过街道，溜去父亲的办公室，像一个小特务一样趴在窗户前。那是一个木质的有些颓旧的小窗户，有点高，我踮着脚尖才能看到里面。父亲常常坐在办公桌前，一个人看书，或写着什么。父亲眉头微锁，舌头顶住一旁的腮帮，这让他的左腮下方形成了一个鼓起的小包，像含着一颗糖果，又像一个反凸的酒窝（父亲专注某件事的时候总会惯性般地出现这个动作，像一个不经意流露的小秘密）。我总是忘了外婆的交代，饶有兴味地看着自己的父亲。那样凝神专注的父亲，像文具店里的一支装在包装盒的钢笔，在我幼小的心里远远的又体面地存在着。

父亲在我的心里，是体面的。他是个执法干部，穿一身威武的制服，喜欢看书，会写文章，写得一笔好字。我不懂村里有些老人为什么叫他“叫花子”。那是个多么不体面的绰号。我简直想封住那些人的嘴，他们凭什么那样叫我的父亲。我后来才知道，那是我父亲命运的底色，他后来那些努力与执拗，就是为了扯掉某些与生俱来的标签。

父亲曾是村子里最悲苦的孩子。三岁丧父，母亲随之改嫁他乡，年幼的父亲跟着唯一的老祖母孤苦地生活。他们的安身之所，是村里废置的牛棚。我的曾祖母，一个坚强善良的旧时女子，像护犊子一样精心护着她年幼的孙子长大，替人缝补，给人撑船，受人接济，用不为人知的汗水与泪水去为我长身体的父亲换取粮食与鸡蛋。父亲 15 岁时，曾祖母一身病体终于油尽灯灭，带着未了的遗憾走完了她凄苦的一生。

父亲的童年隔着时代与境遇，我无从感知以及描述。他很少和我们说起。也许曾经说过，但我们听的时候走神了，或者忘了。那个时候，我怎么有兴趣听父亲那个年代的旧事。我的祖辈，我的爷爷，太太（曾祖母），他们从未在我的世界里存在过，和我有什么关系呢。关于他们，我后来陆续知道一些，我的曾祖母曾经以一组深情到在我看来有些滥俗的排比句的形式走进过我父亲的文字。关于我的爷爷，我是极不情愿地从别人嘴里得知一些事的。那个穷困潦倒的男子，因为过于憨实，曾是村里的一个笑话。老一辈们说起他来，便说起一个曾在村子里广为流传的段子，带着戏谑的口吻。我的爷爷，老实，穷苦，短命，被漠视，受嘲笑，带着那个时代某种灰色的烙印。

我的爷爷，我的曾祖母，他们与我的世界没有任何相交，他们与我没有任何关联，至少那个时候我是这么认为的。可是，他们构成了父亲世界的底色。我的体面的父亲，是个孤儿，从小被人叫作“叫花子”。

3

孤身一人的 15 岁的父亲被大队送去参军，在东北漫天的风雪里度过了他的青春。我想，那个时候的父亲应该是幸福的。他不再是一个孤儿，不再是“叫花子”，他成了一个和大家有着同样身份与起点的解放军战士。

父亲乐呵呵地在部队里挣得一个又一个荣誉，那些奖章与证书像一朵朵艳红的花儿在他灰暗空白的人生履历里开出属于他的春天。父亲在入伍的第二年得到过一个保送大学的名额，却因为父亲的小学文凭而最终止步。“那可是全团唯一的指标，差一点你爹就是大学生了。”父亲后来总是骄傲地跟我强调，眼里仍带着孩子般的憧憬。

父亲没有走得更远，他从部队回来，成了一名国家干部。他准备在那片土地里重新扬眉吐气地生活，做屋，娶妻，生子，给他一无所有的人生开枝散叶。我的父亲，当年，在他站在属于他的那片没有寸瓦的荒地，准备开始他新的人生的时候，他的胸口一定澎湃滚烫，他怀着最卑微而又最汹涌的爱，去迎接即将走向他生命的亲人。

我的父亲母亲是怎样走到一起的，他们之间有着怎样的爱情与故事，我不能妄加揣测。我只是想，我的出身贫寒一无所有的父亲，他心目中的女子，应该像曾祖母一样，也是个从苦日子里泡出来的朴素善良勤俭持家的乡村女子，像山间的一朵小花，低眉颔首，眼角间蓄着水一样的温柔与清澈。可我的母亲不是那样的女子。我的母亲，虽说也是乡村女子，却是一朵温室的花儿，从小锦衣玉食，娇生惯养，且知书达理，诗情画意，是个衣着与做派都有些洋气的女子。我的母亲，心目中的男子，或许也并不是我的父亲。

可是他们走到了一起。我的光彩夺目的母亲，因为外婆一厢情愿的爱迫于一段旧式婚姻，她在世俗里挣扎着打了个滚，拍拍身上的尘土，站在了我父亲面前。他们望着对方，来不及酝酿情绪，便被大众以扬长避短取长补短的方式撮合到了一起。我的母亲，貌美，有文化，学医，正当风华。可是，她离异。离异，是一个女人最难掩盖的破相。何况是那个年代。当初，我的父亲在接受母亲的时候，无论如何，心里终归是有那么一点不妥帖不甘心的。

谁都以为我的母亲是一场婚姻里的残花败柳，除了我的父亲。当然，这是婚后父亲才知道的。婚后几个月，我的母亲挺着有些显山露水的肚子去河边洗衣服，几个碎嘴的妇人在旁边嘀咕，暗讽母亲腹部藏了东西。意思是一个结婚两年未育的女人绝对是有生育缺陷的。母亲扔下洗衣桶，委屈地跑回家向父亲哭诉，父亲却憨憨地笑了。那是父亲一个人的得意。

父亲开始计划着他微薄的工资，给家里添点肉或水果，每一次，父亲都把肉从盘子里一块不剩地挑出来放在母亲碗里，看着母亲吃完，再把余下的菜汤倒在自己的饭碗里，有滋有味地埋头大吃。乡里放露天电影，父亲一路护在母亲前头，扬声和邻人笑着打招呼，又俯下身来叮咛呵护着母亲。那个时候的父亲，春风满面，像一粒饱满的种子，随时准备着结出香甜的果实。

那是母亲回忆里的父亲。那并不是我小时候所感知的父亲。

4

一个村庄，像一棵老树。它从某一棵扎根土地的树苗开始演变，延展，茁壮。先有了一些枝干，每根枝干又长出无数枝丫，枝丫又长出数片枝叶。每片枝叶都有它所承载的枝干与毗邻的枝叶，它们互相依托与护佑。每个人都是一棵树上的一片叶子。父亲这片叶子，独自立在某根枝丫上。在一棵枝繁叶茂筋脉相承的老树里，像一个突兀的外客。

然而，我的父亲，是个受人尊敬的人。

父亲是个吃皇粮的人，可是他一直保留村里分给他的几分田地。每天他都会去田畈上，兴致勃勃的样子，像是去会一个老友。他种菜，比照顾他的孩子更讲究，用心。我不知道，他是喜欢劳作，还是喜欢土地，或者是喜欢那样一种氛围，一片叶子融入一棵树的氛围。

我偶尔去畈上叫父亲回家吃饭，总是看到他笑着高声和畈上的村人们说话，拉扯闲聊，也交流一些种菜的心得。可是，这样用心种菜的父亲拿回家的菜却总是一些歪瓜裂枣，不是老了的青菜就是空心的萝卜。有一次，母亲到屋前的李婶家串门，看到她家地里有几棵样子特别漂亮的青菜，便赞叹着她的菜种得好。李婶说，我家今年没种青菜，是顺保哥拿来的呢。顺保是我父亲的名字。母亲暗自奇怪。后来，我母亲又到邻居王叔家看到了我父亲送去的比家里翠嫩很多的莴笋。我母亲终是见怪不怪了。

过年，是我父亲兴致高昂的时候，因为写对联。父亲有文化，一手毛笔字虽然谈不上多好的书法，但也有模有样。那些没有印刷对联的岁月，父亲的毛笔字在村里颇为荣光。腊月二十八、二十九，我家里像走马灯一样热闹，四方的村民拿着红纸到我家讨要父亲写的对联。父亲来者不拒，笑呵呵地，像接奖状一样接着纷至沓来的红纸。父亲将家里的八仙桌摆至厅堂中央，泼墨挥毫，颇有些架势，偶尔来了兴致，还自编自创，写些嵌名联。红纸映照在父亲的脸上，像一束舞台的光。

我家在村里的光景并不算好，却拥有了村里的第一台电视。我不太记得家里那台 12 英寸的黑白电视机的由来，却一直记得因为它而给我家带来的那些热烘烘的美妙的夏夜。还没入黑，父亲便把电视搬到院子里，往院子里摆上一些凳子。村人陆续过来，慢慢挤满了我家的庭院。那个热烘烘的场面，弥漫着一种莫名的让人微醺的喜悦。父亲穿着灰蓝色的制服衬衣，微笑着站在自家院子里，一一和来人打着招呼，不时递一根烟。仿佛一个亲和的首长。

后来的村人们渐渐忘掉了父亲那个不体面的绰号，都叫他顺保。大家说起顺保，音调是上扬的，带着笑。这样的父亲，是他作为一片叶子的某个切面，那个切面，是积极的，暖色的，逆着命运的底色，向着阳光努力生长。

可是，一片叶子不仅仅一个切面。

5

我的童年，父爱不在场。

我这话多少有些偏颇。也许是由于时代的禁锢，或是记忆的缺失，无论我怎样寻觅与回首，在我的童年，父爱于我，始终遥远而模糊。父亲，那个给予我生命的至亲的男子，他对于我到来的欣喜，他最初的拥抱与宠爱，我们之间曾经的亲密与依赖，仿佛从来不曾到来过。

在我寥寥的记忆里，父亲也只是以教科书的模样参与了我的成长。他从来不允许我们浪费粮食，总是要我们吃尽碗里最后一粒饭。在我们迷恋一些画册明星的时候斥责我们玩物丧志，教我们一些生僻难懂的话，比如“不以善小而不为，不以恶小而为之”；“常怀感恩之心”；“静坐常思己过，闲谈莫论人非”；“做事要寻找最佳度”；等等。他责备我们爱慕虚荣而摔坏我和妹妹苦苦央求母亲买的第一瓶洗发水，他要求我艰苦朴素而扯掉我头上最爱的彩色发卡。他罚我跪毛主席像。这样的父亲，像是教室里的那块旧黑板，方正、黑白、守旧，不是我想要的样子。

大概刚上初中吧，十二三岁的样子，我记不清楚与这件事有关的其他细节，但我牢牢记着这件事。我给水瓶灌开水，不知道是手没提稳壶，或是水瓶放在了正好有凹坑的地上。那个时候我家的灶膛当然不是水泥地，那些不规则的凹坑像土地的年轮。我不知道为什么，水瓶打翻在地，开水烫到脚上，水瓶爆裂的声音与我的惊叫声同时响起。父亲闻声而来，我以为他会先看我的脚，安慰或心疼。可是父亲只是严厉地责骂我做事不当，没有用心，没有寻找到最佳度，他给我示范着怎样才能更好地灌开水，水瓶该怎么放，水壶该怎么拿，站姿，手眼配合……却完全无视我的脚被烫到。我呆呆地站在那里，看着自己烫得红通通的脚。我死死地记着这件事，几乎每一次灌开水的时候都会想起。那只烫伤的脚被烙在了关于父亲的记忆里，像某种医治不及时不彻底的后遗症。当然，那以后我再也没有在灌开水时被烫过。

我的父亲，那个对别人无比宽厚亲和，受人尊敬与赞誉的人，在家里，却是有些冷漠与暴戾的。那些夏日午后，我和妹妹们在屋里玩闹，总会受到一贯午睡的父亲的斥责。那个年纪怎么会长记性呢，我们大抵是安静了几分钟，又自顾说笑起来。父亲恼怒地从床上爬起来，顺手抄一把扫帚，奔向厅堂里的我们。我们惊慌得如鸟兽四散，有时候来不及穿鞋，赤脚踩到屋外毒日头下的石子里，烫得脚丫子上下乱跳。那些记忆深刻的童年夏夜，只有外婆的蒲扇陪伴着我们。父亲，只是蚊帐里的一个自私的背影。深夜，我偶尔会在竹床的摇晃中迷迷糊糊醒来，感觉外婆和母亲一前一后将我们的竹床从院子里抬进里屋。那个时候，我的父亲从不在场。他在那个家里，却不像是家里的一分子。

那些我们本该相亲相爱的时光，我的父亲却把自己孤立了起来，做回了一片独自站立的叶子。

为人母之后，我看着丈夫与儿子之间的亲密，那种无间的参与，那种骨子里流露出的摁都摁不住的爱与宠溺，我便会想起我的父亲。我突然觉得，不在场的父爱远比在场的父爱，要难太多。父母对孩子大概是世间唯一不需要矫揉造作的与生俱来的情感，那种给予与释放其实是一种赋予人性自身的照耀与馈赠。我们爱孩子，那份爱，本身就很迷人。所以，在场的爱，并不值得歌颂，因为我们的感受与获得同时在场。而我的父亲，那个从小孤苦无依的父亲，那个在亲情里饥渴的父亲，他的爱在我们的成长里缺席，于他，是怎样一种滋味？

6

模糊的记忆里，常常有父亲与母亲的争吵。每一次，外婆在一旁数落父亲，母亲垂泪，而父亲，总是像个孩子一样，将家里一些不值钱的旧物摔烂，然后收拾几件自己的衣物负气地离家。每一场争吵的残局，都由外婆收拾。我们一个个变得安静老实，尽量躲避着父亲迁怒的手掌，依旧吃着外婆做的饭菜，照样上学，写作业，好像什么都没发生。

父亲离家了几天，又自己回来了。一切似乎恢复了原来的样子。其实，父亲回不回来，于我们本就没什么不同。那个时候的我觉得，母亲就是母亲，父亲就是父亲，他们就是那个样子。而他们之间的关系，他们之间应该呈现什么样子，我没有想过。后来年岁渐长，再回过头来思量那些日子，才知道那曾是我的父亲与母亲之间的坎儿。他们像大多数夫妻一样，被世俗的枝枝蔓蔓所缠绕，因为彼此的出身与性情的不同，因为外婆强大的介入，也因为某些落入凡身的灰。我曾经有一段时间，纠缠在父母之间那些扑朔迷离的幻象里，像个侦探一样，怀着莫名的心理，想去解开某个谜。再后来，也经了爱情与婚姻，便慢慢释怀。在每个人漫长的一生里，谁又没有一些难为人道的心结或秘密，这坠入尘世的凡身，谁又能不落入一点灰？那些正当年华里的是是非非，情情爱爱，无非是时光里的渣滓，总会稳妥地沉淀，或者自行消失。

不得不说下我的外婆。外婆，那个给予了我们最安稳的童年的亲人，无疑是父亲世界里的天外来客。

我的外婆，一生没有生养子女，母亲是她从亲姐姐那里过继来的。这个女儿，是外婆心里的天。为了母亲能一生跟随她，受她庇护，她曾经软硬兼施地塞给母亲一个婚姻，将母亲嫁给她后来又过继来的我外公的一个侄子，与母亲一屋长大的哥哥。母亲嫁给父亲之后，她便以爱的名义，落户于我家，并迅速占领了这个家的经济权与话语权，以及我们的爱。

当然，外婆并不是一个多有心机或强势的女人。一切，于她，确实是因为爱。在我的童年，我一直觉得是外婆在撑起这个家。可于父亲呢？我从未想过。我只怨恨过父亲，怨他后来多年对外婆的冷漠。每一次，他与外婆争执，我们姐妹三个，还有弟弟，会像小鸡一样围住外婆，同仇敌忾般对父亲怒目相向。我们忠诚地护住外婆，就像外婆忠诚地护住母亲一样。有一次，为了外婆，我像父亲一样负气地离家出走，在一张纸条上给父亲留下了我生平第一个“恨”字。是的，我把我生命的第一个“恨”字留给了我的父亲，那样草率而又毫不含糊。我不允许父亲那样对她，那是我们的外婆，把我们从小一手带大的外婆。没有外婆我们如何成长？

可父亲呢？在这场没有硝烟的战争里，父亲注定了输。他依然是一片孤单的叶子。

我那个时候当然无法理解，那个一心想着要经营自己人生的父亲，那个独自长大的有些脆弱与偏执的父亲，看着妻子的母亲在自己的人生版图里呼风唤雨，默默收起羽翼，渐渐把自己变成了一个外人。

我后来听到我一个舅舅说起，因为外婆舍弃自己的家，舍弃那个憨厚寡言的外公，在外公生病三年间极少探望直至临终也没到床前服侍而对外婆心生怨愤，认定外婆是一个自私与冷漠的妻子，而有这样一个母亲，他的妻子也注定会效仿。这让他心生寒凉，因而对于外婆更是介怀。

7

那种僵局持续了很多年，像阴冷与浓重的霾，伴随着我们的成长与离开。直到父亲后来的一次身体重创。

那是 2008 年的腊月二十七，大扫除的日子。父亲在人字梯上扫灰时摔了下来。我们都无法预料，才一米多高的人字梯，竟然让父亲像个瓷人一样摔得五脏俱损。母亲给我们打来电话时，父亲还在一旁埋怨，就扭了筋，顺顺就好，年底女儿们都忙，你还劳她们来一趟。我们去时，父亲躺在床上不能动弹，仍坚持顺顺就好。母亲执意找来担架，让我们赶紧把父亲送到县医院。那一摔，父亲断了四根肋骨，脾脏碎裂，被送进了急救室。父亲做了脾脏摘除手术，还被查出肝脏有问题，据说是早期肝硬化。我们都不知道，所谓的早期肝硬化会有什么后续。我后来想，父亲的肝病，或许，是他的命运无法释放的痛点与瘀块。

父亲只在医院住了三天。那三天，对我们而言无比漫长。我们几个孩子日夜轮流陪护，疲累，慌乱，那个突然虚弱的父亲，让我们一下子失去了主张。除夕之日，父亲说他感觉好了很多，要我们无论如何要让医生同意他出院。我想回家，我们一起回家过年。父亲重复说着，像个任性的孩子。那个年终是回家过的。我们和从前一样，一起吃年夜饭，一起将春晚守到终结。春晚过后，我们都觉得累了。躺在床上的父亲突然说："我有些饿了，去厨房热些饭菜来大家一起吃。"那曾是我们多年的习惯。很多年，我一直觉得只有除夕的加餐，才是人间美味。或许只是因为那是我们和父亲独有的滋味。看完热闹的春晚，父女几个像几只偷食的小耗子，钻进厨房，几个脑袋凑在一起，边吃着热腾腾的加餐，边回味春晚的节目。我们咂着嘴，笑着，满足着。灯光下父亲的笑脸，绵延不绝的鞭炮声，伴随着新一年的开始，温存而祥和，像一个梦境。那样的除夕之夜，是我成年离开家之后最深情的怀想。可是，那一年除夕的加餐，吃得有些寂静，父亲好像一下子苍老脆弱了很多。

那是父亲情感状态的一个分水岭。他心头桎梏已久的结，像他的脾脏，碎裂，然后从身体里彻底摘除。因为肝的问题，父亲戒掉了每日两餐雷打不动的酒，戒了酒的父亲越来越温良平和。对于外婆，那个功大于过的老人，他重新站回了一个女婿与儿子的位置。有一次，他从外面接到一包好烟，进门便拿给外婆，说，妈，这个给你抽。我看到低头切菜的母亲停下手，揉了揉眼睛。

那以后，父亲变了。他和外婆，母亲，回到了他理想的当初。仿佛一个被治愈的失忆病人，面对自己的亲人，有一种失而复得的感恩。

那以后，父亲，开始越来越像父亲。

8

一直以来，我都是忽略父亲的。我的文字里很少写到他。唯独有一篇《父亲的包》，那大概是命题作文。我也只是写他的包而已。离开家以后，每次打电话回家，首先问的是外婆，然后是母亲。父亲似乎也习惯了，他接到我们的电话，第一句便是说，找你妈听电话吧。

童年里的父亲横在我的心里，像一个硬邦邦的模具，以至于我到后来都无法在那里面塞入太多温软的情感。在我最需要他的时候，我们像城市里的邻居，近在咫尺地漠然着。我不理解他，当然，他也不理解我。而我也似乎觉得，我们本就不需要互相理解。

父亲五个孩子。除了我，一路四个女儿，第五个，是我的弟弟。我不明白，父亲为什么要生那么多孩子。那个有理想有抱负的他，像一个守旧的农民，把母亲当成生育机器，他事业上唯一一次提拔也因此夭折。可是，他依然执拗，直到我弟弟的到来。因为弟弟，父亲差点被开除，然而，就算真的被开除，他显然也是愿意的。隐约记得，父亲对弟弟最为严厉，我和弟弟，一大一小是父亲责罚最多的。然而，每当酒后有几分醉意，父亲便会把几岁的弟弟揽在怀里，一遍遍叫着，儿子，儿子。父亲喊着他唯一的儿子，眼里含着一种无法言说的笑意与光。我觉得那样的父亲有些陌生，甚至有失体统。我不确定那是不是酒精的作用。我站在一旁，假意看着别处，有些嗤之以鼻，也有些莫名的失落。

曾经有一段时间，我因为姐妹众多而怀着一种暗暗的羞耻。在我看来，家里的孩子多是一种愚昧与落后。我羡慕我同学里的那些独生子女，她们远远比我要光鲜与优越，更像一个知识分子的孩子，更像城市里的孩子。我的父亲，他是一个国家干部，可是他和村里的那些没读过书的人并无二致。他明显重男轻女，而且，他并不爱我。

当然，也有一些被我忽略过的事。上初中的时候，因为父亲的办公室离学校近，父亲便给我配了一把他办公室的钥匙，让我偶尔在那里休息。有一次，我翻父亲的抽屉，在父亲一本日记本里看到了一张我幼年的照片。那张照片安静地夹在父亲日记本扉页里，像一个尘封在时光里的美好的秘密。照片里的我，大概五六岁吧，粉嫩嫩的圆脸，稚气可爱。照片后面还留有父亲端正漂亮的小楷，爱女五周岁留念。那是我第一次看到自己幼时的照片，陌生又欣喜，忍不住拿到班上去晒。我忽略了那张照片的其他意义，看过之后，便不知扔哪去了，好像它从没存在过一般。

9

很多年以后，我去想象与那张照片有关的一切细节，想象那个年轻的父亲微笑着久久端凝一张照片，然后拿起笔在后面写上：爱女……我细细地想象一切可能有关的细节，带着一种初恋般的心绪。

很多年以后，我才慢慢知道，我是父亲的孩子。他的第一个孩子。最像他的一个孩子。和他一样，方脸，薄唇，笑起来眯眼，好香脆食物；和他一样，爱好文学，喜欢写字，做同一份工作。和他一样，敏感，矛盾，自尊心极强，理想主义。当然，还有很多。我们之间，隔着时代，隔着性别，隔着缺失的童年，隔着霾，依然无可替代。

很多年以后，当我有了父亲当年的阅历，当我进入了盘根错节的婚姻家庭体系，我以同样的血脉与父亲站在一起，我才重新理解了那些定格在时光里的谜。理解了在那个时代与那种境遇里一片叶子的宿命。理解了一片叶子的执拗与悲哀。

他的爱，是隐匿在一片叶子里纵横密布的筋络。然而，终是缺少阳光的照耀。久了，便像缺钙的筋骨，有些僵硬，变形。但从来都在。他虽背着光，却一直都在不断努力走回自己柔软和煦的途中。

我的父亲后来一遍又一遍对母亲说，有妹伢就是有福气，都是你的功劳。我的父亲，在经过一次身体重创之后，越过数十年的光阴，回到我最初想要的样子。眼巴巴地，像个老人，或孩子。

那些我和父亲一同失去的时光，在漫长的光阴里打了个转，向我们走来。像个迟暮的美人。

然而，我只是理所当然。仿佛我们从没错过，也从没复得。

我只是做着一切孩子对父亲该做的事，在每个年节回家，在每年的父亲节与父亲的生日给他买礼物。我打电话回去，也开始和父亲唠几句嗑。我开始依赖父亲，像所有被宠的女儿那样。然而，更多的时候，我在自己的世界里，上班，陪孩子，上网，旅游，购物，虚度……

我们都不知道，一切会戛然而止。

那次父亲的摔伤，医生说，身体重创还可以修复，只是你的肝都成苦瓜了。医生还说，最好再做进一步的检查。然而，我们都忽略了。我们急急忙忙地修复你折断的肋骨，急急忙忙地赶回家过年，急急忙忙地打算自己的生活。

我理所当然地做回自己的那片叶子，仿佛忘了它当初的根系。

我不知道，那头的父亲，还记不记得当年那个小姑娘，她对那个冷漠的父亲无比失望，负气离家，她在一张纸条上给她的父亲写下一个“恨”字。那是她今生写给自己的一张欠条。

那是一片叶子对另一片叶子的背叛。

老 屋

那栋承载着我年少记忆的老屋，从未走进过我的梦，也在渐渐淡出我的记忆。想起它，感觉自己像是走进某个熟悉又陌生的老电影。

记忆最深的是外婆的房间以及房间里那张雕花的老床。老床非常陈旧，暗褐的颜色，在年岁里模糊了轮廓的龙凤雕花图案，永远挂着一顶灰蓝色的有点脏旧的蚊帐。很小很小的时候，我就和外婆住在那间房间的那张床上，后来床的旁边放了张竹床，先是住进了二妹，然后是三妹。

记忆像一个偏执的导演。那些与老屋共存的年少的时光，仿佛只在夏天与夜晚盛开。像煤油灯的火光，带着暖黄的温情的色调，又像不歇的蝉鸣，有着些许年少的躁动与迷茫。

记忆里，外婆是与母亲同时存在的。母亲是乡里的接生员。很多个深夜，我的梦总是被突如其来的敲门声惊醒，在漆黑的夜里如野兽袭来，我听到母亲跟着待产的家属们摸黑出去，木门吱呀一声关上后，四周静得仿佛死去。我伸手过去搂着外婆，在她温暖的怀抱与熟悉的气息里安然熟睡。

自有记忆开始，外婆便是一个老太太模样，总是穿着一身洁净的蓝布便衣，光亮的头发上罩着一个样式特别古旧的发箸。一只白玉镯子像长在她的手腕上，安静而温润的样子。小时候的我，总觉得外婆有些像书上的女子。

老屋的夏夜，总与月亮有关。那些月色溶溶的夜晚，院子里一片静好。外婆坐在我们的竹床边，一边用蒲扇为我们扇风，一边给我们念着歌谣："月光光，照四方，照得姐儿洗衣裳，洗得白，晒得香，打发哥哥上学堂……"我望着月亮出神，心想，为什么姐儿就要洗衣裳，而哥哥却能上学堂呢。我当然并没有在这个问题里纠葛太久，外婆的蒲扇似乎有着某种魔力，一切声响慢慢变得遥远而模糊，我们打了一个哈欠，睡意便漫过来。夜深了，外婆帮我们一个个盖上单被，等到凌晨有了露水，外婆又和母亲将我们一个个从竹床上抬回里屋。

老屋厅堂屋顶上的两片明瓦，像一双眼睛，嵌在我的记忆里。母亲不忍把我们从竹床上叫醒，我却每次都会在抬竹床的摇晃中微微醒来，一睁眼，便看到了厅堂顶上的那两片明瓦。在漆黑的深夜，它亮得那么诡异，像一双神魔的眼睛。我在它的注视下惶惶然闭上眼睛，又一次次胆怯而勇敢地与它对视，久久无法入睡。我相信那双眼睛具备着某种不可知的力量，能洞穿这个世界，也能洞穿我年少的心。

外婆的房间有个小小的窗户，两块玻璃被风雨侵毁，很久未去修复。有一次，我回家后点亮煤油灯继续写作业，写了很久，窗外下起了雨。我习惯地望向窗外，却在破玻璃后面看到了一张男孩的脸。那男孩脸上有条小小的并不深的疤痕，却在那个雨夜的玻璃窗后显得触目惊心，像一条要爬进窗户的蜈蚣。那张青涩的脸在我的惊叫中仓皇消失，以后再未出现。

那是一个邻班男孩，在偷偷塞给我一张纸条后，便总在每一个晚自习后默默地远远跟在我的身后送我回家。我对那男孩并不反感，也从未喜欢，但奇怪，他年少的脸一直嵌在那个雨夜的玻璃窗外，那双惊慌的眼睛，小鹿一般，闯入我记忆的森林，倔强又突兀，摇撼着我萌动的青春。

老屋有两扇木门，木门下面是磨得圆滑的红石石阶。年少的我常常倚着木门，看雨，看天，发呆。老屋前排房子的红砖墙上有一些白色石灰涂抹的图案。傍晚，我常倚在门前盯着它们看，我发现它们竟是几个人像，最前面的是父亲，后面的是母亲，接下来是我，然后是妹妹……五官清晰，惟妙惟肖。后来我又在旁边看到另一个人像，是一个男孩，我无比确定他是个男孩，符合着我最初关于异性的所有美好想象。我在很多个傍晚，看着那些人像，梦游一般完成各种假想。多年以后，我曾再次认真端详那面墙的石灰痕迹，却发现那其实只是一些信手涂鸦，根本不成任何形状。我为此迷惑不已。

老屋的院前有一口压水井。打井的那天是中秋之夜，我记得特别清楚。父亲、洪伯伯，还有姨夫，打着赤膊，一人一句吆喝着，汗水在他们赤膊的身体上流淌。月光下的父亲那么年轻，声音洪亮，神情张扬，挥动的臂膀充满着力量。那时的父亲，像天上的月亮，熠熠发光。在月亮最圆的时候，一股清泉从我家院子里喷射而出，我跳起来欢呼。从那以后，我告别了从别人家提水的历史，每天傍晚，我在自家院子的压水机里压水，压满红色的小塑胶桶再倒往家里的水缸，那红色的小桶倒上十五桶，便可以将我家大大的水缸装满。傍晚的天空像一张神秘的画布，我一边压水，一边在上面作画。我画上晚霞，又画上几只小鸟，我还想把自己画进去，但我总是想不出要把自己画成什么样子。父亲总是在那个时候从田畈上回来，我远远地便能听出他的脚步声，然后看见他从巷子里拐进来，戴着草帽，手里提着些从菜园里讨的蔬菜瓜果。我更加卖力地压水，然而，他好像并没有看见，只是接过我的桶，开始往院子的地上浇水。水在地上画出一道道抛物线，然后，又消失不见了。我默默地站在旁边看着父亲，总觉得那些水白白倒在地上特别可惜。

那一年，母亲用外婆的金戒指和景德镇的姨娘换来一台半新的黑白电视机，那好像是村里的第一台电视机。在我看来，那个模样并不特别的黑色方匣子，像个无比神秘充满玄机的宝物，我常常围着它看，对它的神奇无比费解。天色未暗，父亲便早早搬出家里的小方桌，把电视摆到老屋的院子中央。远近的邻居便各自搬着凳子陆陆续续到我家院子里看电视。电视剧一开演，院子里黑压压全是人。那个热烘烘的场面，有着一种莫名的安静的温暖，微风拂来，院前的柚子树便在整个院子里飘香。父亲那时最是和气，他总是笑着看着自家院子里的乡亲，还不时为他们中的某个人倒杯水或分根烟。在不用上晚自习的周末，我总是早早地搬个小椅子坐在电视机前的正中央，无比激动，不知道是因为电视里的情节，还是别的什么。

那年初夏，我的虚荣与爱美之心伴随着我的青春痘疯长。我为同学洁一件漂亮的格子裙日思夜想，我偷偷躲在房间里学着邻居姐姐用燃后的火柴杆对镜描眉，我迷上了好朋友黄霞家里一瓶芳香的洗发水。黄霞说那瓶洗发水就是在街上的百货店买的，我在她家打开看过，里面是那种乌黑稠浓的液体，有着特别浓郁好闻的香味。黄霞用过那种洗发水后，头发柔顺发亮，仿佛整个人都散发出清香，带有了某种城里人的气息。我开始为那瓶洗发水魂牵梦萦。我煽动了妹妹，与我一起到母亲那里求了又求，母亲终是心软，用整整七块钱去百货店买下了那瓶昂贵的洗发水。

那个晚上我把洗发水放在枕边，做了一整夜香喷喷的梦，我梦见老屋上的明瓦变成一面镜子，镜子里的我像个城市女孩那样穿着美丽的格子裙，乌黑的头发散发着迷人的香……我们一直睡到了父亲从田畈上干活回家。我永远记得那个夏天的早晨。我们从父亲的怒骂中惊醒，我们的过于享乐激怒了从小在苦日子里泡大的朴素节俭的父亲，父亲厉声斥责我们贪吃懒做，还攀比享乐，他在怒火中随手拿起那瓶洗发水，狠狠地朝地上摔去。来不及抢救，甚至来不及反应，我那瓶梦寐以求还来不及开启的洗发水，连同我年少的萌动的爱美之心，顷刻碎成一地。我倔强地站在那里，恨恨地望着父亲。那溅得满地的芳香液体，很长一段时间成了我与父亲之间深深的沟壑。那份芳香与破碎，成了老屋最后的定格。

1994 年，我考入了省城的中专，与老屋作别。1998 年，父亲把老屋拆除，在原地盖起了新楼。老屋，以及那梦一般谜一般的少年时光，那些与老屋有关的记忆，渐渐被岁月覆盖。我在越来越深的世间行走，不悲不喜，直至中年。

我有时候想起老屋，想起那个倚在老屋门前看天的少女，心里怅然又温暖。

身体里的兽

肿瘤，这只猛兽是从2014年6月23日蹿到我面前的。在这之前，它只是一个有些灰暗的名词，像远在北京的霾，又像是衣服外面沾的一点污泥，隔着空间与皮肉，基本不具备关注度与杀伤力。在这一天，它成了我心上的一头兽。

我曾经与它激昂决战，但终是败下阵来，心力交瘁。这只兽，从此在我身体里安营扎寨，像个处心积虑的小人，静待着某个时刻蹦出来，揭穿属于我的一切温暖美好的假象。它有着不同的面目，本领非凡，虎视眈眈，干扰我原有的秩序与常态。我们互相揣测，互相对峙，我和它，像两只红了眼的兽。有一天，我照镜子，发现我消瘦了，我原本圆润上扬的脸部线条，呈现出一种从未有过的松懈疲软的趋势。它在镜子里静静地与我对视，我仿佛越过数年的光阴，看到了自己垂暮的老态。

我知道，这是它的杰作。

1

我清晰地记得2014年6月23日的清晨，就像记着一个可疑的誓言。

那一天注定不是一个寻常的日子。那是周一。我们在乡下过了周末，一大早要赶回县城，儿子要上学，我要上班。上车前我突然发现我落下了我的手表，结婚十周年的礼物，一块瑞士梅花，我唯一的奢侈物。我匆匆折回头，房间里它可能存在的地方，抽屉，床头柜，洗手间，枕头底下，全没有。我完全不记得我把它落在哪里，记忆里一片空白。时间不容耽搁，我慌慌张张地上车，一路惴惴不安，心像没有依托的钟摆，空荡荡地悬在那。半路上，母亲突然来电话。记忆中，我从来没有在早上七点多钟接到过母亲的电话。然而这并不能代表什么。母亲说，上班了吧，我和爸来鄱阳了，你爸胃痛，带他来人民医院看下。母亲的语调很寻常。莫名的，心头的钟摆陡然停顿了一下，然后一声比一声令人慌乱。父亲从来没有上医院看过病，除了单位组织的体检。极少的头痛脑热，父亲几乎连诊所都不愿去。我那个最注重养生，一年三百六十五日风雨无阻地坚持长跑与泡脚的父亲，居然来人民医院看病。我感觉有点不好。我说，妈，我现在在回城的路上，等会儿去医院陪你们。妈说，不用陪了，你上你的班，一点小病，我陪你爸看看就行。挂了电话，我怔在那里，随即打电话给在县城的老二。爸来人民医院看病，你怎么都没有去陪？我的语气里有着莫须有的急促与质问。“我又不知道，我这就去。”老二嘟哝着回我。挂了电话，坐在那里，心里有些发慌。丈夫在旁边模糊不清地说着什么，让人觉得聒噪。乡下的路，一个弯道接着一个弯道，像一个饶舌的妇人，把一段话说得弯弯绕绕晦涩又冗长。我靠在椅背上，觉得有些虚弱。

那天早晨，像一个出错的程序，孩子要迟到，最珍贵的手表不见了，父亲突然身体有恙。可是，我不知道，那其实是我生命里最珍贵的时段。那个时候，一切都还安好。我默默地看着时间往前走，拉不住它。

这是一个初夏的早晨。我们的车迎着薄薄的阳光与一片澄蓝的天空，却兀自开进了一片让人窒息的阴霾。

2

有很长一段时间，我的手机与电脑的搜索格里都只有一个词，晚期肝癌。它触目惊心地反复出现，像一种顽固的病毒。我一遍又一遍地搜索着与这个词相关的一切文字资料，它的起源，它的症状，它的走向。几乎所有的东西都是灰色，一团一团的灰像陈年发霉的棉絮一层又一层地向我压来。那鬼魅一样的 X 光片，从上海最权威的肿瘤医院飞到深圳最大的中医院，所有的医生都是面无表情的死刑宣布者。我们对医生咆哮哭泣，像胡搅蛮缠却没有能力的孩子。在真相面前，泪水与愤怒，都无比轻飘。

我不相信事情没有转机。晚期肝癌，这是个什么鬼，我相信我能把它大卸八块，洞穿它，肢解它，消灭它。我像个过滤器一样自动地过滤掉一切的灰色，牢牢地锁住那一星半点的希望之光。我相信奇迹。怎么可能，我的父亲。

父亲一直未知。我们像保护婴儿一样保护着父亲。父亲配合着我们的一切，我们的隐瞒，我们的安排，我们的药方，我们的食谱。那个曾经严厉要强的父亲像个单纯的温顺的孩子，信任与依赖着我们。没有了任何手术的机会，我们把希望寄予食谱与中药，想通过中药与饮食来重新建立一个体内环境，一个肿瘤细胞不能生存且自行灭亡的环境。我用各种途径寻找一切专门与肝癌作对的食物，像一个资深营养师一样严苛地安排着父亲的食谱。书上称碱性物质能对抗癌细胞，只要体内形成碱性环境，癌细胞便无法生存。我们让父亲所有爱吃的油炸辛辣、动物性食品等酸性食物从父亲的饮食中彻底消失，每天数种碱性蔬菜水果轮番上阵，搭配一些强碱性的海藻与豆类，红薯、大枣、芦笋等抗癌佳品更是每日必备。这些五彩缤纷的食物像是我们埋伏在父亲身体里的勇士，我们都相信它们一定会不辱使命，将父亲的癌细胞一一刺穿。

有一次，母亲为几个孩子炸了花生米，父亲一直好香脆的食物，尤爱油炸花生米。熟悉的香味从餐桌漫开，父亲惯性地伸出筷子，在伸进嘴里之前，父亲顿了一下，犹疑地看向我。看着我的父亲像一个殷切等待的孩子，我心里一酸，却摇了头。那不是花生米，那明明就是滋长癌细胞的恐怖分子。父亲憨笑一声，将嘴边的花生米放回碗里。我分明听到父亲的喉咙发出了一声叹息。

我们都仿佛成了抗癌专家，欲将所有的抗癌奇方一网打尽。妹妹从微信里看到一条关于柠檬水抗癌的消息，我们买来柠檬，切成薄片，像哄孩子一样哄着最厌酸的父亲一口一口皱眉喝下。那柠檬水真是漂亮，它们通过父亲的喉咙发出最美妙的声响，像一朵花开的声音。各种信息里都声称，中药或许能创造一种奇迹。我们都深信不疑。然而，在这个信息爆炸的时代，太多的药方像一个纵横交错的路口让我们无法抉择，我们不知道哪个路口通往重生，而哪个路口或许就直接走向了死亡。每一次，那一包包形状香味各异的草药拿在手里，我都想入口一一尝验，生怕送入父亲腹中的是致命的毒药。那是一段耳目失聪的日子，我们一次次强打起精神，准备去创造一个奇迹，像穷途末路的传销者，面对天花乱坠毫无逻辑的谎言，自欺欺人地强迫自己去相信。我们后来通过网络查找到省里最有名的肝癌中医专家，便去省城彻夜排号，我坐在那个名中医面前，像个小粉丝一样激动得语无伦次。我说，还好我们找到了你，还好我们找到了你。仿佛他就是能终结死亡咒语的神。

我把父亲病情的真相锁定在我们姐妹几个当中，所有的亲戚，甚至母亲都瞒得死死的。我不知道我这样做到底对不对，我只知道我不能让父亲精神崩溃，不能让他可能出现的消极状态导致病情的恶化。谁愿意面对自己走向死亡的真相，死亡，是一切的终结，是灰烬。希望，才是良药，是火苗。就算是假象，病人也会死死地拽住它，选择相信。我不知道父亲对于自己的病情到底知道多少，对于我精心编制的假象到底相信多少。他从来没有追问，没有提起过与死亡半点相关的话。他也许真的相信了，也许，只是配合我们相信了。也许，他只是因为回避，而选择了相信。在安排父亲去省城面诊的时候，我和妹妹们像特工一样，事先安排好所有的环节与细节，不容许残酷的真相以任何可能性泄露到父亲面前。每一次去省城拿药，我都一遍又一遍检查药方与药盒，不留有任何有肿瘤肝癌的字样。有一次，由妹妹去拿药，我忘了交代，一盒写有适用于肝癌字样的药盒送到了母亲面前。母亲打来电话，哭泣着追问。我用了半个下午的时间，发挥出连我自己都讶异的思维与口才，再一次骗过了母亲。放下电话，我感觉自己全身瘫软，手脚冰凉。窗外的阳光漫不经心地照进来，没心没肺似的晃人眼。我突然觉得身边的世界完全不一样了。我锁上办公室的门，一个人呆呆地站着，拿起手机，我想打一个电话，我翻着通信录，一个又一个名字，仿佛没有一个和我有什么关联。一切的存在与温情，都是假象。丈夫突然来电话，询问我下班的时间，晚餐吃什么。我对着手机神经质地号叫，你就知道吃什么，就你吃得下，我就知道这不是你的父亲，我就知道你根本不在乎，我就知道你完全不能体会我的感受，什么夫妻同心，什么有难同当，你就是个别人！我扔下手机，终于，号啕大哭起来。

3

是的，我们都一厢情愿地想象，只要父亲保持良好的心态与状态，只要我们密不透风地为他重建一个理想的环境，所谓的肿瘤，只是身体里一个可以与生命共存的肿块。然而，父亲还是渐渐消瘦了。癌细胞早就渗进了他的血液，正一点一点在他身体的每一处蔓延。父亲肝部的肿瘤越来越硬了，连胸也鼓胀了起来。母亲说：“怎么感觉你的胸肿大了？”父亲笑着，伸了伸臂膀，“什么肿大，那是胸肌”。每一次看到父亲笑，我的心都会发颤。有一次，父亲露出腹部，跟我说，妹伢，这里越来越硬了，你摸摸看。我伸手过去，父亲的腹部像藏着一块硕大而炙热的铁块，一份灼痛与恐惧从我的手掌漫向全身。我无从感知那铁块塞在父亲的身体里是什么感觉，我更不能把那铁块从父亲的身体里取出来。我虚弱地告诉父亲，肝硬化当然就是硬的。我感到越来越无力，只想逃离。我告诉自己，这一定是场持久战，我要先自我修复，我要喘息。我没有向单位告假去珍惜每天的陪伴，而是跟母亲说好周末回来便仓皇地逃回了城里。我若无其事地上班，同事们像往常一样说笑，男人们吹着牛皮，女人们说着服装，父亲的绝症像是昨日的一个噩梦。只是，我走不出那个噩梦。我做不了任何事，手机里，电脑里，意识里，全是“肝癌晚期”四个字。我觉得我也成了一个肝癌晚期的病人。我给父亲打电话，爸，还好吧。好着呢，能吃能睡，放心。每一次，父亲朗朗的笑声从手机里传来，像复读机一样。

当死亡借着至亲之人的躯体宣告着向我走来时，我才发现我是一个彻头彻尾的软弱者。在父亲面前，我像个无师自通的演员，轻松地说笑，胡扯一个又一个肝硬化治愈的病例，叮嘱他的吃与睡。然而，脸一转向他处，泪水便挣扎着无声奔涌，像可耻的叛徒。我是父亲的长女，是他一直以来都寄予期望与信任的长女，是五个孩子里说话处事都最有分量的长姐。这是一个并没有征得我的同意却与生俱来的事实。在我三十余年顺风顺水的生活里，父亲突如其来的肿瘤，像一场浩劫。我感觉那块沉重而炙热的铁块从父亲的身体里转移到了我的身体，我拖着它，孤身走在一片雾霾里。

那好像是我和父亲共处的最后一个周末。我回家，父亲正在院子里给花除草。黄昏，院子里有淡淡的花香，微风带着初秋的清凉。父亲弯腰拾掇花草的身影像一个童话。我嗔怪他，爸，说了要多休养，你总闲不住。父亲说，都是手脚功夫，等我病好了，我要重新规划生活做好计划。我呆呆地看着他的身影，像一个母亲痴痴看自己的孩子。我说，爸，给你照张相吧。父亲搬来小凳子，端坐在花草前，像个小学生。镜头前，我的62岁的父亲明显老了，他穿着白色的棉汗衫，两鬓斑白。他坐在那里，因为消瘦而显得弱小，他努力地笑，却仍然笑得那么无力。那个黄昏，我仿佛看到父亲渐渐融入夕阳里，变成那些晚霞，一点一点散去光芒，一点一点隐没在即将到来的黑夜里。

我的父亲，他有理由相信他还可以重新规划他的生活，他错过了太多他想要的日子，这一路的辛酸与隐忍，纠葛与桎梏，如今，人到花甲，万事顺意，他的人生要重新起航。他在生病期间在他的日记本里写下一段话："心态平和，生活规律，有所追求，无须强求，喜欢劳动，心地善良，待人宽厚，助人为乐，家庭和睦，子女孝顺。日行八千步，夜眠八小时。"像是一段对他的生命迟来的爱的告白。

4

当我直面肝癌这个问题时，才知道，癌症已经无处不在。它绝不是远在北京的霾，更不仅仅是沾在衣服外的泥点子。它与我们息息相关，是每一片天空里隐形的霾，是我们身体里的某一根毛发，某一个细胞，某一根筋脉，是我们的每一个不成眠的夜，每一次贪欢的杯，每一种纠葛的念。

癌症（恶性肿瘤），已经成为除心脑血管外的人类死亡的首位因素。关于癌症的数据报告越来越让人震撼与揪心，中国每年有两百多万人死于癌症，癌症的发病呈低龄化趋势。癌症其实是一种千丝万缕的慢性病。癌症的发生发展关乎着我们的环境因素（物理、化学、生物等致癌因素），机体因素（遗传、神经、免疫、内分泌、代谢等），以及微环境多方面相互作用的结果。专家指出，百分之八十的癌症来自我们所喝的水、呼吸的空气（含吸烟）和所吃的食物。更细一点划分，癌症的生发百分之三十与吸烟有关（吸烟不仅与肺癌有关，很多其他癌症也与之有关）。百分之三十五与饮食有关（如一些富含亚硝胺的腌制食品与胃癌、食管癌有关，过食霉变花生、玉米因富含黄曲霉霉素而易得肝癌，高脂肪饮食可能与大肠癌、乳癌有关，盐过多促胃癌，饮食纤维素少可能易患大肠癌）。百分之十与感染有关。百分之二十五与生活习惯有关。更有专家直言，我们的饮食作息习惯就是癌症的源头。而生活方式比任何因素更为重要。

父亲的肿瘤是什么时候埋下的呢？也许具体到是某些混进父亲身体里的霉变的花生米，是那每日两餐雷打不动的烧酒，也许是内心里的那一个又一个的结，它们蛰伏在身体里，找不到出口，慢慢地，腐化溃烂，郁结成团，终是变成了一个再也无法剔除的恶性肿瘤。每个人的身体里都有癌细胞，就像是我们与生俱来的欲念。它是每个人身体里的一头兽。只是，有的与身体和解，安居乐业。有的，在考验与束缚中性情大变，生了恶念。父亲身体里的那头兽，是如何从了恶，或许，只有父亲才知道，或许，父亲自己也不知道。所谓的生活方式，是一张错综复杂的人生版图，有着太多自己情愿或不情愿的底色，关乎命运，关乎性情，关乎着虚妄与执念。

2013 年秋，我参加了一个葬礼。我的一个中专寝室姐妹死于直肠癌。得知她病情是一个星期前，我们计划着周末去看她，却接到她的死讯，直奔殡仪馆。我至今都后悔在那样的地方去见她最后一面。我想，她一定也不愿意。她是一个灵动活泼到让很多人失色的女孩，而最后，她躺在殡仪馆的一个冰棺里，像一个老太太一样穿着夸张的寿服，双颊深凹，牙齿凸出，小腹像座小山一样可疑地隆起。她性格外向，家世良好，在我的记忆里关于她的一切都是一片明媚，她的人生理应鲜花盛开果实芬芳，怎么就沾上了直肠癌这个丑恶的魑魅？

参加完葬礼回来，我总感觉我是做了一场荒诞的噩梦，我无法相信那个古灵精怪的女孩成了那具我所看到的面目全非的僵硬躯体。我在QQ里找到她，打开她的空间日志。那是一种非常奇怪的感觉，好像时间被我按了倒带，她从冰棺里爬起来，扯掉那腐朽的假面与寿服，走到我跟前对我娓娓述说。那些文字，像一个个电影画面，展示着我记忆与想象之外的晦涩与寒凉，像窗外瑟瑟的秋雨。十年的光阴，像一列跑偏的火车。她的婚姻，她的梦想，或者还有其他一些东西，都偏离她的意念混沌地靠错了站。她淡淡地诉说，借着我记忆里的那张灵动鲜活的脸，像在说别人的故事。那些明明暗暗的线交错成一张网，她困在其中，一张明媚的脸，像一个空洞的假面。唯一和校园里那个女孩扯上关系的，是十年后她依然是个贪吃到偏执的女孩。那个中专时便鄙视我们的多愁善感诗情画意，立志只做一个简单而快乐的吃货的她，仍然保留着偏激的饮食习惯，口味奇重，只爱辛辣烤炸，不下厨房，不喜蔬菜，常年在肯德基这样的西餐厅里对付。在胃疼到痉挛时仍然去吃酸辣鱼，大呼过瘾后，却在卫生间里疼得一身冷汗而昏倒。她就像个执拗而叛逆的孩子，放纵与宠溺着她的胃，好像只有在食物里，才可以找到她要的简单与刺激。她把那薄薄的肉身当成信念坚定的地下党，任其经受各种严刑拷打。她不知道，它已然叛变。我记起葬礼时她那中年得女的白发老爹，拉着我们的手，一遍又一遍地说，孩子们，你们，还有你们的孩子要管住自己的嘴，切切管住自己的嘴！祸从口出，病从口入啊！那颤抖而苍老的声音，像是上帝的谶语。

一切，皆有源头。所谓因果，所谓轮回，谁都无法逆转。

5

父亲的那一天，来得很快。快到猝不及防。那天早晨，母亲打电话来说父亲开始感觉疼。我清楚地知道，疼意味着什么。我像一个害怕看鬼片又忍不住在捂住双眼的手指缝里心惊胆战地偷看魔鬼的小孩一样，在无数次的煎熬与恐惧中去查询过晚期肝癌临死前的各种症状。而疼，是其中之一。还有比疼更可怕的，比如，呕血、昏迷、癫狂。

疼，无休止的疼，越来越无法忍受的疼，将要击破一切谎言，彻底击垮那个心心念念着要重新规划生活的父亲。我要终止，或者舒缓父亲的疼。我去中医院找一个信赖的中医老师，我说，您一定要帮我，我要开止疼的中药，要止疼，但不能伤害我父亲的身体。那个头发花白面色红润的老中医看着我，用一种温水般的语调对我说，妹伢，不要急，你看起来气色很差，你现在最重要的是保重自己的身体。人生啊，会有很多意外，扛一扛，都会过去。我自己的父亲，52 岁，死于肺癌。那个时候，我比你还年轻。万事由命，别太上心。那个老中医，大概和父亲差不多的年龄吧。他和父亲一样叫我妹伢。我特别想上前抱一抱他。

我准备了止疼的中药，又托熟人买到了晚期癌症阶梯式止疼三部曲其中的曲马多以及吗啡。只要止住疼，父亲还可以照常吃喝，还可以熬过一段日子，而我，要时刻陪在他的身边，和他聊聊我们共有的工商事业，我们共同爱好的文学。还有我的孩子，他要承欢外祖父的膝下，听外公讲讲他无法想象的从前的故事。

两天不见，父亲的样子竟然全变了。他虚弱地坐在椅子上，母亲搀扶着他。那个屋子，空荡寂冷，带着一种令人窒息的晦暗的潮湿。父亲抬头看我，用一双我完全不熟悉的仿佛蒙上了一层灰的眼睛，他说，妹伪，你来了，别担心，没什么大事。那双眼睛轻易地击溃了我五十多天精心伪装的坚强，我心慌意乱地躲进厨房煎药。药罐不知什么时候拿在手里，哐咚一声，掉在台面上，一块瓦片在罐沿的裂痕中挣扎着，终是掉落，摔在摊开的浓褐色的药汁里，像一个倒在血泊中的决绝的勇士。全是他妈的谎言！我突然想狠狠地骂粗话，诅咒一切该诅咒的。然而，我还是把药端给父亲。他接过来喝了两口，停下来喘气，他说，妹伪，我实在喝不下去了，我可以不喝吗？我说，爸，你怎么跟孩子似的，全喝下去，喝下去就不做了。父亲再次相信了我，他端起碗，仿佛用尽全力喝完了他生命中最后一碗药。

那头兽彻底在父亲身体里爆发了。中药，曲马多，甚至吗啡，全都止不了疼。没有任何东西能止住父亲的疼。我曾经在网络上详细了解过吗啡的作用，它是癌症止疼的神药，任何的疼只要经过它，一个小时内必然止住。只是它有上瘾的副作用，有的晚期癌症患者靠它能维持一年半载。它曾经是我心里的最后一张护命符。我等待着有一天它像鸦片一样让父亲上瘾。上瘾，简直是世界上最美好的病症。可是，这个疼痛的终结者，这个止疼界的神话，没有止住父亲的疼。我不知道连吗啡都止不了的疼是怎样一种疼，我仿佛看到父亲体内的一切正在那块炙热的铁块下一点一点焦黑熔化。我的父亲蜷在床上，在疼痛的抽搐里折腾着更换姿势，一次比一次无力。我，这个巨大的谎言制造者，杵在父亲的床头，像一摊卑微而无望的烂泥。时间仿佛停滞。我看见我的父亲用颤抖的身体抱住他的妻子，说，我可能不能陪你白头到老了。那是我第一次听到父亲对母亲的告白，也是唯一一次父亲说的，与死有关的话。

6

父亲走了，我却停在了那里。一切都像出了错。

很长一段时间，我的痛感被麻痹，像一个精神病患者，在一些记忆的死胡同里打转。我摇头阻止了父亲递到唇边的花生米。我在父亲临死之前还要他喝下了难以下咽的苦药。我要父亲每天去吃那些所谓的能打败癌细胞他却不爱的蔬菜水果。我在父亲最后的一段日子里临阵逃脱。我反复纠缠在那些再也回不去的细枝末节里，像一个糊里糊涂让狗屁不通的烂片匆促上映了的导演。

我想起那个深圳中医院主治医生的话，太晚了，不用再开药，所有的治疗都没有了任何意义，也就两个月的时间了，该吃吃该喝喝，多陪陪他，别去折腾。我们悲愤地打断他，斥责着他的无良与无情。在亲人的生命面前，我们都像没有理智的偏执狂与幻想家，一个良心医生的真话被所谓的亲情与道义湮没了。有太多的晚期癌症患者，置身于白色恐怖的医院里，死于不必要的手术台前。有太多的晚期癌症患者，承受着多次化疗放疗等现代医学的二度摧残，在他们最宝贵的生命时段里，萎缩与脱落的又岂是机体与头发？过度的治疗，就像过度的环境开发，在缤纷的假象背后，往往是无法复还的加速毁灭。

对于人类无法攻克的癌症，尤其是癌症晚期，最需要的，不是无谓的救治，而是维护生命主体最后的自由与尊严。

一直到最后我都没有告诉父亲真相，我一厢情愿地剥夺了他的知情权，或者也给他的人生带去了难以弥补的遗憾以及我们永远缺失的答案。在那最后的五十天里，他也许可以更坦荡自由，也许可以更坚强理性。我不知道，在那五十天里，我的父亲到底在想些什么？他对于他的人生对于我们还有些什么愿望与交代？我追不回那些时光，拉不回父亲，更无法解读生命的真相。我停在那里，走不回去，也走不出去，像一头无法突围的困兽。

后来，我发现我心里的那头兽没了，它钻进了我的身体深处，埋伏了起来。它不动声色，我却能时时感知它的存在与它的窥视。我开始变得小心翼翼，规规矩矩，按时作息，每天散步，躲避社交与饭局，不看书不写字，关注起空气质量，食物来源，抗拒任何违背自然与土地的一切假象。我变成了一个战战兢兢的卑微的求生者，把所谓的梦想与精神搁置起来，只关注与生命息息相关的鸡毛蒜皮。看到有人嗜烟好酒，便想用那个老中医一样的温水般的语调劝诫他。听到某人得癌症离世，那头兽便如惊弓之鸟，在我的身体里翻江倒海。我去体检，却在取化验单的时候如临大敌，生怕自己就是下一个要被枪决的死刑犯。我在父亲离去的后遗症里，像一个暮气沉沉贪生怕死的老人。

有一天，我突然发现我的指甲似乎长得比别人要快，我悲哀地意识到，我身体里的癌细胞也会比别人长得快。任我怎么努力，我都跑不过它，这只兽。像父亲一样。他坚持了数十年的长跑，却依然被它死死拽住。我也逃脱不了。

这世上，又有谁能敌过这潜伏在身体与时间里的狰狞而冷血的兽。

7

父亲的七七，我回家接母亲。父亲立在灵前和从前一样对着我笑。我站在院子里，久久挪不开步，像一个大病未愈的病人。屋前一个老寡妇，坐在后门口抽烟，看着我没心没肺地笑起来，你爸以后可以和我家死鬼一起凑脚子摸麻将了，他们也有伴儿了。活人不知死人，死人不知活人，终究，都要往那条路上去。那个女人，死过两任丈夫，二十年前，前一个丈夫死于肺癌，半年前，后一个丈夫死于肝癌。这个看尽生命无常的女人坐在那里，吞云吐雾，嬉笑轻言，像个云淡风轻的戏子，也像个洞穿一切的智者。

我被时间渐渐拉回了日常生活。我仍然每天都会想起父亲，有时会流泪，更多的，是怀念他的笑。我发现父亲所有留下来的影像，都是他的笑。仿佛笑，是他唯一的遗言。我把一张我和父亲的合影装上框放在我书房的桌上，在旁边放上一盆文竹。父亲最喜欢绿色。那是黄昏，晚霞从天边渐暗下来，田间小路上，我挽着父亲的臂膀。父亲往前迈着步子，稳健，从容。看不到一点病态。渐暗的景致里，唯有父亲脸上的笑，像镶着一道光。笑容散开处，绿意葱郁，余晖笼罩。每一次坐在书桌前看书或写字，抬眼，便看到父亲。看到他无处不在的笑。我想起著名女作家杨绛老人在百岁那年写的一段话："已经走到了人生的边缘，我无法确知自己还能走多远，寿命是不由自主的，但我很清楚我快'回家'了。"是的，每一个人都终会"回家"，所有的生命都要落下帷幕，最终归于寂无，归于永生。对于活着这件事，父亲，用他的笑容作了最好的总结。我于是相信，在"回家"的路上，父亲，正如那一天的步子，稳健，从容。

年底回乡，突然听闻屋前的老寡妇一星期前死了，和她那个前任死鬼丈夫一样，是肺癌。那个女人在临死前对旁人说，那两个死鬼，没跟他们享过什么福，倒是把这瘟病传给了我。他们这是急急地召着我去做伴啊。第一次，在死亡面前我竟没有感觉到悲凉。

清明节那天，我坐在父亲的坟前。满山的映山红又开放了，一丛一丛，热烈奔放，像不朽的希望。我看到我年轻的父亲牵着他小小的长女，对着这座青山跟她讲她的爷爷，以及他爷爷的故事。青山仍在，父亲也仍在。我发现我和父亲仍是可以交流的，他懂我，我也终于懂了他。我突然想起他在生病期间写的那段话，"心态平和，生活规律，有所追求，无须强求，喜欢劳动，心地善良，待人宽厚，助人为乐，家庭和睦，子女孝顺。日行八千步，夜眠八小时"。我这才知道，这不是他对于生命迟来的告白，是他对生命的自我解读与终极理想，更是他对我们这些孩子他的血脉传承所有的愿望与交代。父亲何等明达，他用他的方式安放了他心里的最后一个结。

离父亲不远，并立着两座坟。是老寡妇和她的后任男人。另一处，一座小山丘里，住着她的前任男人。她的个头瘦小的儿子带着他的孩子在认真地祭拜，三座坟墓前香火缭绕，那个八九岁的小男孩将手里的映山红逐一插在坟前，一张红扑扑的脸，像眼前的春天。

我站在一片绿意里，感觉身体里的那只兽蜷起身子，像一只猫一样，露出意兴阑珊的睡意。四周一片安宁。

外婆一生的爱与憾

1

外婆终是没能熬过那个冬季，在我们猝不及防时匆匆地离去了，享年八十八岁。

之前外婆其实已经病了半个多月，在她刚病时，母亲打来电话让我们去探望，我们姐妹仨便带着孩子全都去了。那天，外婆精神仍然很好，同往常一样坐在客厅里，看到我们来很高兴，孩子们扑到她怀里叫她时，她像个孩子似的咧开嘴笑，露出几颗稀疏的牙齿。那天我们离开的时候，我让四岁的儿子去抱抱她，她拥着她的曾外孙，混浊的目光里居然含着泪光。

我们一直以为外婆会像以前一样，就那样自然地康复了，她会等着我们陪她过年，等着我们明年开春为她做九十大寿，她甚至还会等着她最疼爱的外孙结婚生子。是的，我们一直这样以为，从来从来没想到她会猝然离开。她怎么舍得离开呢？我们四个孩子是她一个个地从小一手拉扯大，为了我们，她甚至抛家舍夫，背负骂名。她怎么就舍得这一个个让她含在心尖上的外孙们一个人离去呢？

外婆后来一直病着，母亲瞒着我们自己一个人整整照顾了她二十天，这二十天里，外婆像个睡反了觉的孩子，白天安然无事，晚上却要生生折腾一宿，刚躺下又要起来，起来了又要躺下，一刻都不安生。母亲身体不好，又一直有失眠的毛病，整宿整宿地熬着，又没个人替换，白天也合不上眼，实在扛不住了才给我们打电话告诉实情，让我和二妹去照顾外婆几晚，让她喘口气休息一下。

再看到外婆时，我惊住了，才两个星期不见，外婆的样子完全变了。她躺在摇椅上，形容枯槁，双目无神，嘴巴张着，一口痰含在嘴里，呼哧呼哧响。看到我们去，她几乎没什么反应。我叫她，她艰难地应着，唤着我的名字，再和她说话，她便痛苦地摇摇头，筋疲力尽的样子。那个样子，让我一次次地泪流满面。

那一天我们一直握着她的手，想给她最后一些温暖与力量，可是，她仍是去了。她等到了她深爱着的外孙女们，却连一宿也不舍磨了累了她们，便在她们的怀里满足而无憾地平静地离去了。

2

外婆有三姐妹。据她娘家的大侄子说，当年她们三人是她们乡里有名的三朵金花，一个个生得如花美貌，水灵灵齐整整的，馋死了当地的好一群后生。姐妹三个里，外婆老小，最得曾外祖父的宠爱，也唯有外婆读过几年私塾。少女时代的外婆白皙秀雅，心性高傲，爱整洁，好讲究，总是把自己收拾得干净漂亮，很有些大家闺秀的风范。在那个流行缠足以小脚为美的年代，外婆却公然抗议，拗不过威严的曾外祖母，外婆只有经常在晚上偷偷地解开厚重的绑带，捧着一双白嫩却变形的脚悄悄流泪。

十六岁，一个少女最为风华正茂的豆蔻年华，外婆由父母包办，嫁给了大她足足十岁的外公。外公个头矮小，且老实内向，曾外祖父之所以舍得将最疼爱的小女嫁给相貌普通的外公，是因为外公家境还好，最重要的是外公有一个在当时很吃香的手艺，在乡里的榨油厂当榨匠，擅长维修保养榨油的器械工具。那时十里八乡的食用油，全靠外公所在的榨油厂来运作生产，榨油厂里整日轰轰作响，几十名青年后生赤脚赤膊吆喝着干活，一派热闹红火的景象，那醇厚浓郁的油香味弥漫着整个乡村。而外公，是那个榨油厂里最不可缺少的人物。

我不知道，读过几年私塾又漂亮讲究的外婆，对于爱情有没有过幻想，是不是也有那么一两个挺拔俊朗的秀才后生曾让外婆相思惆怅？我不懂那个时代，也不懂外婆。但我总觉得，外婆表面顺从了那个时代，但或许，她的内心从来没有顺从过。

据外婆娘家最年长的舅舅说，外公是一个相当不善言辞的人，平时特别寡言，开腔却总是硬邦邦的，凶声恶气，但却是一个内心极为忠厚善良又豁达的人。他对外婆的疼爱如兄似父，每日在榨油厂干活回来，还包揽几乎所有的家务活，外婆除了织织毛衣做做女红，就是收拾自己的头脚，仍是一副女儿家的清闲清爽的模样。

母亲还记得她小时候的夏天，外婆一洗完澡出来，外公总是急忙吩咐着母亲去给外婆扇风，生怕外婆出汗热着。若外婆有个什么需要，外公虽嘴上骂骂咧咧，却总是随着外婆的意思，将茶水送到外婆手上，从不怠慢。

3

外婆生过一个女儿，幼小便不幸夭折，后来不再生育，便从自己的亲姐姐那里将其中一个外甥女——我的母亲过继过来当女儿。母亲的到来，从此牵系了外婆的一生。

母亲是我嫡亲外婆的第八个子女，她三岁的时候送到外婆家时，骨瘦如柴，全身长满了触目的疥癣。可是那个瘦弱丑陋的孩子竟然生生激起了洁净讲究的外婆全身心的母爱。外婆不顾别人的劝阻，从此起早摸黑，精心照顾着这个不是自己亲生的唯一的孩子。

在那个封闭的年代，在一个自己并不称心又缺少交流的婚姻里，一个孩子对一个女人的意义是难以言喻的。母亲填补了外婆内心里巨大的缺失，成为了她终生的希望与依托。

母亲从小就过着锦衣玉食的日子，外婆从来不让母亲吃半点苦，真正是含在嘴里怕化了，捧在手里怕摔了。据母亲讲，外公从来训斥不得母亲半句，言语稍有责怪，外婆便在旁边伤心得掉眼泪。母亲去乡里读书，外婆每天风雨无阻地接送，每次把母亲送到学校，外婆总会在校门口张望许久，然后一路数着泥路上女儿小小的脚印独自返回。母亲自小有文艺天赋，每次学校或乡里的文艺演出总少不了母亲。而外婆，总是穿得一身簇新站在台下，望着女儿美丽的身影，骄傲得逢人便说，看到了吗，那个笑得最甜跳得最好的就是我的女儿。

母亲初中毕业后，省城一家大型国有企业到乡里公开招工，母亲瞒着外婆去参加了面试，获得了难得的录取名额。母亲像只渴望飞翔的小鸟，对着即将到来的广阔天地无比憧憬。可这个好消息对于外婆来说，却是一记炸雷，她第一次对着女儿不依不饶，任凭母亲哭着求着，坚决不允。对外婆而言，没有她羽翼的呵护，她那小小的女儿根本没法一个人飞翔。

外婆不懂得，她的爱滋养了母亲，却也牵绊了母亲。

4

母亲嫁给父亲后，外婆每天都在牵挂与泪水中度过。母亲从小娇生惯养，不擅家务，父亲又是孤身一人，无人帮替。外婆便踮着小脚，三天两头地往返数十里路去帮衬母亲。后来，我出生了，外婆更是一天都放心不下，一边要侍候母亲的月子，一边要照顾襁褓中的我，久而久之，便完全舍下外公与那头的家，在母亲家里住下了。

听母亲讲，我自小最是得了外婆的好。我几个月时正值寒冬腊月，外婆每天早晨天不亮就起床，做好饭后，把我所有的衣物被褥都用炉火一件件烘热，将我的摇箩安顿得干爽爽暖和和的再抱我起来。在别的小孩一天到晚坐在摇箩里无大人管顾时，外婆从不图省事，每天几次地帮我清洗换褓，把我弄得香喷喷舒服服的。

那时母亲在乡里卫生院工作，父亲在工商所上班，除了照看我，家里所有的大小家事几乎都是外婆包揽。接着，二妹与三妹又先后出生，这个家便更是一天也离不开外婆了。

外婆来我家后，外公一个人随着他侄子生活。每一次挂念外婆及我们，他总是一大清早地赶来。若听到外婆有个头疼脑热，他常常风雨不顾地第一时间赶到。在我模糊的记忆里，外公苍老瘦削，他每一次来家里看望外婆和我们都会带来满满一大袋香喷喷的油条，临走总要往我们几个外孙女口袋里每人塞一张油腻腻的五角纸币。他从来没有多余的话，我和他几乎没有过什么言语交流，却能深深地感知着他对我的爱以及我心中对他的爱。尽管我已经渐渐模糊了对他的印象，但直到现在，他都是我内心里无比尊敬与怀念的亲人。

外婆把她所有的爱与精力给了我们这个家，在父亲在外地上班的时候，她里里外外地一人操持着，守护着母亲与我们。有时候，她记起了她作为妻子的责任，收拾着包袱想回家看看外公，却总是因为不舍我们几个孩子而一次次作罢，有时候哪怕已经走在了路上，也是三步一回头，一边走一边流泪。常常是早上才刚离开，晚上却又行色匆匆地赶了回来。

为了母亲与我们，外婆真正负了那个她也许不曾爱过却疼爱了她一辈子的丈夫。在外公最后生病的三年里，外婆都极少去探望，甚至在外公临终前都没能守护在身边。对于外婆的选择，外公从未有过抱怨，在旁人对外婆有微词时，他憨憨地为外婆辩解着，默默地扛着。哪怕在弥留之际，他仍央求着他的侄子不要记恨外婆，一定要在他走后好好孝顺她为她送终。

5

小时候，外婆是比母亲更亲的亲人。

姐妹几个，一个个轮流跟着外婆睡，外婆在她那个洁净的小房间里，微笑着为她的外孙女们一个个梳着小辫，穿着小花衣裳，用雪花膏把她们的小脸搽得粉嫩芳香。在一个个埋头写作业的夜晚，陪伴我们的除了那盏昏暗的煤油灯还有外婆温柔的笑脸。外婆爱干净，一身蓝布便衣平整洁净，头发梳得一丝不乱，手腕上戴着一只圆润通透的白玉镯子，身上散发着一种淡淡的清幽的肥皂芳香。比起村里其他老太太，外婆要格外多出一份清雅的气质。

母亲是乡里的接生员。那时候，接生员挺火，特别受人信赖与尊敬。只是，母亲为此难得睡个安宁觉，仿佛女人生孩子都是在夜晚，十里八乡的人摸着黑来叫门，母亲便随时随刻跟着家属们出去。在那些寂静幽深的夜，外婆是我的保护神与安眠药。

儿时的夏夜，因为有着外婆，如梦一般温存美好。吃好晚饭，洗完澡，外婆帮我们一个个搽上芳香沁凉的痱子粉，然后我们便可以躺在竹床上享受外婆的凉风。外婆手拿一把蒲扇，左一下，右一下，为我们驱赶着蚊子。有月光的时候，外婆便坐在我们的竹床边，给我们念那首老旧的歌谣："月光光，照四方，照得姐儿洗衣裳，洗得白，晒得黄，打发哥哥进学堂……"那一个个漫长的夏夜，似乎外婆的蒲扇从来没有停过。我们幸福地享受着有外婆有童谣的夏夜，却从来没有想过，那个念着歌谣的外婆心里是否也曾牵挂她的“哥哥”。

我常常想，如果没有外婆，我们四个孩子会怎样长大，外婆用她博大而深沉的爱，成全了我们这个家，可是在她的内心深处，是否也会因为外公，因为她自己那头的家，而隐藏着一份长久的遗憾与痛？

孩子们一个个地长大，一个个离开了家，外婆越来越老了。我们回家的次数越来越少，但每次打电话或者回家，第一个要问的要看的便是外婆。外婆的腿脚越来越不灵便了，她只能拄着拐杖在厅堂与房间来回走动，她越来越不习惯外面的世界，越来越怕黑与孤独。母亲每次进城来看我们，总会尽量赶在晚上之前回去，她知道，外婆需要她，就像她小时候需要外婆一样。只是，我们和她的交流越来越少了，她的耳朵也越发的聋了，母亲专门买了一台电视放在一楼厅堂里给外婆做伴，外婆便一天到晚坐在厅堂的藤椅上，把电视调到戏剧频道，音量调得老大老大。

每次回家，总是在很远处便仿佛听到家里咿咿呀呀的戏曲声，看到厅堂里端坐在藤椅上一身蓝布便衣的外婆。我们便脚步轻盈，像一下子卸下了岁月的风霜，重新成为她幼小的孩子。

我们每一次回去，外婆都特别高兴，喜悦从皱纹里细细密密地散开来，看到两个活泼可爱的曾外孙，外婆总是咧开没有了门牙的嘴笑得像个孩子，每一次，她都会兴致勃勃地一个人拄着拐杖挪到房间，找出一些宝贝家什或饼干糖果塞给小家伙们，有时候，她还会像很多年前一样打开她那年岁已久的老木箱，从里面掏出来一些 10 元、20 元的纸币，像孩提时那样偷偷地塞在我们的口袋里。每一次离开，她都会拉着我们的手，一遍又一遍地叮嘱：宝呀，上下车要小心啊，要带好孩子啊。

一直到最后，外婆还会像小时候那样把我们唤作“宝”。她是我生命里唯一一个叫我“宝”的亲人。

6

外婆去的那几天天气特别的好，丧事办得热闹而顺利。

村里的叔伯婶娘都主动过来帮忙，全村老老少少不约而同地过来祭拜。父亲将院子里的花盆虔诚地摆满外婆的周围，在鲜花的环绕中，外婆安详地躺着，任凭她最疼爱的女儿与外孙女们流泪哭泣。在她的一生里，她无数次地因为她的女儿与外孙女们的泪水而妥协，可这一次她再也无法妥协了。从深圳赶回来的弟弟——外婆唯一的最小的外孙——在外婆入棺前，死死拉着外婆那没有任何温度的干枯苍白的手，泪流满面。

对于外婆死后的安置，父亲充分尊重了外婆的意思，也担当起了一个儿子应该担当的责任。外公的侄子，放下了心中的芥蒂，从邻市赶来与媳妇儿子一同来帮忙置办丧事，所有的程序礼节一个也没落下。

出殡的那天，天气预报是小雨，可是送上山的时候竟然出起了太阳。送殡的队伍浩浩荡荡，一路的鞭炮硝烟，一簇簇花圈在阳光下生动素洁，仿佛飘着花香。

我一路神思恍惚，脑子里一直像电影那样反复地闪现着记忆久远的一幅画面：一个五十多岁盘着发髻身着蓝布便衣的老妇人，踮着小脚提着包袱，走在回乡的路口，她仿佛看到她那两鬓斑白的哥哥正站在村口默默遥望，可身后两个小跟屁虫似的外孙女依依不舍地拉着她的衣角，仰头看她的小脸蛋上眼泪汪汪……妇人走一步停一步，终是叹口气蹲下身来，拥着两个幼小的孩子转身返回……

|第三辑|

衣舞飞扬

玫瑰色的时光

那一段青春萌动的初中时光，现在回想起来，仿佛闪着一层玫瑰色的光泽。

那一年，我们十二岁。我，还有同龄的琪、薇及年长一岁的涵，我们四人走在一起，是我们校园的一道风景。我们同班，同是清纯秀丽带着文艺气息的小女生，因为情趣相投，自然成了最好的姐妹。

涵是天生的美人坯子，有一双朦胧妩媚的凤眼，肤如凝脂，笑起来露出一口整齐如贝的牙齿及两个小梨涡。涵的母亲是县城知青，是个能歌善舞能言善道的美人。她父亲是我们中学的校长，个子很高，腰板常挺得直直的，很有些学者及官员的混合风范。

琪浓眉大眼，大大咧咧的性格。她的家境相当殷实，住着街口最早的两层洋楼。她家是镇上唯一做冰棒生意的个体户，生产那种五分钱的糖水冰及一角钱的绿豆冰，兼批发零售，生意异常火爆。她母亲长得美艳动人，在街上开着一家美发店，是街上人气最旺的一家店，不知道那人气更多的是因为她的手艺还是她的美貌。

薇的身世有些复杂。她一岁时母亲自尽，一直跟着奶奶在农村生活，直到读初中，她才随父亲及后母住到了镇上。她父亲在街上承包一家药厂，也是富裕之家。她有一双特别灵动清澈的眼睛，像一汪潭水。

四个人中，涵永远是中心人物，她早熟多情，美丽时尚。我们三个人常屁颠儿屁颠儿地跟在她身后，是她忠实的粉丝。她是最早将潮流、爱情等敏感新锐的话题带入我们生活中的人。

有一次，涵从城里买来一套黑白格子裙，穿在身上非常素雅又格外洋气，城市女生味十足，我和琪艳羡不已。我们两人一拍即合地寻遍整条街找到相似的格子布，让裁缝师傅照着样子各自做了一件。我拿到裙子的那天，美了一夜，兴奋得睡不着。到现在，我还觉得那是我学生时代最美的一件衣服，那个样式就是拿到现在也依然不过时。

我阅读史中的第一本言情小说，是涵引荐的琼瑶小说《窗外》。她在一次课间休息时捧着那本小说，看得如痴如醉，哭得泪眼婆娑。然后，便是我。我们由此集体中了琼瑶的毒。课余，我们常常躲进涵的小房间，围着她听她讲一些我们还来不及看的琼瑶爱情小说。我们废寝忘食地沉迷于那些爱情童话，对爱情有了最初的萌动。

我们的班主任兼语文老师是个刚从师范学校毕业的大男孩，清俊挺拔，爱穿一件白色的衬衫。他讲课时侃侃而谈，热情洋溢，偶尔会跑题，说些关于音乐与文学的题外话。他几乎成为了我们集体初恋的假想对象。

语文老师明显偏爱我们，将我们四个人都任命为班干部，把班上各类文体用品平均分给我们保管，在一切文娱活动中让我们崭露头角。一次语文课，老师叫我起来朗读课文，那是一篇关于总理的衬衣的文章。朗诵一直是我的强项，我自认为字正腔圆、声情并茂地诵读完后，沾沾自喜地坐下，等待老师的表扬。老师果然微笑着对我的朗读表示了肯定，但他接下来却指出了我犯的一个小错误。课文中“白色的确良衬衫”中的“的”字读“di”（二声），“的确良”是一个组合词，专指一种布料，而我居然读成了“白色的（de）确良衬衫”。我坐在下面满脸发烧，羞愧不已。下课后，独自跑到校园旁的小树林伤心地哭了一场。

校园后的小树林是我们友谊的秘密基地与年少的梦想舞台。我们在那里学着电视上的样子结拜姐妹，对着天空唱歌。《童年》《粉红色的回忆》以及罗大佑、邓丽君，都是我们当时赖以寄托的靡靡之音。我们还偷偷学跳着当时风行一时的迪斯科与霹雳舞，互相嘲笑着肢体的不协调，笑出眼泪。小树林的尽头有一块玫瑰园，开得缤纷热烈，常常染红着天。我们总是看得入痴，仿佛觉得那片玫瑰是为我们四个人而盛开的。

一个学期过后，涵突然深深暗恋上了一个男孩。那男孩是县城人，刚调入乡政府上班，皮肤白皙，俊眉朗目。有一段时间，他几乎垄断了我们四个人的话题。恋爱后的涵变成了琼瑶小说中的女主角，忽喜忽悲，无法自拔。我们懵懵懂懂地分享着她的一切，感慨着，叹息着。

那段青涩的时光，缓缓延续着，像一个朦胧的温存的梦。涵依然穿得漂漂亮亮地徘徊在她的爱情边缘；我收到了人生中的第一封情书，一个人悄悄躲到厕所里还没看完就撕掉了；琪悄悄告诉我她来例假了，满脸通红神秘兮兮；薇依然是那个似乎没什么心事的纯稚小女孩，没事便拉着我和她一块下跳棋。

暑假，我们相约去河里游泳。我和薇、琪不约而同穿着宽大而深色的上衣，为了遮掩刚从水里出来时湿漉漉的刚发育的身体。而涵，依然穿得异常艳丽，笑盈盈地从水里出来，肌肤如雪，曲线毕露，像一条骄傲的美人鱼。

我们依然一起去校园的小树林，去看那片诗意的玫瑰园。一起躺在玫瑰园旁边的草地上看天，做梦，歌唱，想象我们以后的日子，为这份友谊感动与沉醉。

初三来临，我忙着补救已近荒废的学业，琪与薇也各自回到自己的生活，涵又向我们高调宣布她正在谈一场轰轰烈烈的恋爱，那个男孩是高我们一个年级的学长，长得特别像电视剧《十六岁的花季》里的美少年袁野。

初三摸底考试过后，我不堪言说的成绩让我不得不离开学校。父亲托人帮我在邻镇的中学报名复读，薇继续留校复读，琪读了邻镇的高中，而不走寻常路的涵，却违背了校长父亲的意愿，毅然南下。

我在另一所初中重新开始了我别样的学生生涯，渐渐成为一个优等生。

那一年的夏，似乎格外长，知了在树上不断地嘶鸣，常让我心烦意乱。

也就是那个夏，我突然听到一个噩讯，那个噩讯像一记炸雷，将我的世界炸得天崩地裂。薇，我们那个纯净而温顺的薇，竟然走了和她母亲同样的路。

据说是在一个补习的晚上，薇一个人去女厕所，却发现一个偷偷潜伏在那里的男生对她进行偷窥。有人听到薇惊吓的尖叫，然后看到她脸色苍白失魂落魄地从女厕所里狂奔出来，便再未去过学校。没过几天，薇和她母亲一样，选择了离开。

薇的事件，轰动了全镇。人们说起那个美丽温柔的小姑娘无不唏嘘叹惋。

薇的突然离去，让我很长一段时间陷入一份伤痛与抑郁，我把自己关在房间里，对她的离去无法释怀，亦对生命产生了一种前所未有的虚无感。是什么理由让她居然能鼓起勇气结束自己花儿一般的生命？我猜不透。我总觉得自己辜负了这段友谊，竟然在她生命充满着痛苦与挣扎的最后几天缺席。她那么美丽，那么年轻，像一朵来不及绽放的玫瑰。我强迫症一般，一遍遍去还原她生命尽头的时刻，设想着无数种如果，每设想一次，都泪流满面。

我继续在另一所学校复读，终于熬过了梦魇一般的中考，迈入省城的一所中专，与初恋谈着如水一般绵长的爱情。也曾几次南下，圆了内心深处关于远方的梦。几番折腾后还是随了分配，成为县城里一名中规中矩的执法干部，与初恋一起过着最单纯最平稳也相对幸福的生活。

据说涵后来留在了广州，被爱情绑架成一名阔太太，操心的不是柴米油盐，而是参加宴会穿哪个设计师的礼服，以及孩子要去英国哪个名校读书，或是去欧洲哪个国家度假。

琪，据说多年未婚，在广州与北京辗转数年，后来留居美国信了基督教。

我一直未去看过薇的墓地。我把她深深地埋在我的记忆深处。每想起她，总会想起她那双灵动清澈的眼睛，深渊一般。

我们都在我们各自的生活里渐渐变了模样，只有那段玫瑰色的过往依然闪着光芒。

衣舞飞扬

——记录一段衣舞飞扬的日子，不是因为错过。

我记着他们，格围巾，白衬衣，军工装。记着一段青春的纹路，一段岁月的质地。

格围巾

萧在古县渡初级中学里以一种另类的姿态存在着。到现在，我仍然能清晰地记起他痞痞的坏坏的笑，像偶像剧里深情而又邪气的第二男主角。那个笑容不是属于十四岁少年的。

在那个万元户稀缺的年代里，他是个稀有的富二代。他的父亲是个成功的民营企业家，在镇上算是个具有谈资的人物，人们对他的品评除了他的事业还有他的绯闻。

萧浑身上下透着一股高傲不羁的富家子弟的味道，他常穿一件米黄色的风衣，风衣里面永远有一条格围巾。他走在朴素低调的男学生中间，就像是一根包装精美的奶油雪糕夹在一堆普通的糖水冰棍里。在那个纯朴的校园里，那种奶油雪糕的味道就像他的个人标签。他坐在教室的最后一排，总是最后一个进教室，最早一个出教室，脚步悠闲，风衣潇洒自然地搭在肩头，一条格围巾懒散地垂在颈上，黑白相间，有一种分明的执拗。

他长得不算帅，却绝对是独特的。班里的女生们常常忽略他不堪的成绩，背地里对他品头论足津津乐道。而他的目光，却总是轻蔑地越过那些仰望他的女生，温柔地落在我的身上。

他常常倚在我的课桌旁，微笑着和我搭讪。我总觉得他的目光里没有少年的清澈，有种油油的味道，让人发腻。有一段时间，我的课桌抽屉里常常会莫名多出几颗奶糖或一包饼干，我每一次发现后惊奇而紧张地四处张望，总会看见他那痞痞的却温柔的笑。

课堂的走廊，像是学生们的一个临时氧吧，下课铃一响大家从严肃憋闷的教室里蜂拥而出，在这个有限的空间里大口大口地吸着新鲜的氧气。我很喜欢站在走廊的栏杆前看风景。古县渡初级中学背靠美丽的烟坡山，前面是空旷的操场与满眼的绿色。

标新立异的萧注定要被我深深地记住，是因为那个发生在课堂走廊里的一场犹如幻觉般的玫瑰短剧。那极富戏剧性的一幕，让我真正见识了萧的与众不同。是的，萧就是萧。

那天课间休息，我和同桌阳正倚在走廊栏杆前闲聊，萧微笑着走过来，痞气的笑容里竟然夹着一份羞涩。他看着我，突然像魔术师一样从背后变出一朵玫瑰花，然后他竟然当众像电视里的绅士那样微微弓身双手捧花送到我面前，更令我不可思议的是，他竟然还深情款款地说了一句台词，而且那句台词他极为讲究地用了普通话。萧惊人的举动，在那个热闹拥挤的走廊里产生了巨大的轰动效应，更是将我惊得目瞪口呆。我来不及分辨与咀嚼我内心里是否存在某种虚荣的满足与快意，为了表明立场划分界线，我满脸写满了反感与厌恶，像瞪怪物一样瞪了萧一眼，低声嚷了一句“神经病”，便飞快地从那个情境里逃掉了。

自那以后，萧的目光似乎变清澈了许多，他依然会和我说话，只是少了一份痞痞的油油的笑容。

有时候，他从我身边淡然走过，我会怀疑起我之前的感觉全是错觉。我清楚地知道，萧绝不是那个让我心房柔软的男孩，但我有时候竟会莫名怀念起从前他那份专属于我的目光里的温柔。

后来，据说萧的母亲终是忍受不了其父的滥情而离婚改嫁了，萧因此而消沉了一段时间，更加的痞气与不羁了。再后来萧便转校了。

毕业之后，同学们聊起关于萧的话题，总是他不同的女朋友。人们谈起他来，就像以前谈起他的父亲。

很多年以后，格围巾以一种亲民的气质，在文艺青年之间泛滥，成为一种标签式的审美。每次买围巾，我总是会偏向格子的，我惯性地从众多缤纷亮丽的颜色里挑出更为经典的黑白格，然而，顿了顿，终是又换成了彩色的。

白衣袂

十五岁的风，就像我青葱岁月里的一股春风，清新，和煦，暖人心扉。

风高我一个年级，是同班好友佳的邻居。风的长相阳光清俊，笑容腼腆干净，像一个邻家哥哥，总让人有种清风拂面的感觉。

有一段时间，我在佳家里寄宿，而他常常泡在佳家里玩，我们由此相识。之后在学校常会遇见，彼此见面笑一笑，但并未深交。

我们之间之所以有过浅浅的交集，缘于一支圆珠笔芯。有一次我在佳家里向风借笔写作业，发现他的圆珠笔芯特别清晰好写，便不由地夸了一句，随口问他在哪买的，他笑笑说是在挺远的一条街上的一家小店无意买到的，然后认真地告诉我那个笔芯和别的不同，要贵一些，是上海产的，所以特别好写。然后，他再次认真地问我，你真觉得好写吗？

第二天，我在学校操场上与他不期而遇，他神神秘秘地叫住我，说要给我一样东西。然后他在书包里掏出一个崭新的盒子塞到我手里，腼腼地笑笑说，这个，送给你的。那是一个装圆珠笔芯的盒子，盒子里面有满满十支笔芯。我望着他的背影，心里有些恍惚。

那十支笔芯我整整用了一个学期，每每用它书写，我总会不由地想起这个亲切得如邻家哥哥的少年，心房里开出愉悦的花朵。

像电影画面里的不可缺少的道具，风留给我的影像里除了那十支笔芯，还有两枚特别的印章。如果说那十支笔芯书写出了友谊的醇香，那两枚印章却差点烙进了我少女的心房。

那个初夏的正午，阳光亮得有些刺眼。我不记得那天我为什么要早早地去教室，或许上天总会有意无意地为我们的记忆留下些美好的诗意的画面，让你在日后的岁月里，每每回想起来，嘴角便不由泛起暖暖的微笑。

我穿过长长的教室走廊，除了不远处树林的蝉鸣，整个世界都仿佛被按了静音。在经过初三（一）班的教室里，我看到了风。风独自坐在靠窗的桌前，正低头凝神地用小刀刻着手上的东西，那个少年美好的侧脸因为一份专注而显出一份庄重。窗外阳光亮白，他穿着一件白衬衣，偶尔有风吹进来，他的白衬衣一鼓一鼓，像白鸟的翅膀。那一刻，我确信，我有些被那个幻象一般的白衣少年迷住了。我站在那儿，走廊里空无一人，风安静地拂过我的裙摆。我本来想径直向我的教室走去，可我却笑嘻嘻地向风走了过去。

我的突然到访，让风有点讶异，他愣了下，连忙把手心里的东西藏到桌子底下。什么呀？什么好东西神神秘秘的？我打趣着。他的脸倏地红了，没，没什么！看着他的窘态，我却执拗起来，看看嘛！给我看看嘛！他有些犹豫，但还是将手心里的东西递给了我，居然是一块方形的石头！我再低头细看，却发现是一枚印章，印章上刻着两个方正的隶书。我突然愣住了，那竟然是我的名字。本来就是要送你的，还差一点点就完成了。他轻轻地解释。我却窘了起来，“哦”了一声，把印章放在他的桌上，回头匆匆离开了他的教室。

过了几天，他正式将印章送给了我，只是由一个变成了两个，除了刻了我名字的印章，居然还有一枚，端端正正刻着我父亲的名字。这后一枚印章，让我真正动容起来。那两枚鲜红的印章，连同那个美好的少年侧影，悄悄在我的心扉里荡起了温暖的涟漪。

是冥冥中注定，或是我的未知未觉？我无法解释，那份涟漪居然没有在我心里激起更大的波澜，我接纳，欢喜，感动，我喜欢这个邻家男孩，就像喜欢一个美好的事物，但只是喜欢，很纯粹，很简单。

临近期末，我埋头在题海里，渐渐与风疏远了。一个晚自习，风突然在教室门口叫我出去。在夜色中的走廊里，他第一次像个成年男子，用极其认真的口吻告诉我他毕业了可能会去学开车，问我有什么想法，我没心没肺地反问了他两句，这种事你怎么问我，和我有什么关系，他沉默了一会儿，然后淡淡地说，没什么，只是想和你说说而已。看着他落寞地走开，我怔在那，忽然发现自己无法理解他，也无法理解自己。

后来，我更是和他疏远了。听说，他真的去了邻市学了驾驶，只是，那真的是一件与我无关的事了。

到现在我都从未与他再见过面，他在我的脑海里，仍是那个夏日午后临窗而坐美好的白衣少年，想起他，我的嘴角总会不由地泛起暖暖的微笑。

绿军装

航是我在初三时插班进来的复读生。航的出现，让我紧张压抑的初三生活变得生动有趣起来。

航第一天来报到的时候，穿一件绿色的军装上衣。我很少见一个男孩把绿军装穿得那么洋气。航大方地走上讲台自我介绍，然后站在那，望着大家毫不拘束无遮无掩地笑。穿着绿军装的他像一棵向着阳光生长的挺拔的树。

航身上似乎也有点痞气，与萧不同的是，他的痞气更多的是一种男孩气的张狂与豪放，再加上天生的乐天派与幽默感，使他相对于其他谨小慎微循规蹈矩的男生，生生多出一份与众不同的洒脱劲。

他和伟坐在我和阳的后桌，两个外向的男孩与两个活泼的女孩便渐渐成了死党级的朋友。课余，我们四人常常相约一起玩儿，打扑克、下跳棋、游泳、打羽毛球，有时，我们还会约班里其他的同学，一起骑自行车去邻村看戏。那段时光，多彩得像小说里的剧情，接下来的事，也俗套得像小说里的剧情。

渐渐地，我发现我们四个人的组合出现了异样。开始，我觉出了伟对阳的爱慕，接下来，我在航的目光里也读出了异样。

我生日那天，航约我和班上几个女生一起去他家吃饭。一走进他家，我便看到他给我准备的生日礼物——两只可爱的小灰兔。我曾对他说起过，我最喜欢的动物是小兔子，轻描淡写的话居然被他记到了心里。他揶揄地笑着说，没找到白兔，你就将就着接收吧。然后，他凑近着低声告诉我，这可是我第一次送别人生日礼物。

吃完饭，他借故有事离开，邀我与他同行。他骑上他家那崭新锃亮的大摩托，戴上头盔，正午的阳光热情地泼洒在他的身上，使他整个人罩上了一层光环。他潇洒地朝我招手，来呀。我迟疑了一下，还是跟了过去。

那是我第一次坐摩托车，有种紧张与新奇的感觉。风在耳边急驰而过，田野与花香迎面扑来。我不安地问，我们去哪呀？他在风里大声说，我要带你去一个地方。

车速飞快，我无法掌握重心，两手紧紧扶着座柄，尽量让自己的身体与他保持着距离。他说，那样不安全，你扶着我的腰。我说，没关系，挺好的。他突然一个刹车，我身体惯性地向前倾，一把抱住了他的腰，他在风里得意地哈哈大笑。

摩托车在一大片空旷的土地上停了下来。航像个孩子似的张开双臂奔跑起来，然后站在一个高地里，望着我大声说，我好喜欢这种空旷的感觉，喜欢这片土地，有一天，我要在这样的土地上建自己的别墅、庄园，我要过我想要的生活。然后，他定定地看着我问，你想做这个庄园未来的女主人吗？

是的，那真的是一个纯美而浪漫的情境。天湛蓝湛蓝的，那片黄色的土地那样的壮观而眩美，阳光下的那个男孩豪气满天而又深情款款，像个勇敢而多情的骑士，万物都似乎煽情地屏住了呼吸，可我却是一个多么蹩脚的女主角。我听到了自己急促而慌乱的心跳声，我望着眼前那个有点激动的男孩，突然胆怯与懊恼起来。我听到自己在说，同学们该等着急了，我们快点回去吧。

我们一路无语。接下来的日子里，我有点心烦意乱。中考在即，我把自己关在房间里没日没夜地苦读，在自责与矛盾中煎熬。我悉心照料着那两只小灰兔，看着它们日渐消瘦，心情也黯淡起来。

在中考的前一个月里，他塞给我一封信，他在信里说，我们来玩一个故事接龙吧。然后他絮絮叨叨地在讲述一个我与他之间的故事，我们相识以来的点点滴滴，讲到关键处，他停了笔。他说，接下来，你能把故事讲下去吗？

我没有去接他的故事，我回避着也抗拒着。我把自己往好学生的枷锁里套，全心应对着即将决定我命运的中考。只是每次看见那两只小灰兔，我便无比伤感。

后来，我考入了省城的一所中专。航的考分有些低，他没有上普通高中，而是选择了离省城最近的一个县城的三流中专。他写信告诉我，他一点儿也不喜欢那个中专，不喜欢那个县城，更不喜欢那个专业，唯一喜欢的只是那个县城与省城的距离。我嘻嘻笑着，距离还是太远，你咋不考到我隔壁的学校来。

航后来问我，你那时候为什么就没有喜欢上我呢。我打着哈哈问他，你那件军工装呢？说真的，你那时穿那件衣服真有范儿。

我后来的男孩，还真是个穿绿军装的。

那些纯粹的夏天

气温一直在38度与39度间徘徊，我整天待在空调房里坐到疲软。一遍又一遍地在网上点击新浪或者腾讯，直到双眼发涩，头昏脑涨。在空调房里待久了的心脏，似乎变得没有了温度，空荡荡地挂在胸前，像机械的钟摆，只负责制造乏味的沉闷的声响。

我不禁忆起1994年之前那些生命中纯粹的夏天，那些流光溢彩的日子，那片纯净的天，还有那个萤火闪闪的梦……

那时候的夏，天似乎格外的蓝，树格外的绿，一切生命的色彩都纯粹而清亮。我常常躺在村里的小树林里看天，天空蓝得纯净而深远，摇曳的树叶以天空为背景，在上面灵动地作画。我总是轻易沉醉，闭上眼睛听风划过树叶的声音，音乐般动听。

夏日的午后，小树林到处是阴凉的胜地。树林里不停嘶鸣的知了，还有一种可以用线绑起脚来把玩的不知名的小虫，像是童话里的精灵，吸引着我的追逐。为了逮住它们，我和妹妹像跟屁虫一样跟着那些比我稍大的小毛孩儿们，学着制作各种工具，过程艰辛又其乐无穷。

在那个零食缺失的岁月，我和妹妹们常常在小树林里到处找寻一种可以食用的味道酸酸的叶子，以及一种色泽鲜红酸甜可口的野草莓，我后来才知道它有一个极不相称的学名叫覆盆子，我更愿意叫它野草莓。它长得比草莓小，更具有弹性，肉汁饱满鲜嫩欲滴，在那个年代，它的口感简直超出了我们味蕾的幻想。野草莓散落在各种杂草与坟茔间，像一颗颗闪耀的红宝石，让我们的眼睛发光。

有时候，我和妹妹们也会带上几条小板凳，带着我们心爱的书籍，去小树林里度过一个个安静美好的下午。我在那样一个个安静而美好的下午，反反复复地阅读着露易莎·梅·奥尔科特的《小妇人》或夏洛蒂·勃朗特的《简·爱》，不知疲惫地酝酿着一种忧伤与迷茫的情绪。

当太阳光由刺眼的白到温润的黄，地底下的热气不再炽烈，我便和二妹、三妹一起去村庄的河边游泳，我们的游泳装备是一种黑色的塑胶轮胎或白色的包装泡沫。我们总是选择到村庄上游一个较远的渡口，因为那里有一艘运载车辆的大汽轮。在那个车辆稀少的年代，大轮船歇息的时间总比工作时间长许多。每个傍晚，它安静地停在那儿，成为我们天然的游泳基地。闸板的那头水清而深，时而墨绿时而蔚蓝，像一张柔软的网。我最喜欢游到河的中心，慵懒惬意地仰躺在救生圈里。河水温柔地托举着头，天空以最壮观绚丽的容颜在眼前肆意呈现。天空是多么宽广而柔软啊，仿佛亲近得可以触碰，仿佛与水面合二为一，还有醉红的夕阳，绚烂的晚霞，美得让人叹息。我常那样久久痴痴地看天，巴望着时间静止。

夏天的晚餐是在室外吃的。太阳稍一温和，父亲便把门前的水泥地用一桶桶井水浇透，然后开始往外搬竹床，搬饭桌，搬出家里所有的椅凳。母亲把一大锅绿豆粥端到屋外晾凉，然后端出一盘盘用豆豉蒜蓉炒出的喷香发亮的茄子、青椒或空心菜梗。最常吃的小菜是母亲做的五香豆子。豆子的做法极其烦琐，先煮，再晒，还要卤水，里面搁茴香、八角等大料，口感咸香，口味浓郁。那是我们佐粥的小菜，也是我们最爱吃的零食。除了五香豆子，还有水煮花生、水煮毛豆，这些来自泥土的天然食物吸足了阳光雨露，再经了母亲的手，真是人间美味，怎么吃都吃不厌。

在太阳刚刚下山，暮色即将开启之时，我最爱一个人躺在竹床上，看天上飞来飞去的小鸟，看变幻的云彩，看周遭的景物，那景象时而像一幅画时而像一首诗，我总是看得如痴入迷。有时候闭上眼睛安静地想象，思绪飞到好远好远。

那时候的月亮总是很圆很大，夜亮如昼。夜未深，我们通常是不归家的。家附近有一大块空地，一入夜，仿佛有人召集，附近的孩子们不约而同地全往那里跑，各人邀伴，自行组合，一块玩儿各种好玩儿的游戏。欢笑声在那样的月夜特别纯粹，特别响亮，仿佛能传到天边。我记得，我和妹妹最喜欢玩儿一种游戏，是将一个用布条蒙住眼睛，由另一个人牵引着走。走到哪，全凭那个引路的人。被蒙住眼睛的那个人凭着感觉猜测，什么时候拐了弯，什么时候上了台阶，仿佛是心中有数，然而当牵的人让你睁开眼，却发现是一个完全没想到的境地。彼此哈哈笑一番，然后互换角色，乐此不疲。这样一个简单幼稚的游戏，那时候却觉得刺激而有趣，像一个未知的旅途，充满了悬念与惊喜，给很多个寻常的夏夜附上了浪漫的色彩。

有时，我们也会跑到附近的田埂上，带上玻璃瓶子，去捉萤火虫。萤火虫实在是一种别具诗意营造梦境的小生物。夏夜的田间小坝上，萤火点点，蛙鸣阵阵，凉风习习，空气里满是泥土与植物的清香。我们在萤火虫间穿梭追打，简直忘了形。一只只萤火虫被我们改变命运，住进了我们带去的玻璃瓶房子。我们像捧着宝物一般捧着一只闪闪发光的玻璃房子，手牵手快乐满足地回家。

回到家后悄悄将萤火虫放飞到蚊帐里，蚊帐里便成了一个发光的舞台。那些飞舞的小精灵，悄悄地飞进了一个少女的梦里，满天，满世界，全是美丽的萤火，我穿着白纱裙，在闪闪荧光中翩翩起舞，像童话里的公主……

十多年后，我坐在冷气十足的空调房里，回想起那些纯粹的夏天，感觉像梦一样，遥不可及。

落入春的泥土里

1

小语的死是我青春期里挥之不去的暗影。它浓墨重彩地走进我的记忆，然后像一株生命力强大的爬藤物，在岁月的雨水中默默生长，蔓延了我青春期记忆的墙体。

至今清晰地记得小语那时候的样子，清秀白皙的小瓜子脸儿，湖水般的黑眼睛，细声细语，像一朵安静的小茉莉。小语有一口灰黑的四环素牙，她笑起来总是抿着嘴或捂着嘴，这让她的笑容显得有些拘谨。

那些晃晃悠悠的初中岁月，像一个模糊不明的梦境，我只依稀记得其中一些场景与片段。所有的场景与片段里都有小语。小语家弥漫着药香的药厂仓库。小语在下赢跳棋之后忘乎所以露出四环素牙的俏皮模样。我和小语一起躲在屋里看永远也看不够的琼瑶小说。彼时，我们的花季正在校园干燥贫瘠的土壤里焉着脑袋，像我们稀疏干黄的发辫一样欠缺着色彩与营养，唯有课外书籍，才能安抚那如期而至的懵懂骚动的青春荷尔蒙。某一天，琼瑶小说紧跟着例假浩浩荡荡地闯进了我们的生活，我和小语像在荒漠里发现了一个宝藏般靡靡不可终日。琼瑶的爱情童话，是我们暗无天日的初中时代的漫天烟火，我们都恨不得一夜之间长成她书中不食人间烟火的文艺女主角，不用缠绕在那些永远解不清的函数、几何题及永远昏暗冗长的晚自习里，唯等一个穿着白衬衣的男孩，干净俊朗，满腹才华，骑着白马来解救。

我们都以为我们最终会成为我们自己想要的那个样子，明眸皓齿，苗条修长，风花雪月，琴棋书画。最重要的是，我们的身边有一个穿白衬衣的男孩，干净俊朗，满腹才华。我们在琼瑶小说里昏天黑地地做着梦。我像一个睡过头的孩子，在一个长长的梦境里游荡，千回百转，不愿醒来。没想到叫醒我的，居然是小语的死。

那个黑色七月，少女小语以自杀的方式向自己花蕾般的生命凄美谢幕。

那桩起因源于学校公厕一个男孩偷窥的少女自杀事件，在那个年代的平静小镇里轰然炸响，人们奔走相告唾沫横飞，语气里有着夸张的悲伤与叹惋，眼神却发出某种抽丝剥茧般好奇与探秘的光。关于事件的细节，关于她的身世，各种版本在人们的嘴里光怪陆离。

那个男孩或许只是做了一个大多数男孩在青春期里做过或想做的一件事。如果是现在，只够我们发出一声惊叫。泼辣一点的姑娘，大不了啐一口，流氓！冲过去就要揪那个脑袋，然后，一群人哄笑着便也过去了。这算得了什么呢？偷窥，不过是青春期里的一颗分泌旺盛的青春痘。而九十年代十六岁的小语，却被一颗青春痘打败。她跌入梦境与现实落差的深渊里，像一颗沉沦在黑夜里的小星星，纵身一跃，刹那芳华，完成了向流星的蜕变。

她从小失去生母。她长着四环素牙。她复读或许仍要面临复读。她沉浸于琼瑶小说。她遭遇男生偷窥。这些似乎都不是她坠落的理由，但在那个年代，在某个瞬间，这种种因素叠加起来成了小语逃不掉的宿命。

那是我第一次面对死亡，十六岁，刚刚迈向花季的年龄。小语骤然终结在我们共有的春季里。我从小语的死里醒来，迎接我生命中最闷热难耐的夏。

我深深记着那个夏天，带着某种刻意。我以为我会因为小语一辈子沉沦在成长的春殇里。可是，我的生活终是被接下来各种应接不暇的喜悦与惆怅覆盖了。没有人关心流星陨落之后的去向，它惊艳地从天上划过，人们仰头惊叹一声便回到灯光亮堂的屋子里继续打瞌睡或打麻将。

我在信息爆炸头条迅猛天翻地覆的日子里闲散而安稳地活着，我并没有活出我自己想要的样子，而是在芜杂的尘世里学会了各种妥协，也坦然迎接着生命的必然衰老。有时候会突然记起小语，我不再轻易悲伤，她是一朵属于春天的倔强的小茉莉，她决绝地落入春的泥土里，不过是想在另一个世界里，开出她的下一个花季。

2

1997 年住在某中专学校 705 寝室的我，绝对不会想到十五年以后的某天，我要去参加寝室姐妹中最活泼阳光的老小——影儿的葬礼。

影儿，留一头男孩的短发，春天般明媚的女孩。个性鲜明，活泼可人，有轻微的偏执与洁癖。她最大的特点，是一个正宗吃货。在我忙着逛街试衣服的时候，她忙着在超市买麦丽素、富贵豆、咪咪条。在我忙着读诗写情书的时候，她忙着在宿舍吃麦丽素、富贵豆、咪咪条。有一个晚上，我们七姐妹在被窝里幻想爱情，各自描述着自己以后理想的白马王子类型。这个要高大才华，那个要深情浪漫，这个要商界才俊，那个要 IT 精英，只有影儿，从牛角面包里抬起一张油乎乎的嘴，我就想找个面包师做老公，身怀绝技，每天给我做各种口味不重样的面包糕点，嘻嘻。我们全体大笑。

她是寝室里家庭条件最好的女孩，独生子女，父母均在政府部门上班，中年得女，如获至宝。总记得她六十岁的老父母隔三岔五从几百公里之外的城市来省城看她，气喘吁吁地爬七层楼出现在我们宿舍门口，手里永远提着满满一大袋子各种我从没吃过的花花绿绿的高档食品。

很多年以后，当我们各自与自己既不是商界才俊也不是IT精英的真命天子过着一地鸡毛的生活时，我偶尔还会记起影儿，心想她是不是真找了一个身怀绝技的面包师老公。我不由得佩服她当年的真知灼见。

毕业十年聚会时，影儿已是一头长发，率真假小子竟长成风情小女人。她是班上三个未婚女生中的一个，看来还没有哪个身怀绝技的面包师打马从她身边走过。唯一不变的是，她仍是个吃货，且好重口味，烧烤煎炸，无肉不席，无辣不欢。我们郁郁寡欢地扯着当年往事，她取笑我，你真没劲，居然真找了你在学校时的初恋。我笑问，你家面包师呢？她端着酒杯的手微微一抖，转头对我莞尔一笑，我早不喜欢吃甜食了。

后来，听说影儿终于在她三十岁时把自己嫁掉，据说丈夫是她单位的一名聘用司机，我们纷纷世俗地表示疑惑与叹惜，家世良好心高气傲的行政干部影儿若没找身怀绝技的面包师，最不济也该找个安稳光鲜的国家公务员吧。我们不禁猜想，大概那也是个身怀绝技的司机。

再后来，我们接到了班里的第一个噩讯，影儿死于直肠癌晚期。

我们从全省各地集体赶去悼念，那是一个有着薄薄阳光的初春，我第一次走进殡仪馆，一个阴阳相间的地方。下午五点多的阳光散淡地打在正门的白墙上，像一张惨白的脸发出冷冽的光。我们一众三十余人，大家都面色凝重，偶尔几句叹息感伤的话语突兀地在空寂的馆内回荡，越发显得沉闷冷清。那个刚失去妻子的丈夫，在陪几个帮忙处理后事的亲友打牌，得知我们去后站起身招待我们，面无表情地说着感谢，随后又继续着他的牌局。我的后背阴风飕飕，寒意直抵心脏。

然后，我们看到了影儿。那个曾经活泼明媚有轻微洁癖的短发女孩，躺在一个无数身体躺过的冰冷的容器里，形容僵硬枯朽，化着夸张诡异的妆容，穿着奇怪的图案繁复考究的大红寿服，头上与脚上是同样图案繁复考究的寿帽寿鞋，才三十多岁的她看上去像一个含恨而别又寿终正寝的老太太。班主任说，大家都对影儿说些什么吧。有个女同学带头说了些回忆与祈福的话，我神情恍惚，胸口翻腾，脑子里一直有个笑嘻嘻的短发女孩在说，我以后要找个身怀绝技的面包师，每天给我各种口味不重样的面包糕点。那个活蹦乱跳的年轻女孩和眼前这具穿着戏服般的苍老僵硬的身体蒙太奇般在我眼前交叠。我一直在想，直肠癌是个什么东西？它是如何从生活的千头万绪里滋长，然后悄悄渗入那样鲜活的机体，直接从阳光灿烂鲜花盛开食物芳香爱情弥漫的春天，进入了万物萧瑟滴水成冰的寒冬？

我们麻木地按着引导的人走完程序，从殡仪馆出来，大家仿佛破冰回暖重新复苏。有人说饿了，有人说不知道还能不能赶上回家的最后一班车，有人说起孩子，有人笑了，有人说多年没见一起去喝几杯吧。大家有一搭没一搭问着近况，计划着接下去的行程，仿佛什么也没有发生过。夜色在身边缓缓升起，我像个失语的梦游者。

我在夜风中独自返程。天突然下起了小雨，我把头探向车窗外，伸出手掌，雨滴一颗颗落下来，在手中挣扎徘徊几许，终是落入泥土里。泥土是归宿，也是母体。我突然觉得，在我们身处的世界之外，一定有一个地方，安放着所有坠落的灵魂，他们在那个世界，完成着他们想要的盛放。

我闭上眼睛，黑暗中，我仿佛听到路边蛰伏了一冬的花草一点点破土而出的声音。

我的黑白年代

——谨以此文献给我的初中时代

我的初中时代，竟然是二十年前的事了。关于二十年前的记忆，大多被岁月的风吹散，很多青涩的往事与片段都沉入了记忆的河底，再也无法打捞出清晰的模样。为了走进那段仿佛被断开了的初中时光，我翻遍了我从前的一些物件，终于有两样东西，像一条熠熠发光的链条，连接起了那段朦胧柔软的黑白年代。

那是一张黑白照片与一个钢琴音乐盒。

它们静静地躺在我的抽屉里，以黑白两色的纯净，晕染开了一段曾经属于我的文艺而纯真的初中岁月。

一张与成长有关的黑白照片

我的一本老式相册里有一张有些泛黄的黑白照片。那张照片记录着我的成人礼。

黑白照片的背景是一片迎风扬起的麦浪，天空中有慵懒的云朵，席地而坐的女孩儿怀抱一只小白兔，编了发辫的披肩长发，黑白格学生套裙，轻抿的嘴唇表达着那个年纪的稚气与自我，清澈的眼眸里满含迷茫与忧郁。整张照片散发着一种安静与忧伤的文艺范儿。这是我最喜欢的一张照片。这张照片定格了我初中时代的审美，也定格了我生命里一个最特别的日子。如果说，我是个内心有点文艺情结的女子，那么我最文艺的岁月便是我刚迈入青春期的初中时代。我的少女时代。

那时候古南中学在我的心里是一个无比美好多彩的所在，弥漫着某种成长与希冀的神秘气息，像一个飘着馥郁香气的果园，而我，是一颗青涩的正隐隐膨胀芬芳的小果子。偌大的校园为我打开了另一个世界，那是一个有着花瓣、雨珠、星光的毛茸茸亮晶晶湿漉漉的少女世界。我从一个天真无忧的小女孩发生蜕变，开始不再仅仅专注于课本，有了莫名的忧伤，萌动的心事，以及自己情趣上的审美。

我迷上了音乐，在笔记本上抄满了流行歌曲，我迷上了古典诗词与琼瑶小说，开始为赋新词强说愁。我还疯狂地迷上了拍照。

那时候拍照还是一件稀有而高端的事，古南街上似乎还没有照相馆，我们要坐渡船去河对岸古北镇照相馆。照相馆在古北镇郊区，坐船之后我们还要将近步行二十分钟才能到达。我和同桌清还有薇，在课余时像被磁铁吸附般一次次相约去古北照相馆。

我总觉得我迷上照相，并不仅仅是单纯的爱美或自恋，在那个做梦的年纪与艺术匮乏的时代，照相机就像音乐或画笔一样，拥有一种艺术的魔力，满足着我对于生活与自我的某种设计与构想，让我欲罢不能。那时候的我几乎从不对着镜头笑，在一个少女纤细善感的内心世界里，阳光与欢笑是俗气的，只有惆怅与忧伤才是诗意的。

或许每个人的初中时代都有属于她自己的色彩，以及呈现这种色彩的某个载体某种方式。就像那时候的我，独独喜欢黑白色，以至着迷于黑白照片。我着迷于黑白相片那种纯净又纯粹的意境，仿佛比彩色照片多出那么一点欲说还休的韵味来，那种意境与韵味恰到好处地契合着我少女时期的审美与情怀。是的，我莫名觉得黑白照片比彩色照片更有品位，更像一张画或一首诗。我不知道我的审美从何而来，在我的青春期里，我似乎只钟情于黑白色，所有彩色的艳丽的东西在我眼里都是俗气的。我甚至会因为一个男孩穿了一件洁净的白色衬衣，而认定他在人群中的特别。

那似乎是深夏与初秋交替的一天。有点微风。那是寻常而又不寻常的一天。

那一天刚升入初二的我真正走入了我的青春期，从一个女孩儿过渡为一个少女。我有点躁动不安，对一个即将走向我的成人世界充满了伤感与迷茫。我在心里恍惚觉得从前那些无忧无虑的日子一去不复返了，这一天将是我生命里新的开始。似乎每个女孩天生都注重仪式感，会将自己生命中的某个特别的日子以别样的方式来纪念。那一天，我决定去照张相。

那天下午我翘了课。我穿上了我最喜欢的黑白格子学生套裙，照着电视上城里女学生的样子披下长发，并在发侧编了一条别致的发辫，还特意去邻居家借来我最喜欢的小白兔。那是一个安静的午后，有着淡淡的睡意蒙眬的阳光。我对摄影师说，我要纪念今天这个日子，想拍一张特别的照片，最好有天空、云朵、微风、麦穗，拍成一张黑白素描的样子。对着镜头的时候我突然有点紧张，刻意让自己的表情像成人一样深沉，我在心里暗暗向自己的少年时代挥别，有着几分忧伤，也有着几分向往。

我用自己的方式，为我的青春举行着隆重的迎接仪式。那张照片里，天不是蓝色，麦子不是金黄色，却定格了我最纯真原色的少女时代，就像照片里我黑白分明又满含忧伤的眼眸。

一个雨天收到的生日礼物

那是我人生中收到的第一份来自异性的生日礼物。

那并不是我所心仪的男孩送给我的礼物，但是二十年后的今天，我依然深刻地记得。

升入古南初中后，一个班级便庞大起来。班里有乡镇街上的，有偏远农村的；有熟识的，有陌生的；有自信开朗的，有胆怯寡言的，有了地域、家庭环境及性情的差别，同学之间的交往变得微妙起来，不再像小学那样亲热自然打成一片。

我和班上的几个活泼开朗的男生女生要好，平时一块打闹，结伴上学。我应该是一个有着小小骄傲的女生，对一些像空气一样毫不起眼的乡村男生从不关注。

那时老师为了照顾每个学生在座位上的公平，实行轮周换位制度，四组座位每周轮流排换，轮到中间时其中两组便合在一起。每一次我这组轮换到中间时，我的邻桌便是一个来自山里的沉默寡言的男生。那个男生个头特别矮小，皮肤黑红，常穿着一件不太合身的灰蓝色卡其上衣。他小时候患过小儿麻痹，走路时一只脚有点微跛。

每一个月我都有一次和他邻桌的机会，可是除了知道这么个人，我几乎没有和他说过话。他总是憨憨地对我笑，表达着友好，写作业时常常把身体缩向一边，以便留出更多的位置给我，极好的脾气。我却不太屑于和他交往，只在心情好的时候偶尔和他搭几句话，聊过什么自己却完全没放在心上。

有一次我们班去他家的山村里春游，便到他家歇脚。他热情地从他家厨房里拿出一大袋艳红的西红柿招待我，你爱吃的，我昨天特意让我妈准备的。我那时候刚刚爱上吃西红柿，之前觉得那味特别怪，后来一次在薇家里看到薇用生西红柿蘸着白糖吃，我也学着她的样子吃了一口，觉得特别美味爽口，便由此着迷上了西红柿。可是，我对这个男孩说起过吗？我正纳闷着，他还端出一碗白糖来。这里有糖呢，你蘸着吃呀。眼神无比真诚热切。

在与他同班同桌的时段里，我应该与他有过不少的接触，可我却只独独记得这两件事，除了西红柿，便是一件生日礼物。

我的生日正好在暑假。除了母亲，在我记忆里几乎没有任何同学记得过我的生日。在那个年代，过生日是一件特别奢侈矫情的事，更别说收生日礼物。对于几乎没有任何零花钱的学生，又有几个人能为生日做什么特别的庆贺与表达？

那一天是我的生日，或许我自己都不记得。我只记得那天下着瓢泼大雨。正午时分，我的邻桌突然冒着大雨出现在我家门口，推着一辆几乎和他个头一样高的笨重的旧自行车，一件崭新的白色衬衫却溅满了泥浆，整个人像一只狼狈的落汤鸡。

今天是你的生日，我来送你生日礼物的。他拿出一个包装讲究的盒子塞到我手上，抹一把脸上的雨水，看着我真诚憨厚地笑。我接过他的礼物，无比诧异。我不知道这个男孩是如何知晓了我的生日的，我愣愣地看着他，竟然没表达一声谢意。还没等我回过神来，他说家里还有些事得赶回去，便转身融进了雨里。

我看着雨中他单薄的背影突然动容起来。想象着他怎样费尽心思去为我攒钱挑选礼物的心意，想象他那有着残缺的矮小身体怎样冒着大雨骑行数十里山路来为我送礼物的辛苦。我居然没有为那份心意与辛苦及时地道声谢，这让我无法释怀。

那是一个美得像梦一般的音乐盒。音乐盒的造型是一架钢琴，白色的琴架，黑色的琴键，低调而奢华。按下开关，优美动听的钢琴曲缓缓流泻，一个公主般美丽的女孩穿着蕾丝白纱裙在琴键旁随着音乐翩翩起舞。那是我收到过的最为精美的生日礼物。我后来才知道那首钢琴曲的曲名——《致爱丽丝》。

那个普通内敛甚至自卑的男孩，却为他纯真的情感作了一次最华丽的告白。

那个生日礼物，在那个雨天，有了别样的意义。我懵懂地意识到了什么，却又茫然无措，只是觉得手中的它无比沉重。

我后来一直珍藏着那个音乐盒。虽然我没法对那个男孩回赠同样的情谊，但最起码我懂得了尊重与理解。每个人心房里最初始的爱，都是晶莹而珍贵的，无论那个人多么普通渺小甚至残缺。

毕业后，我渐渐地忘记了他。几年前，几个初中好友聚会，我突然记起他，询问他的近况。有个同学说，你不知道呀，他都不在了，前两年的事了，好像是一场事故吧，听说婚都没结呢。我突然心里一阵发酸发慌，一种莫名的情绪在胸口翻腾汹涌。我终是连个道谢的机会都永远失去了。

我突然特别清晰地记起一些关于他的往事，记起那个雨天，他像个勇敢的骑士，越过重重障碍，送给我一个只有黑白两色却无比华美的音乐盒。

我还记起，他那天穿了一件崭新的白衬衫。

那张黑白照片与钢琴音乐盒以一种庄严的仪式感，记录着我的初中年代，并为那个年代赋上了独属于它的色彩，让我回想起来，除了怀念、留恋，亦心怀着莫名的感恩与敬意。

电影院的那些事

那夜，从电影院出来，已是晚上十时许。影院前厅灯火通明，缤纷的电影海报依然神采奕奕，以守株待兔之姿争先向行人含情示意，空气里弥漫着爆米花浓香甜蜜的气息。

自从小城的电影院风生水起，我的周末便多了一份幸福的消遣。对我来说，在电影院看电影，是一种情结。在小城电影院沉寂的那些年，我总是心存憾意，每到一个城市出差，最心心念念的便是去电影院看一场电影。电影院仿佛带着一种神秘的诱惑，吸引着我走进它的世界。我不知道，这份情结，更多的是因为对电影艺术的迷恋，还是对一种城市氛围与文明气息的期许，抑或是出于儿时由来已久的一种渴念与怀想。或者说，我情结所依附的对象并不是电影本身，而是传播电影文化的特殊场所——电影院？是的，电影院作为电影的承载者，它承载着的，还有我青春的记忆与成长的梦想。

在八十年代中期的故乡村庄，电影院是由村庄的晒谷场演变而成的。遥远的记忆里，村头的晒谷场像个迷人的万花筒，它在白天是我们多彩的娱乐场，收纳着孩子们盛放的笑靥与快乐的汗水，在某些夜晚，它便成了一个诗意的露天电影院。

那个时代，电影视听质量其实是单调而粗糙的，却丝毫不影响看电影的人那种热切的饱和的幸福感。黑白的影像，嘈杂的人声，在那种熙熙攘攘人群混杂的氛围中，电影不是纯粹的电影，观众也不是纯粹的观众，那种观影模式更像是一种村庄的全民联欢。

对于孩提时代的我，那更是一份复杂的、多味的体验。每一次村里放电影，我总会早早地吃过晚饭，和邻居伙伴驻守在晒谷场。在电影未放映之前，我们像陶醉于花丛的小蜜蜂一般在周边飘香的零食小摊前面殷勤流窜，小手心里紧紧握着的皱巴巴的一角纸币，在小主人的犹豫与不舍中迟迟找不到它将要栖息的目的地。当那张巨大的白色画布在夜幕下缓缓扯开神秘的幕帘，小心脏便莫名端庄肃然起来，有种大气不敢出的紧张与激动。几岁的孩子还看不太懂电影的故事情节，但是那个大银幕里面盛装的新奇而繁华的世界，却给了我难言的震撼。记忆深处，总有一个小小女孩站在村庄晒谷场的电影幕布下，无比专注地仰视着银幕里那个黑白却多彩的世界，心潮澎湃，渴望成长。

一想起那个露天电影院，我的脑海里便会不由自主展开那样一幅美好的背景画面：巨大的天幕上，月光如圣洁的母亲，散发着宁静温柔的光芒，点点繁星，像孩子般亲昵地依偎在月亮周围，空气里混合着麦苗与野花的芳香，间或有风儿拂过树叶的沙沙声，有蛙虫如天籁般的鸣唱声。与这些相呼应的，是银幕下闹哄哄的乡村氛围与热烘烘的生活气息。那个静谧安详却裹挟着某种生命的热度与梦想的高度的画面，总会给我带来一份莫名的感动与怀念。

十多岁的时候，乡镇街上盖起了第一座像模像样的电影院。现在想来，那其实也不是真正意义上的电影院，更像是文化娱乐中心。除了偶尔放一些过时的电影，更多的时候是一些文艺演出或戏剧演出的集中地。那座最早走入我生活的电影院，我对它的好感与怀念却远远比不上晒谷场。

它在我的印象里，像是一幅材质粗劣色彩混乱意蕴不明的画。我记不清楚乡电影院的门面色彩或造型结构，唯一清楚记得的是它门前长长高高的石阶，以及石阶旁边蓬勃湿绿的青苔。镇电影院张扬高涨的氛围不适合一个少女滋长雨季的情调，那个闭塞的有限的空间，在我的眼里是奇形怪状的。除了拥挤的人群，它充塞我耳膜的是妇女们肆无忌惮的嗑瓜子声，小孩的夸张的叫喊与哭闹声，男人们无关电影情节的粗俗的谈笑声。我闻到了劣质的呛人的烟味，人们身上难言的体味汗味，甚至是孩子们随地解决的尿骚味，却唯独没闻到我想象中的关于电影的美好气息。

我后来看过一部非常美的电影——《天堂电影院》，那是一个以小镇电影院为背景的简单温情却意味深长的故事，它给了我关于电影院、关于爱、关于人生最美好的感悟与启迪。我无法在心里把《天堂电影院》和我印象中的古南电影院进行比较，它们其实都盛装着文化与娱乐，只是一个在艺术与镜头里闪烁着哲思与诗意的光芒，而一个却在一个少女梦想的落差与八十年代末期真实而贫乏的乡镇生活里，装裱成一帧世俗混杂的众生图。

离开养育我的小镇后，我从省城完成学业辗转南下，电影院依然与我的成长浅浅同行。只是异乡的电影院，在那个特定的岁月里，俨然演变成盛装爱情的秘密根据地。

事隔十多年，我依然能清晰地嗅到 1998 年的深圳福田的台贸小区的电影院，在夜幕下弥漫着的那种温热的低迷的撩人的气息。为了消遣下班之余漫长的夜以及那一大段寂寥空白的青春，我和同公司的几个女孩经常去小区的电影院看电影。那时的台贸电影院是三流港片的天下，那些滥俗的情节夸张的笑点粗浅的对白，经常在笑过之后让我倍感空虚。然而，充分刺激与折磨我眼球与耳膜的，还不是银幕里那些或血腥或热辣的镜头，而是身边那些现场直播的声色爱情。有一次，邻座一对年轻男女在耳鬓厮磨下，浑然忘我地发出阵阵热烈的喘息声。我如遭惊雷，在心惊肉跳下仓皇而逃。

第一次和他相约去电影院，是在邻市景德镇的光明电影院。那应该是我人生里第一个真正有着城市与文化气息的电影院，却因为一份纯美的初恋而具有了别样的色彩与意义。电影院里气氛肃静，似乎所有的人都在屏气凝神地专注于电影。而我却在那样美好的电影院里第一次游离于电影之外，心如撞鹿，手足无措。我偷偷地望着身旁俊朗的他，手心里有些发热，心里怀揣着一份莫名的紧张。当那双男性的手在犹豫迟疑之后终于坚定地温热地握住了我的手时，我终是坦然释怀下来，微笑着凝神端坐，投入电影。

日后，对电影院的钟情，渐渐回归到对电影本身以及观影氛围的重视。在今天，电影早已不是电影院的专利，高速快捷的网络为影迷们人性化地盖起了许许多多无形的电影院，看电影竟成了随时随刻以及与金钱无关的事。我却固执地认为，电影魅力唯有在电影院那种情境的烘托下，才能得到最佳的诠释与表达。那黑暗的隐秘，那无声的共鸣，甚至那份融合着各种呼吸与爆米花味的独特神秘的气息，都会莫名把我的情绪调得格外饱满、激昂。每一次从电影院出来，从电影世界里一下子融入现实生活的某种落差与感悟，总是让我的心情久久难以平复。

去年，电影院以强势之态回归我生活的小城鄱阳，无论是环境装修、视听效果还是新片上映基本与都市同步。我端坐在小城的电影院里，在凉爽宜人的空调下，在安静文明的气息里，终于找到了熟悉的想要的感觉。我仿佛又看到多年前的那个小女孩，专注地仰望着电影世界，心怀美好与憧憬。

|第四辑|

她　言

爱　情

1

永远记得一个老婆婆的哭声。八十六岁，每天早上起来对着屋前一棵柿子树哭泣，一声一声切切地唤着哥哥，像一个姑娘唤着她的情郎。那棵柿子树是她和老伴结婚时一起种的，风风雨雨七十个年头。柿子树还在，哥哥却走了。

沧桑七十年，她由一个风华姑娘成为银发婆婆，她依然是他爱着疼着的妹妹，他依然是她舍不下恋不完的哥哥。

只有那棵柿子树，与他们共有七十年的相伴岁月，那一蔬一饭一世的暖，那朝朝暮暮蚀骨的情。

2

他站在镜头前，矮小、木讷、猥琐，像棵长在路边苍老晦暗的杂草。他的恋人，一个美好得像朵山茶花般的日本姑娘在镜头外与他同在。满眼深情，笑容甜蜜，骄傲地看着自己的王子。他第一次约她时身无分文，便在路边采了一把杂草送她，她对他说，有时候野草比花儿更芬芳。他后来写歌，从幕后写到 CCTV。他荡气回肠地唱着为她写的歌《要死就一定要死在你手里》，在中国最大的舞台上。爱情让一棵杂草发出宝石的光。

他们在一起六七年，他们要一直在一起。

3

在大理双廊，你一定会遇到镇口一对卖果汁的小情侣。安徽姑娘小艾遇到东北汉子晨光，便将余下的人生交付给了对方，两个人除了每天卖几瓶果汁，其他的时间都用来厮守。爱穿绣花布鞋的小艾说，城里的时间好不经用。在双廊，有件不值得一提的小事，叫作爱情。

在丽江的小雪驿站，年轻的“90 后”老板娘端坐在一套考究繁复的茶具中间，素颜明眸，低吟浅笑，悠悠地和你谈茶艺、谈花草、谈爱情。同样年轻的小老板在庭院里浇着花，偶尔回过头来望着妻子笑。他们来自东北，在这个浮躁的世界编织着桃花源式的爱情。

4

她一生未嫁。

她端庄貌美，内秀通达。会织绣，通花草，画国画，读佛经。五十多岁，依然穿各式各样的旗袍，风姿绰约。她几乎是一个让人着迷的女人。只是，任你多少女人说破嘴皮，任你多少男人踏破鞋底，她就是不嫁。

有一次，帮她搬家，在她衣柜深处看到一件旗袍，月白色，泛着陈年的黄，一朵梅在胸前婉约而立。雅致，孤冷，仿佛一首清绝的旧词。

她幽幽地说，那就是我珍藏的爱情，一辈子唯一的爱情。遂泪光盈盈，百转千回。

世上果真有一种爱情，能让日月失色，红颜痴老，决绝成心上一朵永远的孤梅。

5

他没做过任何一件浪漫的事，但她嫁给了他。

有一次，他去学校看她，他们一起去学校的小饭馆吃饭。他点了两碗面，一碗牛肉面，一碗素面，八块的牛肉面给她，两块的素面给自己。吃完后他付了他口袋里仅有的十元钱。那天，她决定和他交往。

再有一次，她去他工作的城市看他。他们一起逛超市，他买了两个枕头，一个两百元的薰衣草枕，一个二十元的普通棉枕。她问，干吗买两个不同的呀，他说，好的你用，差的我用。那天，她决定嫁给他。

她们结婚十多年，他依然是那个买东西总买双份的男人，一个把浪漫折算成疼爱的男人。

6

他们结婚时，遭到了她父母的反对，他双膝跪地，向她父母许诺一辈子对她好。

那年她难产，他紧紧握着她的手，寸步不离。他流着泪说，哪怕不要孩子，我也再不让你受这份罪。

他们的婚姻还是触了礁。

他开始是做生意亏了本，然后便去赌博，之后又在外面鬼混。大家都劝女人放弃，你还这么年轻美貌，干吗死心塌地陪着这么一个一无是处的男人。

她只是淡然而坚定地说，你不知道他曾经多么好，他肯定还会变好。

男人变本加厉，不归家，甚至不再碰她。在把房子变卖还了赌债后，男人提出离婚。她一把撕掉离婚协议书，带着孩子重新租了房子，她说，一切都会好起来的，我等你。

男人终于发了狠，筹钱重新做起了生意。在把女人接到新家时男人问她当时自己那么混账时她怎么还那么傻，女人淡淡一笑，只有我知道，你曾经那么好，我相信你一定还会好起来。

7

他一辈子从没对她说过爱。

她十八岁嫁给没有父母没有片瓦的他，两个人一起做着小本生意，一点一滴积攒着家的温暖。渐渐地，有了房子有了孩子。她三十岁那年，丈夫骑三轮车带孩子一起去批货，途中遭遇车祸，孩子身亡，她一病不起。丈夫抹把泪对她笑笑，没事，有我呢。他扛起了生活的辛酸，一点一滴缝补着她的支离破碎。她四十岁那年，查出乳腺癌晚期，她的世界再次坍塌，他依然对她笑笑，没事，有我呢。

现在她们七十多岁。她淡然谈起这一辈子的坎坷，笑着说因为有他，从未怕过。

他们不懂爱情，他一辈子对她说过最动人的情话便是，没事，有我呢。

朴素一言，为她撑起了一个世界的花开与暖意。

8

他在遇到她之前，花天酒地，纸醉金迷。

她在遇到他之前，东挑西拣，没着没落。

直到他们遇见。他们都不再年轻，他离过婚，她比他大。可他们仿佛一个凹字，一个凸字，一旦遇见，便是万般的契合万般的好。

他从此一心一意，如沐春风，她仿佛花儿沾露，愈开愈美。生活一直花团锦簇，爱情就像日历，越翻越新。

六十多岁，他们依然每天牵手散步，每天亲吻。他依然穿着她熨得笔挺的西服，她依然会对他露出少女般娇嗔的笑靥。

他说，只有她最懂我，她是我的福。

她说，只有他看到我的美，他是我的宝。

也许，最好的爱情，不是折腾，不是纠结，是我把你心里的那寸光亮当成明月，你把我身上的那块胎记看成诗行。

最好的爱情，不过是找到了更好的自己。

秋意凉

秋风萧瑟天气凉，草木摇落露为霜

1

周末回娘家，与母亲一起出去散步。那天，秋意正浓。天有些阴郁，树叶在黯淡的空中摇曳，像一首萧瑟的诗。

走到街口，遇到村里的王老太，正被一大一小两个儿子陪同着，站在那儿等景德镇的中巴车。

老人家八十五岁了，瘦小干瘪，背微驼，站在秋凉的风里，像一棵被岁月抽干了最后一点水分的枯树。近前一看，那张枯树皮一样苍老的脸上竟然双目含泪。

母亲上前拉着老人家的手，婶娘，您这是去哪？怎么伤心了？

老人家抹把泪，对着母亲勉强舒展着笑。最近身体不舒服，儿子特地送我去景德镇瞧瞧病。

哦，是这样啊，有病是要瞧啊，您老儿孙满堂，有福气呢。母亲由衷赞叹。

一旁的小儿子却叹口气，跟母亲聊了起来。嫂子啊，不瞒您说，家丑遮不住，我们是要把老娘送去老二家。我娘最近身体大不如从前，照顾不了自己了。五个兄弟便商量着每个儿子轮流照顾一个月，大哥先接去了一个月，这个月便是轮到老二家了，你说这个老二几年都没回过家，从没管过老娘，也没给老娘拿过一分口粮钱，这么着怎么行呢？他也该尽尽孝道了。这老二不接过去，老三便不答应，说是得按着顺序来。你说我也没办法，他不来接我们只得把娘给老二送过去……

母亲听到这便急促着接过话来，你们家老二不是多年没和家里联系了吗，当时也是和你娘闹了气的，他那媳妇又不是什么善主儿，你说你们这样把老人家硬送去，她是啥滋味，老人家都这把岁数了，没多少时日了，哪经得住这样折腾。再说了，一个老人家能吃多少东西，能花几个钱，你们在这里的兄弟四个轮流照顾着就算了。

话是这样说，可这是大家商量好的，这老二从前也没少得娘的好处，书是他读得最多，日子是他过得最好，娘老了要服侍了他却置之不管了，没这样的道理呀，况且这老二不接去，老三死活不接，你叫我这个老小怎么办，这每天吃喝拉撒的，总得想出个法子吧……

小儿子愤愤不平，憨厚的大儿子在一旁叹气，老人家看看这个儿子，又看看那个儿子，神色凄凉。

秋风乍起，落叶从地上旋起，挣扎般打了几个圈，又颓唐地坠落，被行人的脚步覆盖，碾碎，簌簌作响，寂寂无声。

我怔怔地看着眼前这个老人。这个风烛残年的老母亲。这个到最后，还要强颜欢笑着去给儿子遮丑争脸的老母亲。她曾是村里最能干、最利落的女人，中年丧夫，一直未再嫁，替人洗衣，帮人缝补，田间地头，灶台河边，一个人拉扯着五个儿子，读书，成人，结婚，生子。那一个个无比艰苦的日子，她像一只充满能量不知疲惫的陀螺，不停地转呀，转呀，终于是转不动了。

这个五个孩子的娘，孩子大了，她却成了孩子。生命轮回，时光却无法逆转。曾经，她是遮风挡雨的屋檐，是温暖的怀抱，是夏天的蒲扇，是寒冬的棉鞋，是冬夜盖被子的温柔的手，是飘香的灶台前的笑脸，是风里的雨伞，是傍晚的呼唤，是缝在贴身口袋里皱巴巴的纸币，是翘首倚门等候的身影……现在，她只是一具吃喝拉撒的躯体，是一只泄了气的废胎，是一个不好摊派的累赘。她左顾右盼，孩子们左推右搡，她被僵持在半空中，没有一个让她安全着陆的臂膀。岁月是一面多么犀利的镜子，竟把人性照得让人生出寒意。

秋意寒凉，我紧紧地挽住母亲。

2

婆婆在接一个电话，絮叨了半天，然后不停地叹气。

是婆婆村里一个外地媳妇打来的电话，她打电话给婆婆，是因为婆婆是她公公的堂嫂子，也因为婆婆是村里面善良正义能讲几句话的人。这个年轻的女人，在突如其来的厄运与遭遇面前，失了分寸与方向。她不知如何来舒缓与释放自己的伤痛与郁结，唯有对这个沾了点亲的老人来倾诉。她在电话里痛哭流涕，将一些话语重复了又重复，像失去了孩子悲切得只剩下了无望的倾诉的祥林嫂。她似乎只能倾诉。

还好，她还能倾诉。

她嫁到那个村子整整十年，一直是公婆嘴里脾气与德行极好的媳妇。结婚以来，与丈夫常年在外打工，小日子一直过得无比顺畅，几年下来，有了两个可爱的女儿以及一笔不小的积蓄。可是这个初秋，厄运像一个庞大的阴影笼罩了她。

一个寻常的下班的日子，她加班有点晚，丈夫便骑着摩托车带着女儿去接她。一家三口，在下班的路上说说笑笑，其乐融融。她抱着丈夫的腰，温存地看着丈夫与摩托车前的女儿嬉笑打闹。那一刻，她还是一个沉浸在幸福里的小女人。

她突然发现路前方有一块大石头，忍不住尖叫了一声，丈夫惊慌失措地将车头一转，摩托车竟然飞向了护栏。她和丈夫飞了出去。女儿擦伤，她骨折，而丈夫的头直接撞到护栏，送到医院便宣布脑死亡，无法救治。

三天之后，年仅32岁的丈夫撒手而去，她拖着病痛赶回村里参加葬礼。迎接她的不仅仅是爱人的永别，还有一个家庭的巨变，一种更深刻的人性灾难。

公婆嘴里的好媳妇成了克死儿子的灾星，一个家庭的掠夺者。公婆藏起她的两个女儿与存款，不让她动家里的任何东西。她爱人的母亲——她的婆婆防她像防一个外敌，站在那个她曾经熟悉而温暖的家门口咬牙切齿地诅咒她，你走吧，去嫁人吧，这个家不再需要你，你以后会有无数个老公，嫁一个死一个，死一个再嫁一个，你就去嫁吧!!! 那话语的恨意与凉薄像冰一样彻骨。

一场飞来横祸，让一个屋檐下的两个亲人，瞬间变成了心怀恨意的敌人。

我无法感知她的痛楚，哪怕穷极我的感受，或许也只能体会那千分之一的痛的末梢。那痛的深处不仅仅是一个家庭的坍塌，不仅仅与至爱骨肉的生离死别，更是一种对于内心建设、生命信念颠覆式的毁灭。

我在她丈夫的葬礼时见到她，一身素缟，满脸苍白，她随着送行的人移动，没有泪水，没有表情，像一具从棺材里走出来的没有温度的游魂。

我只见过她两次。还有一次是十年前她的婚礼。她还是个十九岁的姑娘，穿着艳红色的毛呢，脸上是比红毛呢更明艳的青春。她看着人群笑，清澈的笑容里充满着对生活的善意与憧憬。

十年前，她着一身最灿烂的春光，一个人来。十年后，她携着最深重的秋凉，一个人离开。

只有那抔黄土，和她共享了人生里如梦一样虚幻的十年。

她　言

1

我是傍晚散步看到她的。

她在路边低头给孩子喂奶，皮肤黝黑，五官周正，很普通的样子。但她旁若无人地站在那里，眼神专注，带着浅浅的笑，夏日的最后一道余晖正好打在她的侧脸上，她散落的发丝与低垂的眼神便被镶上了一层动人的光。旁边，她的男人正在忙活，用刷子仔细刷着孩子的洗澡盆，地上凌乱地摆放着刚吃完饭的小饭桌，两个小凳，三个脸盆，一桶水，还有些其他杂物——洗衣粉、肥皂、小孩的尿片等。

她们的“家”就在旁边，一辆中型的面包车，上面写着广告语：专业维修楼房漏水。车门打开着，里面的空间狭窄逼仄，两三个平方米的后座稍加改装便成了她们的临时卧房，上面堆放着被褥、衣物及其他日常用品。这辆面包车是他们生活的全部，供他们一家三口生存、停歇。白天，它是生存的工具，晚上是梦的港湾。

我犹豫着，但还是走近了她。女人很健谈，有着柔和的面部线条与自然上扬的嘴角。

“我们是安徽农村来的，生了孩子以后才干这个的，以前两人在外面工厂打工。没办法，一个人在家带孩子做家务不方便，在一起总能互相照应。钱不是很好挣，现在的房子质量越来越好，很少有漏水的了，一年到头四处跑，差不多够一家人用吧。现在是淡季，连开销都不够，每月也就一两千元，孩子几桶奶粉就没了。住得不太舒服，但也还行，习惯了。就是孩子受罪哦，夏天来了，车里有点闷热，主要是蚊子多，孩子总是被咬得很多包，心疼得很，但没办法咧。下雨也不好，车窗不能打开，里面的空气实在很闷。他很勤快咧，虽然钱挣得少些，但够过日子就行。一家三口在一起，踏实，自由，挺好的。呵呵。

女人说话的时候偶尔看看手中的孩子偶尔望向旁边的男人，脸上的某种光一直都在。她很爱笑，笑起来眼睛弯弯的，露出一口整齐的白牙，很好看。

2

去上海出差，因为一个朋友认识了她。

她是朋友的朋友，鄱阳人，和丈夫在上海十四年，因为朋友到访，便要请我们吃饭。

她是那种看上去特别东方传统的女人，长着一张正牌夫人的脸，圆脸盘，肤白，气质温婉。说起话来细声细气，轻柔温顺得似乎性子里从来不带一点脾气与怨气。

她现在已经是个地道的上海人，在上海有四处房产，丈夫生意越做越大，自己在一家私立学校当老师，女儿读着上海最好的小学。朋友羡慕她的优裕安稳，她轻言细语地回应着，笑容里有种与世隔绝般的安静恬淡。

“我从小就知道自己没能耐，那时候的理想就是找个能养活我的人。我和丈夫大学恋爱的时候就知道他是个潜力股，我需要那种安全感。刚来上海打拼时很苦，两个人租着十多平方米的房子，舍不得买枕头，用书垒起来做枕头。我其实更习惯小县城的生活，在上海不太适应，刚来的几年一直没有出去工作，他也不让我出去。到现在我也没什么朋友，上海的地铁我只从徐家汇坐到衡山路，学校家里两点一线。后来买了车，我也只开这个路段，别的地方不敢开。你们随便点菜哦，我不太会招呼人，我老公什么都不让我做，家里的一切都是他一手操办，连我的家人来了都是他一手安排张罗。我平时没什么生活圈，几乎不上网，手机也只会最简单的接听功能。就爱在家做做饭，他和孩子很爱吃我做的菜。我也不知道我老公具体做什么生意，好像一直都挺顺畅吧，生意越做越大后，我们却越来越没有交集了。他平时生意方面的应酬多，很少回家吃饭，有时候一周也难见他几次。我也不知道他为什么要赚那么多钱，钱对我来说没多大用处，我觉得在小县城生活就挺好的。生活很安逸，就是有时候有点孤单，特别是生病的时候，不过习惯了。我就这样一个人，没有什么特别的想法与追求，能感觉到他和孩子在就行了，慢慢熬呗，活着活着不就老了……”

她浅浅地诉说着，像是在说别人的事。我本能地想从她的话语里去捕捉些优裕与安稳之外的东西，可她却始终淡然笃定，像一潭沉静的湖水，没有热情的激荡，也没有愁苦的波澜。

她穿一身绿色的中式服装，上面有着青藤枝蔓的图案。有一种蔓生植物叫作菟丝草，柔弱，细长，常依附缠绕于其他植物之上。我暗想，它为什么不独自绽放呢？它不知道自己其实很美。

3

下班回家的路上偶然遇到她。

她是我儿时的伙伴，小学同学。彼此有十多年没见过吧。

“你住这里呀？太好了，我就住后面的小区，刚搬来不久，以后咱们可以一起约打麻将了。”她一脸惊喜，大声和我打招呼。

我是愣了会神才想起她的，眼前的她完全不是记忆中的样子。

“不会吧？你居然不打麻将，那你平时干些什么？”她的神情与她的语气一样夸张，“天哪，这年代还看书？就你静得下来。出来玩儿吧，学学就会了！我现在是沾上了。我以前也不玩儿，我老公那时玩儿得凶，我也特别反对，两个人总为这个吵。吵多了感情伤了也改变不了什么，认命了，自己便也去玩儿，玩着玩着就上瘾了。”她叹了口气，突然有些黯然。

“我跟你说，你没玩儿过就真不要沾了，这东西挺害人的，我现在是孩子也顾不上了，家务也顾不上了，还常熬夜，算是把自己给废掉了。唉，你看你，还跟学校那会儿似的，没怎么变，现在流行那什么词来着，文艺青年，对，你还跟那文艺女青年似的，我早成黄脸婆了。”

我笑着拉她的手，寻思着说些不认同的话，她却自顾爽朗地笑起来，“你别想安慰我，没事，生活就这样，我早看开了，也就能在牌桌上乐乐了。”她的笑声很大，有着几分刻意与粗糙。

她是变了，身材已经明显有了中年妇人的痕迹，脸上的皮肤松弛暗沉，烙着经常熬夜的色素痕迹，一双大眼睛像糊着一坨发皱的荞麦面。岁月无情起来，就像不负责任的男人。

我很想再说点什么，终是什么也没说。

忍不住再回头看她时，她松胖的身体在一身灰黑色衣服的包裹下，正一点一点被暮色吞没。

她是我儿时的伙伴。我清楚地记得，她那时是个很清纯的文艺小女生。她有着银铃般的笑声，她也很爱美。她曾经跟我说过，她将来最想当一个作家。

天使的笑

你见过那样一张笑脸吗?

仿佛一缕清风，一捧山泉，一抹晨曦，一瓣初蕾，仿佛婴儿的眼睛，雨后的天空，春天里的杜鹃花，你每想起，就觉得心被涤荡了被感染了被融化了被抹上了春天的色彩。

纯真、自然、烂漫，是的，它让你想用上所有美好的形容词。

它不是我孩子的笑脸，孩子的笑脸属于母亲；它不是美丽女子的笑靥，女子的笑靥属于情人。

它是一个智障少年的笑脸。

我在一个小渔村里看到他。十来岁的模样，一个人站在湖边笑嘻嘻地望着外面的来客。我并没有怎么注意他，一个爱笑的孩子而已。

我们是在那个渔村游玩的游客，一大群在城市里疲累的人们来到这个靠湖的渔村寻找原始与宁静。其实在他们中间，有很多是从这样的渔村或类似这样的村庄走出去的，这样的地方曾经是他们的心里与履历中的负荷与隐痛，他们拼命往外跋涉着一点一点地卸掉它远离它，转了一圈之后却回到这里拍拍尘世的尘土，在远离汽车尾气的清新里感叹着它的珍贵。

渔村三面环湖，是个世外桃源般的小岛。那里有着天然的优良空气与水质，当然还有着刚从湖里打捞上来最肥美的鲜鱼与浇着自家肥的绿色蔬菜。世外桃源永远只是个美丽的童话，城市的人们纷至沓来，品尝着这里的鲜美，也踩踏着它的纯净。

一群人从一个农家饭庄出来，皮鞋锃亮，衣着光鲜，打着饱嗝，带着满意的笑，悠然地站在路边插科打诨。不知道是谁先发现他，拿他逗起乐来。一个穿着豹纹皮草的富态女人走过去，哎，孩子过来，跳个舞给我们看看。

我便发现了这个男孩的不同。他的脸上泛着健康的红晕，脸蛋上留有些许污迹，凌乱的头发上调皮地夹着几根稻草，双眼纯净分明，眼神却像是几岁的孩子透着懵懂的单纯。他歪着头看那个皮草女人，憨憨地笑，像个羞涩的小姑娘。

跳个舞给大家看，跳了就给你钱。皮草女人从精致的包里抽出十元钱，在男孩眼前晃。

男孩看看女人，又看看她手里的钱，笑嘻嘻地用手抓抓脑勺，依然有点忸怩。旁边有个人说，毛毛跳舞最好看了，我们都喜欢看你跳舞呢。

男孩的眼睛便瞬间亮了，红苹果般的脸上绽放出欢喜的笑。他果真认真地跳起舞来，那其实不算是舞蹈，他只是有节奏地伸展着他的四肢，扭扭屁股，动作迟缓，毫不协调，但是他跳得很努力，看着大家，始终笑着。像是刚学会走路的孩子，用一种可爱的稚态，笨拙却勇敢地向前迈着双腿，期待着大人的赞赏。

围观着的人们都鼓起掌来，哈哈地笑着。男孩便也跟着呵呵大笑了起来，双眼挤成一弯皱皱的新月。那是一种多么灿烂满足自然酣畅的笑容啊，没有一点矫揉与杂质，那红扑扑的脸就像是一朵迎着阳光盛开的花，朝气蓬勃，新鲜明朗。

在那样一群沧桑的世故的伪装的脸中间，那张笑脸仿佛是面具下的天使，在阳光下裸露着纤毫毕现纤尘不染的无邪与纯美，镶着金光闪闪的绒边，像一个无法企及的美好梦想。

那是一张在正常的成人世界里看不到的笑脸。那笑容仿佛就是他心里的一颗种子，随时在他的脸上开出最分明最鼎盛的快乐。

我的心瞬间放晴了，那些僵持藏躲在心缝里的点点阴郁渣滓在那样的笑容里酥软融化。他哪是一个智障少年，分明就是一个世外桃源里的快乐精灵！

旁边有人说，男孩已经十七岁了，他一辈子也就这样了。语气里有哀哀的叹惋。

有什么值得叹惋的呢？在那样一张笑脸上。上帝为他的脑子关上一扇窗，却为他的心灵建了一个纯净的天堂！

我后来总是记起那张笑脸，在很多很多时候。它让我在某种或焦躁或失意的时候，瞬间获得一份宁静。仿佛一个孩子的眼睛，静静地看着我那颗在红尘里包裹得像颗核桃般怪模怪样的心房，让她不得不羞惭起来，急忙着剥开一层层外壳，重新露出简单纯净的模样。

只有最简单的心房才会生产出最原始的快乐。我们不停地寻，不停地找，兜兜转转，却忘了心的初衷，忘了快乐的模样。

那是一个有着天使般笑容的男孩。如果你有幸遇到他们，别为他们施舍你可笑的怜悯，该怜悯的或许是在尘世里边寻找边失去越思索越迷茫的我们，是一颗总是在踮着脚尖却够不着快乐的心。

微　光

1

这个人，如果是在路上遇到他，我肯定不会注意到他，就算注意到他，我也不会记得他。

大概六十来岁的样子，非常瘦小，背微驼，穿着老百姓的寻常衣着。我几乎记不起他的五官，仿佛根本就没打过照面。我只记得他大体的样子，六十来岁，瘦小，背微驼。唯一特别的是，他的头用绷带缠着，头上套着一个网格的头罩。那个样子，让他显得有点丑陋，甚至是有点滑稽。

他不是在银行门面抢劫的劫匪，也不是医院里住院的伤员，他是一个黄包车夫。

那是一个有着极好阳光的秋日的正午，我穿着新买的蓝色秋装去赴一个姐妹的饭局。东湖边风景秀丽，行人安好。还有充分的时间，足够让我悠游地把自己走成湖边的一处风景。

仿佛一块巨石落入平静的东湖，那个正午的宁静戛然而止。一个斜坡让一个女人突然从一辆电动车上画出一道抛物线，伴随着一声刺耳巨响，人和车同时落地。女人痛苦地匍匐在地，一动不动。路边的男男女女，行走的，骑车的，都停下来，朝着地上的女人张望，看热闹的，探个究竟的，指指点点的，却都默契地在以女人为定点的一段距离的圆周之外驻足注目。

女人试着用手着地撑起身子，遂又痛苦地放弃，继续趴在地上。我加快步子，小跑着向女人靠近。我边走边在脑子里迅速考虑着我将要做的事，我要先把她扶起来，看看她的伤势，然后打“120”叫救护车，联系她的家人……我犹豫着，放慢脚步。她不会神志不清吧？她能记得是自己摔的吗？没有什么不妥吧？今天这身衣服似乎穿得太亮丽招眼了……

一辆黄包车突然向女人急速靠近，一个头部缠着绷带的老人突然出现在那个空荡荡的圆周里。他那么苍老瘦小，头部受伤，身躯佝偻，形象丑陋。可是他像一个骑士一般，有条不紊旁若无人地做着一切，吃力地扶起女人，打电话求救，扶起摔坏的电动车。那个忙碌热切的瘦小身影让眼前冰冷的画面瞬间有了阳光的暖意。

我定定地站在那里，在那个圆周外的冷冷的观望里，那个如父亲般沧桑慈爱的老人给了我一种由外而内的热的辐射，一种如重建信仰般的感动。我突然想起了《巴黎圣母院》里面丑陋的敲钟人卡西莫多。眼前的这个老人，就是那个面目丑陋却敲响美好的人。

正午的阳光莫名炽热，我的脸发起烫来。崭新的蓝色上衣在阳光下闪耀，像头顶上的那方晴空，那一抹纯净蔚然的蓝。我突然觉得自己辜负了这身美好的衣裳。

2

那天周末，准备回乡下娘家，丈夫临时开车去南昌办事，我便带着孩子去车站搭回乡的中巴车。正午的中巴车里非常拥挤闷热，小孩啼哭，垃圾满地，烟雾缭绕。离开车时间还有半个小时，我无法忍受那狭小空间里的各种气息，带着孩子下车等候。

已经很久很久没有坐过回乡的中巴车了，我突然发现它竟然如此脏乱吵闹，让我心情莫名烦躁，不禁有点后悔今天的选择。

正午的阳光很烈，我带着儿子走到旁边一个排档棚子里躲荫。

欢迎光临！一个像夏天一样青春的小伙起身相迎，对我们展开无比灿烂的笑容。棚子很简陋，却布置得清新雅洁。排档里暂时没有吃客，年轻的小老板便热情地给我倒杯水，口齿伶俐地和我聊起天来。高中毕业家里没钱送大学，没多大本事也没多少本钱，就特别喜欢厨艺，便先在这里开个排档练练手，等手艺成熟赚到了钱，以后便开家像模像样的酒店。这里虽然环境差些，但不用什么租钱，又可以认识很多不同的人，还可以摸摸市场了解行情，开业才几个月我现在已经有不少回头客呢。男孩语气里充满着快乐与自信，眼睛里跳动着两团希望的小火炬。

我离开的时候，男孩再次热情而郑重地起身，像一个无比专业而文明的餐饮使者：谢谢光临，欢迎再来！仿佛欢送一位离开星级酒店的贵宾。

我转过头来对他笑笑，我由衷地喜欢那双年轻的眼睛里那一抹跳动的火光。那抹火光，熟悉又陌生。

也许在那个环境嘈杂鱼龙混杂的汽车站，在那个连门面都没有的清冷而简陋的排档棚，他的那份带着某种仪式感的认真与热情多少显得有点矫情与多余，却让我无比感动。

这外部的暂时的恶劣与落差算什么呢？只要他心所通往的地方，是那样明媚美好。

坐上中巴车后，突然觉得其实车里面并没有自己想象的那么糟糕，甚至荡漾着一股熟悉而亲切的味道。我记起，我曾在外地求学打工回家时在它怀里的激动与快慰。我记起，我和丈夫恋爱时手牵手站着回家的幸福与甜蜜。

我心里溢出某种暖暖的情绪，在时隔十多年后，在回乡的中巴车里嗅出了久违的回家的味道。

3

我的单元楼的一楼车库突然搬来一对老夫妻，拾破烂的。

我某一天上班时，看着他们把一大堆稀奇古怪的家什一点点地运进那个黑暗的小屋，心里突然觉得拥堵。这个我日日出入的地方要变成一个破烂据点了。我并没有嫌弃他们的意思，可谁愿意自己家门口常堆着一堆破烂？它们一准儿会杂乱无章，且发出难闻的气味，引得苍蝇蚊子以此为家。

正遇上三楼的邻居，邻居把眼睛瞟向那对老夫妻，用一种无奈又鄙夷的神色会意我，然后叹口气，唉，什么好事都让我们沾上了。也真是。我们单元楼毗邻一个电源箱，出门正对着一个大垃圾桶，住在低层的我们深受声响与气味的干扰。邻居还有些意犹未尽的样子，干脆走过来，附在我耳边低语，以后，东西可看着点，这种人手脚都不怎么干净，净干些顺手牵羊的事。我便也附和地叹口气，心情灰暗起来。

不管我们怎样灰暗，那对老夫妻还是在那里安上家了。

我每次出门的时候都会看到他们，兢兢业业地拾掇着各处收来的破烂，一个分类，一个捆扎，然后老头用一个小三轮车运走。日子久一些，突然发现，我的生活并没有受到什么影响。这对老夫妻并不是我想象的样子，脏乱，粗鄙，强占，脸上布满生活的潦倒与晦暗。他们和常人一样穿着整洁，面容和善，遇到一栋楼的邻里，总是微笑着打招呼，丝毫也不卑谦，甚至显得礼貌而有教养。他们的破烂总是在第一时间被分门别类，井井有条的样子，从没有发出过难闻的气味。当然，我也从来没有丢过什么东西，倒是有一次不小心把一袋从超市里买来的瘦肉混在垃圾袋里一起扔掉了，被老头给我拾了回来。

他们完全没有活成收破烂应有的样子。

我慢慢从心里接受了他们，偶尔家里有一些纸箱空瓶或旧衣服之类的杂物总是顺手带给他们，那个慈眉善目的老妇人每一次都会跟我道谢，一副受人恩惠的样子。有一次，老妇人上来敲我的门，给我拿了一大袋新鲜的生花生。自己种的，闺女你别嫌弃，这东西养胃呢，大人小孩吃都好。我有些不好意思了，怎能平白吃您的东西？老妇人笑道，闺女，可别这么说，你心肠好，我们没少得你的好处。人啊，要以心换心呢。你工作忙，爱人又常不在家，以后需要接孩子看孩子什么的，就打招呼，可别跟我见外。

我突然有些感动，我很多年没有遇着这么知冷知热的好邻居了。

有一天晚上，我和老公一起带孩子去公园玩。孩子在一旁玩儿滑板去了，我们便在周边散步。附近有一个交谊舞台，灯光下，红男绿女，舞步翩翩，颇有些百乐门的感觉。老公突然指向跳交谊舞的人群，快看看，那是谁在跳舞？我顺着他的手望去，竟然看到了他们，我一楼收破烂的邻居。他们竟然在人群里跳交谊舞。他们面容苍老，动作生硬，然而他们跳得欢喜自在，像这个城市的悠闲人一样，像所有幸福恩爱的夫妻一样。谁会知道他们是一对以收破烂为生的老伴？

公园里歌舞升平，橘色的路灯温暖地笼罩着众生。

舞　者

一

那次北京之行，我唯独深深地记着她，颐和园内的一个舞者。

北京的天空总是蔫蔫地苍白着一张素脸，漫天的柳絮像绒毛一般黏腻腻地覆盖着颐和园的春色，视线仿佛被蒙上了一层灰灰的毛玻璃。

我在了无生气的春色里临湖漫步，突然看到了她。人群中的一个舞者，花白的头发，艳红的长裙，远远地，如雪与火，在灰色的颐和园中触目惊心地舞动。

她早已不再年轻，无论是头发的颜色、脸上的皱纹还是肢体的动作，都在标榜着一个女人已然逝去的漫长的岁月。可是她穿着像梦一样美丽的红裙，化着精致的妆，红唇与红裙呼应。红裙下是一双精美玲珑的金色舞鞋。

她脸上始终挂着一种自信的笑，那笑容仿佛天生就长在那张脸上。她独自舞着，舒展着不再灵巧与柔软的身姿，在风中旋转，再旋转。兀自沉醉。像一朵绽放的红玫瑰。

她眼里存在的仿佛不是这让人烦心的柳絮，不是这嘈杂的围观人群，而是她生命中最美的一个舞台。那里有着最华丽的幕布与灯光，有着她梦一样的人生，有着她永远不落幕的青春。

她分明是一个风烛老人，可你看到的却是一个女人醉人的优雅，是一抹让灰色的颐和园瞬间亮起来的明媚春色。

二

母亲在其他时候都是一个样子，一个母亲的样子。只有在一种时候，她不是一个母亲，而是一个豆蔻少女。

我丝毫没夸张，每一次看母亲跳舞，我都会有种错觉，那个舞着的美好的女子，她不是我的母亲。那眉眼中沉醉的神情，那唇边浅浅绽放的笑，那如杨柳般曼妙自如的身姿，会穿过漫长而粗糙的岁月，如时光逆转让母亲拥有了烂漫少女般的容颜情态。

第一次有这种发现，还是在我上初中的时候。那个夏天，镇上突然流行了学跳舞。好友的母亲，一个从县城里嫁到镇上能歌善舞的时髦女人是这个活动的发起者。有很多女人早早地脱离田间地头搁下未洗的碗筷跑去凑热闹。在那个仍不太开放的年代，大多是围观者，只有少数几个热爱跳舞的女人在音乐中跃跃欲试。母亲是其中一个。

我永远记得母亲那个晚上的样子。快四十岁的母亲，齐耳短发，穿着白色的打着蝴蝶结的雪纺衫，深蓝色的长裙，正投入地跟着音乐舞动身体，母亲的动作是那样优美，眼神灵动，唇边扬着羞涩的笑，灯光为母亲美丽的脸抹上了一层动人的光晕。那个平日里有些严谨而朴素的母亲那一刻竟像一个正值妙龄的女学生。

一直知道母亲自小爱舞蹈，是个在舞台上便能发光的人。只是属于她的生命里缺少那样一个舞台。没想到，过了那么多年，我依然能因为舞蹈，窥见了母亲最美的样子，一个女人被现实的生活与漫长的岁月所遮盖的最青春动人的样子。

母亲在大多数时候都是一个与年纪相仿的寻常女人的样子，唯有在跳舞的时候，她仿佛拥有了一种魔力，由一只蚕蛹蜕化成一只闪光的蝶。舞蹈仿佛是打开了她繁茂丰盈的内心世界的一把秘匙，只有面对音乐，只有舞动身体，她才能呈现真正的自己，才能尽情抒发与表达她内心深处对于生活对于爱情对于美最淋漓深刻的向往。

每次看母亲跳舞，我都会沉醉与迷惑。看着那沉浸在舞蹈中如发光体一样迷人的母亲，我总是想，就算是一个少年看到，也会不由得停下脚步吧。

三

晚上七时，东湖的夜色在霓虹灯的绽放下拉开帷幕。和朋友沿着湖边散步，走到一中校门口，看到一个妇人正随着面前播放器中的音乐，肆意摇摆着身体。

这个季节的这个时段在街边跳舞的女人像霓虹灯一样多，可是她们都是一群人，一个集体的表演或狂欢。只有她，一个人在夜色里独舞。

路灯有些暗，播放器中的音乐声有些小，可不妨碍任何一个路过的人看到她。正在播放的是一首印度舞曲，节奏欢快激扬，带着一股暧昧风情的异国情调。这样的乐曲会让人想到一个麦色肌肤性感热辣的妙龄女郎，有着迷离的媚眼及裸露的柔软到让你叹为观止的腰身。而她却完全是一个中年妇人的臃肿身材，穿着碎花的棉质睡衣，肥胖的身体扭起来并无美感，甚至有点滑稽。可你却莫名被她吸引，停下脚步。

她跳得特别欢，仿佛全身的细胞都在舞动，充分传递着一种欢乐的喜感。是的，你看她跳舞，就是觉得喜庆，觉得舒坦，觉得乐。她跳得不美，但有板有眼，有张有弛，不错过任何一个节奏，不放过任何一个动作，旋转，抬腿，扭腰，耸肩，翘臀，甚至是一个极其妩媚挑逗的动作，双手在眼前欲开欲合，眼神放电。在节奏变快时，她全身的肉都在抖动，欢腾，让你的血液不禁也跟着躁动，身体跟着摇摆。仿佛要加入一场气氛鼎盛沸腾的舞会。

她有一张黝黑粗糙的脸，她的整个形象完全与舞蹈这种诗性的艺术相悖，可是她竟仿佛是天生为舞蹈而生的快乐舞者。

走近着看，突然记起她竟是白天在这里卖水果的大妈。那个嗓门粗大笑容憨实从不缺斤少两的从农村来一中给儿子陪读的农妇。一个在任何境地都能兜售喜乐的人。

这里是她的地盘。白天是她的生存福地，晚上是她的梦想舞台。

| 第五辑 |

致流年

最初的鄱阳印象

鄱阳，一个与我的青春年华擦肩而过，却最终以命定的姿态承接我的岁月与情感的小城。我这里说的鄱阳，指的是鄱阳县城。我对鄱阳县城的人文景观、历史文化或地理渊源并没有任何研究，对于鄱阳的印象主要来自一种主观与直观的个人情感。很久以前，我一直在寻觅一个与我的梦想相叠合，适合我用一辈子的时间热爱与停留的地方，一个适合培植爱情滋养心灵的小城。我寻觅又等待。绕了一大圈，仿佛命里的牵引，我在最好的年华里回到家乡鄱阳。重新站在这方土地，我仿佛一个迷路的婴儿，在襁褓中睁开双眼，带着在羊水里苦等十个月的期待，看到母亲美丽圣洁的脸。

鄱阳，作为离我出生地古县渡镇仅仅三十余公里的县城，其实它在二十多年前就从未间断地在我的记忆与情感里停留过，那似乎仅仅是一种擦肩而过的浅浅相识，却情愫缠绵余味悠长。说来最初对于鄱阳的印象，是由一些简单而具体的元素组成的。

小笼包与糊

五六岁的时候，父亲第一次带我到鄱阳城。

乖巧而俏皮的小小女孩，牵着父亲的衣角，用一双怯生生的黑眼睛惊喜地打量着那个自己世界之外的花花世界。几岁的小女孩当然没有任何过人的意识，她的注意力与兴奋点更多地集中在她的小嘴上。在县城老赣剧团附近的一个巷口，一个老人摆着热气腾腾的小摊，在小城萧瑟的秋风里飘着一种让人的喉咙不自觉地产生某种黏液的浓郁香味。我吞了几次口水，再也挪不开脚步。父亲最是善解人意，他牵着他小小女儿的手径直向小摊走了过去。我第一次吃到了县城里的小笼包，和一种鄱阳人叫作“糊”的东西。我现在还记得那滋味，小笼包皮儿精细松软，轻咬一口，滚烫浓郁的汤汁与舌头抱个满怀，满口溢香。那碗看起来并不漂亮的“糊”，口感滑嫩鲜香，味美绝伦。我哪里还顾得上烫，狼吞虎咽地将面前的美食迅速干掉了。可我的小嘴越发贪婪起来，我定定地坐在空碗面前耍起了赖，捂着肚子对父亲说肚子疼走不了啦。父亲也不恼，只是看着我笑着说，肯定是刚刚吃多了小笼包闹肚子呢。看到施计未遂反弄巧成拙，我只有嬉皮笑脸地招认是因为没吃够肚子才会疼的。这件事后来常被父亲打趣着提及。也因为那次，鄱阳的小笼包与糊的香味便时常在我儿时的梦乡萦绕，成为一种念想。

之后，几乎每个除夕团年饭，我都会让母亲做那种糊，用猪血、肉末、鸡蛋、豆腐做主料，鸡汤或排骨汤做汤汁，佐入姜丝、蒜末，入味后用红薯粉勾出薄薄的芡，一大锅色泽透亮浓浓稠稠的糊便煮成了。小碗盛出，撒上翠绿的葱花及白胡椒粉，着实诱人。母亲煮的糊有一种家的味道，营养丰富也够鲜美，不知怎的，仍是少了一点儿时在鄱阳城与它第一次相遇时的滋味。

现在，这种小吃仍在鄱阳盛行。在小城的上宦岭老巷，它依然固守最初的风味与形态，以价廉味美深受年轻人的青睐。闲暇时，我也会邀上朋友去小摊上小坐，却怎么也品不出当年的那种绝妙美味，把一碗糊喝得惆怅满怀。

黄包车与小巷

大概是受了影视剧的潜移默化，黄包车与小巷，最初是以一种诗意的审美形态存在于我的意象里。在我最早出现审美意识的少女期，我时常在脑中勾勒那样一幅画面：烟雨迷蒙的春日（也可以是蝉声切切的初夏），一个清纯的女学生坐在黄包车上，经过一条长长的有着青灰色石板路的幽静的小巷，女孩双目如水裙袂飞扬。在一个少女的心里，那种有着青石板的小巷自带一种神秘而忧伤的气质，仿佛连接着迷人而未知的爱情与岁月。

谁也没法阻拦一个少女幽怨式的自恋与臆想。

在少年期，鄱阳给我的好感，最大的因素，或许便是它将黄包车与小巷从我的意象里带到了现实。事实上那个过程并没有与想象同步，但是黄包车依然以它别样的情趣吸引着我，成为我代步工具的最爱。

在不着急赶路且心情闲适的时候，坐上黄包车，车速不急不缓，风儿不凉不燥，鄱阳城的景象一一从眼前掠过，带着电影般的质感。我总是会想起一部老电影的名字——《小城之春》。在我的心里，鄱阳城仿佛只有春天，带着微醺的躁动的气息，让人心怀荡漾。黄包车就像电影里的某个道具，我需要依附它来展开某些符合一个少女审美理想的情节。那份美妙，足可以弥补黄包车作为一种代步工具的些许弊端，比如在上坡时为了减轻车主的劳力，我总是要从车上下来，甚至帮忙推车；比如在天气恶劣时，我常常会因为车主的辛劳与自己的享受而产生羞愧与不安。

由于主干道限行，黄包车会突然从繁华的街道拐进某个不知名的或深或浅的小巷。仿佛电影镜头突然被剪辑，硬生生变换了剧情。鄱阳的小巷是鄱阳的另一个世界。青石板路还是有的，然而，也庸常，也颓旧，从审美的角度看，它完全不具有戴望舒式的意境，能让人滋生丁香花般馥郁幽怨的情愫。它以一种本真散漫的形态存在着，啼哭的孩子，赤膊的男人，纠缠不清的电线，污水以及垃圾，一切与梦境无关的生活真相，像头皮屑一般，裸露在阳光底下，细细碎碎，纷纷扬扬。如果把小巷比作女子，她绝不是让人惆怅怜惜诗意盎然的丁香姑娘，而是一个趿着拖鞋绾着发髻的主妇，一张素脸上有着分明的雀斑与皱纹，然而细看，也有一种来自生活深处的安宁与蓬勃。

奇怪的是，我竟然爱着这样的小巷。因为这些鲜活质朴的原生态小巷，鄱阳城在我心里，更真实与丰满起来。

东湖与浮舟寺

我真正爱上鄱阳，是因为东湖。

我对于城市的理想，有着极其个人化的情结，会以小见大以偏概全，我并不苛求那个城市整体的繁华有序，但是它必须有让我为之钟情的个体元素，就像鄱阳有东湖。

我最心仪的路段，是靠东湖维系的。由城东进入城区，途经东湖，有一段非桥非路的路程，有一千余米，步行十分钟左右。它缓缓伸入东湖的腹腔，将东湖一分为二。

初遇东湖的具体时间我已经不记得了，可以确定的是，我第一次见到它，便怦然心动。

东湖之于鄱阳，在我看来就像西湖之于杭州。相比西湖的万千秀色大家风范，东湖更像一个生长于鄱阳湖畔的渔家女子，没有惊人的绚丽与美艳，却明眸皓齿温柔婉约，别具韵味。在悠闲里赏东湖，晴时碧波荡漾流光溢彩，雨时烟色迷蒙如泣如诉，晨起薄雾淡妆清新素雅，暮归夕阳晚照霞光潋滟，让鄱阳城生生多出了几分诗意与唯美。

更绝妙的是，站在路的中间，看两边的湖色，竟会因为风向而出现截然不同的画面：或一边风平浪静湖面如镜，一边云淡风轻波光粼粼；或一边情态娇媚，羞起涟漪；一边激情汹涌，惊涛骇浪。我每一次走在那条路上，都会像个诗人那样，内心里激荡出对生活的无限热爱与遐想。

东湖的中心有个小岛屿似的庄园，就是鄱阳人称谓的浮舟寺。我是后来才知道它的名字的。我并不以为它会署名为“寺”，它在我的心中像是东湖的心脏，我用唯美的视觉把它看成一座庄园，它美丽静谧，笼罩着一种异域的童话般的光环。我从未走近过它，我更愿意它存在于我的意象里，给我某种超越尘世的联想，让疲累束缚的视觉与心灵获得一种愉悦的旅行。

那段时间，我刚在鄱阳城落脚，生活刚刚起了一个头，还有些青涩的样子。我每天往返于这条路上，在生存与梦想之间奔波。那些日子，因为东湖，我总是会轻易看见梦想在不远处发光的模样。

后来，东湖拐了一个弯，将城北也揽入怀里。东湖湾成了鄱阳城最美丽的路段。我在城北安了家，日子越来越像模像样。我很少再走那条路了。不知为什么，我总是特别怀念往返于那段路途的日子，像是，怀念青春时的一段初恋。

鄱阳方言与鄱阳女孩

我这里说的鄱阳方言与鄱阳女孩仅指鄱阳县城的方言与女孩。

鄱阳方言，也就是鄱阳话，有种婉转绵软的腔调，相对其他宽泛的鄱阳方言而言，它的发音处理较为温润柔和，尾音俏皮地上扬。那个时候，总觉得鄱阳女孩说起鄱阳话来，有点“嗲”，又有点“端着”，怎么说呢，有点上海话的意思，不仅仅是洋气，还仿佛有种天生的优越与派头在里头。

上中学时，我有个朋友的母亲是鄱阳城里人，她会说鄱阳话。我和另一个性情相投的女孩，跟在她的屁股后面，因为鄱阳话而着迷了好一阵。我们不厌其烦地学着她把“肉”说成“玉”，把“横”说成“文”，把“乡”说成“县”，说得舌头和牙齿打架，却也乐此不疲。甚至于，喜欢的程度，超过了电视里字正腔圆的京片子及时髦的广东话。

朋友的母亲原是鄱阳城里的一大美人，因为知青下放才下嫁落户乡镇。或许是因为这个缘故，我总觉得她似乎有种与生俱来的气质，那种气质明显不是属于小镇的。她经常在小镇与鄱阳县城之间往来，带来些县城里关于时尚的热点信息，以及一个个她朋友圈中的鄱阳女孩。

她的朋友圈里，有一个学艺术的鄱阳女孩，能歌善舞，像是不小心从电影里走出来的大家闺秀。女孩常常带着友善的微笑，唇红齿白，梨涡荡漾，一口纯正的鄱阳话被她说得像唱歌一般婉转动听，使她整个人散发出一种兰花般的清香。我总是远远地看着她，默默地，怯怯地，仿佛一个情窦初开的男生看一个心动的女生。

那时候觉得，所谓城市女孩的样子，便是她这样的鄱阳女孩了。

偶尔去县城时，我总是特别关注大街上的鄱阳女孩，不知道是先入为主，还是爱屋及乌，鄱阳女孩给我总体的感觉，既有水乡女子的温婉与灵气，又有城市女孩的优雅与时尚。我总是特别渴望成为她们的样子。

后来去外地求学谋职，走南闯北，听过各地风格迥异的方言，看过无数风情万千的女孩，却总是无法超越对鄱阳方言与鄱阳女孩的那种莫名的好感。我才知道，儿时的那些印象，已然烙进一个女孩的心里，成为她最早萌动的一种审美理想。

那些恰到好处的亲近与距离完美了我最初的印象，让我在内心深处对于鄱阳城总有一种莫名的渴念与牵系，仿佛冥冥之中注定会在某个时刻，我会为它停留，让它和我的生命水乳交融。

那年七月

那年七月，我从北京完成了造型设计的学习，重新回到深圳继续我的梦。

我在一年前暂别了家里的行政工作，去深圳打工。然后因着一个机遇与梦想，从深圳北上，半路去学习造型设计。我从深圳出发，打了一个圈又折了回来，表面一切依旧，身份与目标却迥然不同。在离开深圳之前我在一家坐落在某摩天大楼十二层的外贸公司任着高级文职工作，朝九晚五，轻松的职务，优越的环境，丰厚的待遇，衣着光鲜，步履从容，脸上有着与深圳一样明艳的光泽与笑容。重返深圳，我却由一个白领丽人变为一个从零开始的影楼业求业者。我唯一的理想工作是从事影楼业的造型设计。

七月总是漫长而煎熬的，那年深圳的七月更是如此。

在妹妹租的住处落了脚，第二天我便带着从北京剩余的两百元钱开始了我新的求职历程。从 1997 年中专毕业开始陆续的求职经历中，我从来都是幸运的，生活总是柳暗花明地善待着我。我曾经在身上仅剩下三十元钱时应聘上了一家实力雄厚、待遇极高的台资企业唯一一个指标的人事文员，当时那宽敞气派的接待室里挤满了前来应征的几百名大专、本科甚至研究生。而唯一的幸运者是我——一个刚出校门的中专生。

可是那年的七月却截然不同。

深圳永远是车水马龙，高楼林立，到处涌动着面无表情行色匆匆的人流。在那样一个烈日炎炎的南方酷暑里，我用一瓶矿泉水与一块面包陪伴我度过了一个个极度疲劳与茫然的漫漫长日。重换角色首先是要熟悉目标所在地。深圳的影楼业对我而言是完全陌生的领域，据说那里的大小影楼有三百余家之多。无法记清自己是怎样去摸索着将一家家影楼地址打听与走遍，只记得自己一次次毛遂自荐，一次次失望，然后，再继续、再重复。最终在十天的时间里，我记下了深圳几乎所有影楼的地址，留下了厚厚一沓的联系名片，可是我仍然被那个行业硬生生地拒之门外，理由是七月是婚纱影楼业真正的淡季，而我只是一个没有任何经验的刚毕业的学员。

在一个如同我心情一样灰暗的阴雨天，我在深圳帝王大厦二楼灯火通明美丽洁净的麦当劳里坐了整整一个下午，没有叫任何食物（因为没钱），在周遭快乐闲适的人群里一个人肆无忌惮地挥洒着泪水，渲染完压抑的情绪，再擦干泪融入步履匆匆的陌生人流（那时我多么感激西餐厅里的善解人意与仁厚宽容）。

之后，在几乎走遍所有影楼时，我偶然发现华强北一家购物广场五楼有家新开的中小型影楼，上面正张贴着招聘化妆助理的广告。自我降低求职标准后我终于是被接纳了，得到的待遇是：工作时间十二个小时，包揽影楼所有琐碎的杂事，试用期两个月，薪水六百元，不管吃住。远不及以前四分之一的苛刻待遇却让我在那刻幸福地想抱着深圳亲吻。

在之后的日子里，我早上六点起床，下七楼去住处附近那与深圳的光鉴可人完全脱节的脏乱市场买菜，然后在妹妹所租的三平方米左右的三角形狭小厨房里挥汗如雨。留好妹妹的饭菜，再用饭盒把中午的饭菜打包装好，匆匆赶往公交车站，挤上永远拥挤不堪的206路普通公交车，站上四十分钟经过十五个站台到达我的工作地。

影楼的老板是两个年纪相仿的湖南女孩，怪异时尚的装扮，有着与年龄不相符的狐媚与泼辣，她们兼做影楼的化妆师与财会，却通常是上午十一点后才姗姗而来，因为深圳的上午是安静而寂寞的，影楼里几乎没有来往客人。在生意冷清的时候两个女孩拉着苦瓜一样的长脸对我横眉冷眼，颐指气使，仿佛我是一个吃白饭的扫帚星。除了忍受，我只有默默卖力地工作，不放过任何一次动手实践与学人所长的机会。每天晚上回住处点灯熬油对着镜子拿自己的脸进行操练，在假发上反复苦练造型，把胳膊累得酸痛、双眼熬得通红。

有一次在我吃着自带的午餐时，两个湖南女孩突然兴致颇好地过来尝我做的菜，竟然连夸有家乡风味（可能够辣）。于是蒙她们厚爱我又多了一项额外的工作，为她们代做午餐，每天给我二十元钱。我当时在心里迅速盘算着可以拿十五元钱出来买菜，除了可以改善我和妹妹的伙食外，还剩下五元钱可以用来坐车，便满心窃喜欣然应允。

于是，我重新调整作息时间，早上五点起床洗漱完毕早早去市场选购四个人的菜肴，在脏乱喧哗的菜场与小贩为几毛钱斤斤计较耿耿于怀，然后在七楼三角形厨房里大刀阔斧，汗流浃背，烹炒煎炸使出十八般本领。一切妥当后将饭菜分别装在十个饭盒里用大大的旅行袋装好，然后扛上沉沉的大背包挤公交车。坐公交车时，那个形状可笑的大背包常常会不小心烫到某个乘客的背，也常常会吸引许多好奇与疑惑的目光，我总是不置可否地道歉、不以为然地微笑。那时候真没觉得苦累，没觉得委屈，不会去想远在家乡优越的行政工作，不会去想唾手可得的其他行业的轻松职务，一种莫名的动力让我从容面对着从未有过的生活经历。

只有在晚上，当深圳开始全方位的苏醒，夜上浓妆，落地窗外晃眼的灯海充分上演着城市的奢华，而那两个湖南女孩带着她们的一帮奇形怪状的男女朋友（大多来自酒吧歌厅）躲在黑暗的影棚里醉生梦死吞云吐雾。我独自坐在空荡荡的前厅黯然神伤，用淳朴的家乡与崇高的梦想来取暖。

晚上十时许，灯火辉煌人头攒动的华强北俪人大厦的站台旁，总有一个素衣长发女子，青春明净的脸上有着与夜色下的华强北的高涨兴奋截然不符的忧郁与孤独，疲惫困乏，神色焦虑，却常常为了等一趟票价一元五角的拥挤闷热的普通公交而有意错过一趟又一趟舒适的空调双层巴士。只为了省一元票价。

那年的七月终于在影楼经营不善而转让中结束。那个让我永远铭记的工作环境在瞬息万变的深圳仅仅维持了一个月的寿命。而我经过了那个七月，终于在另一家大型影楼成了一名真正的化妆师，有了完全属于自己的美丽的化妆台。

走过了那年七月，我想我能从容笃定地走过我生命中所有的七月。

有一种幸福叫施舍

周末守店的时候，经常会有一些不是顾客的不速之客，缓缓推开玻璃门，露出一张或苍老或邋遢的脸，木然或企求的神情，嘴里发出有些含糊不清却固执的声音。这样的时候，我通常坐在柜台前看书，思绪突然被中断，总有些许不太痛快。于是象征性地摸摸口袋，偶尔有些零钞，便起身去给，遇上没有便摆摆手说下次再来吧。仅几秒钟的时间，完全机械化的，思绪与眼睛似乎丝毫不愿为其多做任何停留。

一次，外甥女小雪正在前厅玩，看到乞讨的老者正欲离开，突然一溜烟地跑向里屋，从她五花八门的小抽屉里翻出她的小钱包，小手儿往里一阵乱掏，眼睛还着急地不时往外看，好不容易翻出两个硬币，小妮子便欢喜地一蹦一跳跑到老者跟前，小手一放，白闪闪的硬币在搪瓷碗里脆生生地响，小雪笑盈盈地歪着头，一脸的自豪与快活，纯真的样子，像从童话里走出来的善良美丽的小天使。我突然有些触动，记忆里的两件印象深刻的事瞬间在脑中清晰地回放起来。

那是今年去鹰潭出公差的一个晚上，上完一天的培训课，吃过晚饭便想一个人上街散散步。刚走出下榻的宾馆，迎面走来一个四十左右的中年男子，衣着朴素但还算得体，旁边还牵着一个七八岁的小女孩，两个人都风尘仆仆神情焦灼的样子。中年男子在我跟前停住，满脸的尴尬困顿，声音低低地说：“小姐，不好意思，打扰一下行吗?”我下意识地往里躲了躲，但还是停了下来。中年男子于是絮絮叨叨地说着他的经历，大意是他是外地人，因为与妻子的离异，一个人带着女儿来鹰潭做生意，没想到在考察行情的时候被偷了行李包，掉了所有随身携带的钱物，包括钱包、手机、证件与银行卡。想让我帮帮他，借手机给他用一下，或者给点钱让他打个电话。

类似的经历好像在印象里太多了，多得让我甚至不愿与不屑去运用自己的识别力。一个人孤身在外，我不想为自己惹下任何可能的是非。我别过脸扔下一句"对不起，我赶时间"，便匆促而逃。就在我急忙走开的那一刹那，我看到了男子黯然而失望的眼神，他轻轻地说了一句，小姐，你可能误会了，我真的不是坏人。低哑的声音在初秋的风中回旋，仿佛带着冬的寒意。

一个人往前走了好几步，突然心里一阵莫名的难受。回头看着繁华的霓虹灯下父女两个单薄的背影，双眼竟有些发涩，什么时候自己竟变得这样理性得近乎漠然，冷静得近乎苛刻？生活本就风云难测，如若真是两个受难之人，真是两个亟须帮助的人，我却因为世故因为偏颇，而吝啬于一双援助的手？正欲追赶过去，父女俩的身影却已被行人与车流覆盖。我站在陌生的城市街头，心绪难平，怅惋不已。

十岁左右的时候，我真切地体验过一次施舍的幸福。

那年的初冬，村里突然来了一群外地的马戏团，敲锣打鼓地在村口的打谷场摆着热热闹闹的马戏场，我们这帮孩子像过年般快活，一吃过晚饭便往马戏场跑，在黑压压的人群里像泥鳅似的往前钻。那是我第一次也是唯一一次站在现场看真实的杂技表演，其实那并不是怎样高难度的表演，现在想来那或许仅仅是杂技这门艺术里最基本最粗糙的表演，但在那时却让我无比惊叹与震撼。表演者全是些和我们一般大小的孩子，节目好像有走钢丝、顶技、敲砖头等，最后出场的一个压轴节目，是一个五六岁的小男孩，瘦小的身子打着赤膊，露出一根根清晰的肋骨，他站在偌大的台子中央，在初冬的寒风里打着哆嗦，小脸冻得青紫。他恭恭敬敬地向大伙鞠了一个躬，便表演起来。节目的内容现在已经记不清了，只记得那好像是个带点自虐性质的表演，有一定的危险与刺激性，台下的观众当时一片哗然与喝彩，而我们小伙伴们却一个个看得低头蒙住了眼睛。马戏结束后，我和妹妹全没有了来时的兴奋，两个人鼓着小脸一路不说话，想着各自的心事。

回到家后，两个孩子竟然做了一件相当默契的事。我跑到房间找出自己所有积攒的零花钱，而妹妹到抽屉里稀里哗啦地找出一些饼干、糖果之类的零食，觉得还不够，两个孩子又偷偷跑到厨房拿了几个鸡蛋，装了满满一小袋子的大米，我和妹妹提着抱着捧着揣着，急急忙忙直往马戏场赶。可是我们并没有再看到那个小男孩，马戏团的一个叔叔说小男孩受了风寒去睡了。我和妹妹只有把东西交给那位叔叔，千叮咛万嘱咐一定要转交给小男孩。在他的一再承诺下我们才如释重负地离开了。

我记得，我和妹妹是手牵着手一路唱着歌回家的，两个孩子一起想象着男孩看到礼物，吃着零食的情景，完全被一种施舍与给予的幸福陶醉了。我在那一刻，仿佛觉得自己一下子长大了。

曾几何时，纯真的孩子真的长大了，成长后的我们离那种施舍的幸福却越来越遥远了。我们在尔虞我诈中渐渐趋于淡漠，在纷繁复杂中慢慢变得精明。曾经水晶般纯洁透明的心灵在成长的世俗中腐化，是的，我们都曾对乞讨的老人不屑一顾，我们都曾对身残的艺者漠不关心，我们都曾在期盼的目光下逃避，我们都曾在等待的渴望中拒绝。尽管有所感动，哪怕已然动摇，我们却常常在犹豫之间一次一次缩回了自己伸出的手。我们在成长中得到，也在成长中失去。

尽管这个世界确实存在许多美丽的假象，我们依然不能去为我们蒙尘的心灵寻找借口，一份感动的给予，一份善意的施舍，对于人性而言，永远是美丽而必要的。

或许那对父女真的是用假象行乞的骗子，或许那些礼物根本无法被小男孩享用，可是有什么关系呢？为了世界的温情，为了人性的善美，为了心灵的纯真，为了一份施予的幸福。

与酒过招

一直想写篇关于酒的文章，说一说一个女人之于酒的典故与感悟。

酒，素来是男人世界里的元素，它以一种高调的姿态，活在很多男人的需要与依赖里，彰显男人性别与身份特征。酒之于男人，酒是氛围，是文化，甚至是情人。女人与酒，仿佛同性，天生难产生爱意，女人大多不享受酒，酒之于女人，是交际礼节与情趣点缀，是道具与手段。在某些场合里，它与女人相遇，要么被女人诠释成八面玲珑的智慧，要么被女人演绎成风情万种的优雅。

对于某些女人，它还可能是一种永不成气候的尴尬与痛。比如我。

这得说说我与酒的三次难忘过招。

说起与酒的第一次亲密接触，一定会令旁人咋舌。我最早接触的酒，是白酒。最早接触酒的年龄，是五岁。五岁唯一的记忆，竟是关于酒的。五岁那年大年三十的团年饭，我第一次作为家中新生代重要的一员，被安排坐在饭席中央。父亲一直好点酒，年年月月，一日三餐，唯早餐不沾。那个团年夜，满桌缤纷，看着席中新加入的粉嫩的小女，父亲兴致高涨，竟生出顽皮孩童之心，端起一盏白酒，笑眯眯地凑到小女跟前，来，喝口爸爸的糖水。看着满脸慈爱的父亲，我笑盈盈地端过酒杯，仰头便喝。于是，那场特别的年夜饭，在我的大哭与父亲的大笑中热闹开场。至今，白酒那种剧烈的辛辣与刺激仍然没有因记忆的遥远而抹淡，并因幼时猝不及防的亲密接触而留下了永久的后遗症，一闻到白酒，就发怵。

第二次喝酒，一隔便是一个多年轮。那是中专毕业离校前的一个晚上，与宿舍姐妹依依惜别，在校园门口的小酒店里，叫了一箱的啤酒，同室的七个姐妹，不停地说话，喝酒，唱歌，又哭又笑，仿佛生离死别。不知那次喝了多少酒，迷迷糊糊中被人扶回了宿舍。那个本该弥漫着离愁的浪漫感伤之夜，因为酒的加入，让我经历了一次难以言喻的痛苦体验，喉咙干得像火烧，全身像爬满小虫般奇痒难耐，头痛欲裂，无法清醒。半夜内急，挣扎着起来，居然发现全身长满了红色的小疱疹，密密麻麻形成触目惊心的势态，那一惊，酒醒了，却再也睡不着了。天一亮，就去了学校的医务室。喝了几片抗过敏药，才渐渐消停。

与酒的第二次过招，让我开始对酒闻风丧胆，发誓从此要将它搁浅于我的生活之外。

2005 年，我调入县城机关办公室工作。由于工作关系及人际交往，曾在我的幼年与少年期留下过尴尬记忆并被我搁浅于生活之外的酒，竟然再度高调硬闯进我的生活，晋升为一种工作与生活的需要。让我开始不得不重新调整面对它的姿态，并暗暗把它当成一个假想敌，信心满满地欲将它征服。

或许骨子里天生有几分巾帼侠气与古典情愫，我喜欢性情爽直豪放之人，又痴迷诗词文学，撇开自身不胜酒力之弊，对酒倒也并不厌恶。素来敬慕李白“斗酒诗百篇”的豪迈与才情，欣赏李清照“沉醉不知归路”的率真与浪漫，沾了文学色彩后，酒似乎还带有几分让人欢喜的侠义及风雅。想必父亲在我五岁时的那次壮举，也并不一定真是出于童心，或许更是有意培养小女秉承父亲的喜好与志趣。暗想有父亲对于酒的挚爱与修为，其女我也定然不会是一块“朽木”。

有了决心与信心后，每逢与酒偶遇，总会跃跃欲试。性情所致，再经同事友人劝酒，便会激起英雄情结，端起酒杯做巾帼状，却总是酒未下肚便醉意泛起，想起年少的痛苦经历，便心惊胆战，慌忙收敛。平日在酒桌上，遇见端杯落落大方、镇定自若的女子，总是无比敬佩，倘若那女子再酒量难测且妙语如珠，更是仰视之。在酒面前，相比某些同性那份气定神闲游刃有余的洒脱气度，感觉自己惶惶恐恐的保守忸怩之态实在毫无风采。一场和乐融融的饭局，若是与酒相遇，便总无心于菜肴美味或人情寒暄，左右权衡，互相对峙，内心里因为酒而硝烟涌动，纷争四起。或轻松或缄默的表象下是一份对酒无法驾驭又欲罢不能的沮丧。

话说与酒的第三次过招。2007 年三八妇女节，全局妇女同志聚餐，局领导盛情作陪。为了表达对女性的关爱与照顾，给每桌发了一瓶红酒。红酒，是唯一带有着浪漫色彩的酒，也是最能让女人产生好感与放松戒备的酒。在那个属于女性的节日里，全体女性同事都尽情放松，一片欢喜。推杯换盏、觥筹交错间，我终于好了伤疤忘了痛，情绪高涨之际竟然接连喝下了四小杯红酒，等我意识到过量之时，红酒开始在我体内急剧发酵，头脑昏昏沉沉，满室影影绰绰，人变得轻飘飘的……那一个晚上的记忆，仅到此为止。那一次的醉酒经历，没有任何痛苦，却令我难堪懊恼不已。据同事说我那晚在众目睽睽之下的醉态，口齿不清，无法站立，后来就干脆不省人事。吓得几个女同事一直搀扶于我左右，为我来回折腾，甚至兴师动众到连几个局领导都因为不放心而留下来陪守，直至我爱人来接。在同事绘声绘色的调侃中，我恨不得找个地洞钻进去。唉，没想到几杯红酒轻易地将我平日里一点一滴积累起来的端庄得体的淑女仪态毁于一旦，这恼人的酒啊！

经过与酒的三次难忘过招，我自知任何事要量力而行。再与酒相逢，均告诫自己要谨慎，收敛，自持，若回避不及，便略表礼仪，浅尝辄止，以葆淑女风范。后来，因患晕眩症而连续两次病倒，医生郑重告诫，要调节身心，轻松生活，尤其不能饮酒，否则此病容易复发，甚至终生相缠。自此，我与酒的纠缠总算告一段落。

快过年了，又该是推杯换盏一团欢喜的时候了。酒，其实仅仅是一种气氛的作料，是人们生活里一种人际关系的链接元素之一，依赖不得，亦逞强不得。酒如人生，平常心对之，量力而为，方能轻松舒坦。生活是丰富的，为着咱们的身体，其实我们可以多换换方式，比如喝喝果汁，或者茶。

温情相思豆

二十八岁的生日过后，我突然感觉到了生命的沉重。工作、事业、各种烦恼、压力接踵而来，生活与婚姻似乎在不经意间失了颜色。在莫名的焦躁与失落里，我强烈地想寻一方安宁纯净的伊甸园，给自己的心灵一次放逐与洗涤，找回些生命最初的快乐与感动。于是有了一次难忘的出行。

我和丈夫以及妹妹夫妇一行四人，选择了中国最美的乡村——婺源，作为出游之地。出行甚晚以至到了婺源已是下午三点，我们驱车就近游览了第一个景点——李坑。为它驻足是因为它的一幅宣传画，烟雨迷蒙下的古朴农舍，轻灵恬淡的江南韵味呼之欲出，宁静美丽得像清晨的一个梦。画上写着：李坑村——小桥·流水·人家。我被画与字的意境深深打动，觉得此行便是为它而来。

李坑果然没有辜负我对它的深情。在微凉的秋风中走在那个陌生而淳朴的村落中，心境宛如回到了亲切而遥远的童年。一排排青瓦白墙的古屋依山傍水，如诗如画。我们在那迂回曲折的小桥流水与石板路中穿梭流连，触摸远古的痕迹。那一砖一瓦、一檐一梁既彰显着至简至繁的明清风韵，又呼应着“枯藤老树昏鸦，小桥流水人家”的宋元情怀。村落边缘那宁静空旷的山野适合着我们放飞久违的童心，我像一只飞出笼子的鸟儿，快乐地奔跑欢呼，大声歌唱。

乡村的风是优质的吸尘器，将我内心深处积蓄的尘垢一点一点地吸拭剔除，我贪婪地吮吸着它的新鲜与甘甜，让生活的负荷在自然的纯净里新陈代谢。薄薄的秋阳下，一切生命的色彩纯粹清亮。

走过一家内有鲤鱼池塘的农家小院，遂见一山坡。山坡的拐角处坐着一对年逾古稀的老人。老婆婆带着和善的笑在纳一双鞋底，旁边的老伴则低着头专注地刻写着一种供给游客的纪念竹牌，旁边还摆放着一些古镜、红豆项链、纪念币之类的古玩饰品，静谧淳朴的山林景致与那一对在阳光下悠闲劳作的老人构成了一幅和谐、温情，让人为之动容的画面。

走在半山坡却不见了丈夫，妹妹在身后往后一指："呶，在那个老人家那买红豆项链呢！"疑惑之际，正看着他大踏步走来，双手故作神秘地背在身后，笑嘻嘻地对我说："给你买了个小礼物。"接过那两串红豆，我心头微微一热，那圆滑剔透的小东西曾承载了少女时代太多的相思与记忆。这似乎是在婚后收到的最廉价却最珍贵的礼物。

正出神，妹妹咋呼着抢过去往手上一戴："咦，当手镯挺好看的嘛，别有一种异域风情呢！我也要到前面买两串！"走了几步，果然前面又有一家卖纪念品的，一个机灵的小姑娘笑着向我们招呼："买红豆项链吧，挺便宜的，一元一串。"丈夫在身后插话："我刚才买了两串，才一块五呢！"小姑娘听了一脸的不屑与鄙夷："不想买就不买，干吗骗人呢？这红豆项链我们批发过来都要八毛钱一串，你一块五能买两串？""我真是花了一块五毛钱买到两串的。"丈夫争辩着，脸却倏地红了："那我不是让那老人家亏了？"我自知他没有骗人，忙笑着说："算了，买都买了，还不知道小姑娘说的是不是真话呢。"

一路看风景。从山上往下看，李坑村的小桥流水被农舍隐没，浓郁的徽派风格房屋层层叠叠，错落有致，轻墨淡染，在夕阳的映照下宛若一幅浑然天成的水墨丹青。

下了山，天色微暗。我们心满意足地欲打道回府。丈夫却突然说：“我有点事，等我一下，马上回来。”说完转过身子往回就跑。

我坐在木板桥上歇息。对面的石屋里隐约飘来阵阵饭菜香，一个慈眉善目的老婆婆坐在门口的小木凳上细嚼慢咽着一碗泡饭。小溪边一个妇人在择洗着青菜，沾着泥土的菜叶子在妇人灵活的手指中游走，然后从清澈的溪水里重新蹦出新鲜水灵的翠亮容颜。一只悠闲的老黄狗神态自若地蹲在石板路中央向我们张望。村口的老樟树执拗地张着博大壮实的臂膀，像个等候晚归孩子的母亲。李坑再次以它的安详静谧锁住了我的视野。“古树高低屋，斜阳远近山，林梢烟似带，村外水如环”，此情此景恍若天上人间，世外桃源。

丈夫这时气喘吁吁地跑了过来，眉眼里皆是孩子般明亮的笑意，手里豁然拿着一大摞火红火红的相思豆。“我去把那老人家的红豆全买下来了，一块钱一串。”他释怀地解释，一边擦着额头上细细的汗珠。憨厚而傻气的笑容如小村一样淳朴。

那一摞红得耀眼的红豆俘虏了我的双眼。仿佛遗忘了一个世纪的柔情与感动那一刻在我心里汹涌澎湃。在红豆的映衬下，眼前那张过于熟悉的面孔与记忆里的那个人重新相认，合二为一，让我怦然心跳。

回来的路上，心情像风一样轻盈。那摞相思豆把心口焐得温热柔软，我终是在此行的快乐与感动里热泪盈眶。

致流年

我每天都有一种莫名的焦灼，我应该怎样度过不算虚度的一天？我应该怎样留住飞快流逝的岁月？

日子一日一日的重复，像复印机在不停运转。一日、一周、一月，一年，恍惚间，日子无声无息地，在日历的变薄与变厚之间，辗转，流失，一去不复返。

我静静地看着它们像水一样流淌，无比心酸与惆怅，那些青春闪光的日子，那些诗意盎然的日子，那些激情澎湃的日子，那些再也回不去的日子……

每一天，我都会矛盾与纠结，我要用一种什么方式去更好地活着，去抓住这个即将要离去的一天，让它不至于混沌无声地睡去，让它能在我有限的生命里灼灼发光，让它能在我将要老去的记忆里留下痕迹。

坚持写作吧。对于我这样一个内心文艺的伪文人，写作是我认为最能留住年华的极好方式。当大脑的内存不断刷新，当记忆的芯片逐渐老化，文字，最能神奇地唤醒回忆，最能忠实地还原岁月。而且，我是多么地热爱着它，或许，今生今世，我都会在对它的驾驭与膜拜中和它纠葛不断牵扯不清。如果我能把每个日子全用文字定格，那该多好！那样即使我衰老，我依然在文字里年轻着；即使我穷苦，我依然在文字里富足着；即使我悲伤，我依然在文字里幸福着；即使我死去，我依然在文字里鲜活着。可是，写作，是个多么矫情的活，在庸常的生活与嘈杂的环境里，它显得那么孤傲高冷，那么格格不入。你常常拿起笔，却心如杂草，思绪凝固。好不容易，你写了，却又担心它们面貌庸常形容枯槁，远不及生活的丰盈美好。在写与不写之间，在写好与写坏之间，日子潺潺而过，不动声色，又惊心动魄。

坚持阅读吧。在阅读里汲取思想与人格的养分，让每一个日子都成为你丰富生命的跳板。属于我们的生命与生活是这么的单调、局促，唯有阅读，可以让它辽阔而深远。有人说，阅读是心灵的旅行。多么优雅的比喻。阿根廷作家博尔赫斯说："我一直认为，天堂就是图书馆的样子。"我几乎就要为这句话惊叹了！曾经，我不也是这么认为的吗！阅读，曾成就了我多少美丽的时光！少年期在村庄小树林里阅读《简·爱》的沉迷，中专时坐在宿舍楼梯间一夜捧读《穆斯林的葬礼》的酣畅，日常一杯清茶翻阅文萃的沉醉与享受，夜晚一盏孤灯拥被品读名著的感动与震撼。曾经，就算是被全世界遗忘，只要有书可读，那便是一份纯粹的好时光。曾想，如果生活中没有病痛，没有劳苦，只有花的芬芳与书的墨香，那该是多么完美！可不知从什么时候起，是世界变了还是我变了？书房里的书籍常常蒙上了灰尘也等不到主人的偶尔眷顾；床头上的余秋雨，放了半个月也没翻动几页；看到大部头的名著就绕过，就算是捧读莫言，我也觉得腻味。浮躁啊，浮躁。我们用浮躁作借口，我们用时代来粉饰。我们被诱惑裹挟，被惰性绑架。这缤纷又世俗的生活啊，罂粟一般，鸡毛一般，让人欲罢不能，让人惶恐不安。

去旅行吧。旅行，可以让你实现另一种活着，可以丰满生活的形态，可以拓展生命的深度。我们无数次深情地对自己说，"让心灵与身体，有一个永远在路上吧"，"生活不止眼前的苟且，还有诗和远方。"旅行，多么有格调的生活方式。2012 年一部关于重走青春的电视剧，曾在一段时间里扰动了无数人的心，诱惑了文艺中年们重新找回青春的热情与梦想。仿佛青春，真的可以通过某一次率性出走而新生。走出去，让心情与视野呼吸新鲜的空气，在行走中，去感受世界之大，生命之美，自然之妙。在旅行中，去发现我们世界之外的世界，生活之外的生活，那一切感染着你感动着你，你于是便觉出了自己的小，觉出了自己种种的狭隘与矫情，觉出了生命更大的奥妙与意义。旅行，就像一个过滤器，像一个刷新键，它可以让一个复杂的人重新变得简单，让一个简单的人变得丰富，它可以让一个浮躁的人变得沉静，让一个怯懦的人变得充满勇气。旅行，会为你的心灵打开一个窗口，让它重新长出一双婴儿的眼睛。

可是，旅行？谈何容易！很多年前，就有人用一首歌表达过其中的纠结，感叹着有时间的时候没有钱，有钱的时候又没有时间，等有了时间又有了钱的时候，却没有了身体。我们不也有着这样的感叹吗？年轻的时候，忙学习，忙工作，安顿好工作与家庭后，忙孩子，忙生计。我们在对旅行的张望与等待中，一不小心便错过了最好的时光与岁月。

我们可以活得更美好更优雅，可是！可是！可是……

生活总是层峦叠嶂矛盾重重。我们沉溺而又不甘。我们与自己较劲，与理想拉锯。我们一次次勇敢出发，又一次次全身而退。我们孜孜不倦，又随波逐流。

我们奔跑，折腾，胶着，焦灼，日子依然日复一日，无声流淌，笃定而又决绝，看着你，渐行渐远。像是拗着性子，要跟你对峙。

在时光的流逝面前，一切都枉然。

人生何其短啊，不过朝夕之间，不过得失之间。我们总是太在意生活的表象与形式，却常常忽略了生活本身。写作，阅读，旅行，这些都只是生命的花边，是一种修行的方式。生命的质地与意义，从来不拘泥于任何形式，也不屈从于任何境遇。若不能在文字中挥洒人生的极致，不能在阅读中完成生命的臻美，不能在游历中修炼旷达的境界，却也可以在独属于自己的人生历程里，完成每个生命个体独有的使命与修行。

或者，我们要做的，是享用每一种生命的表达，善待每一种活着的方式，珍惜每一个日子的纹理。

停下来，慢下来，静下来。面对自己，与岁月并行，对生活微笑，不留恋过往，不惧怕未来。平心静气去迎接每一天的晨曦与夕阳，去珍惜每一种照耀与善意，去给花浇水，给家人做饭，去学一首新歌，去看一个老友，去原谅生活，去体恤他人，去拥抱庸常，去直面老去。去从琐碎细微中发现宏大，从他人他物中感知永恒。

像珍惜一段纯美的爱情一样去珍惜每一个日子，像致敬一个高贵的灵魂一样去致敬每一段流年。

|第六辑|

一种光

一条鱼儿的寻找与呼吸

——记彭定安先生

几年前便见过他的名字，在一本本土文学杂志的采访稿里。我只大概记得几个关键词，鄱阳文化名人，学者，耄耋之年，归乡。似乎，也与文学相关。

后来，再一次见到他的名字，同样是在一本文学杂志里。《鸭绿江》，辽宁省老牌文学期刊，我的名字和他的名字，越过浩浩的鄱阳湖，在《鸭绿江》里不期而遇。有文友看到那期《鸭绿江》的目录，惊呼，哇，竟然还有彭定安先生！他是用文字留的言，我依然能听到他语气里小粉丝般的激动，他说着那个名字，带着绝对仰视的态度。于是诚惶诚恐地求救百度，重新以一个家乡文学晚辈的恭敬，研读这个纵使扬名鸭绿江畔却依然保有鄱阳湖湖水的质地的名字。一种情怀像鄱阳湖般被丰润地打开，我突然觉得，我的小说处女作从鄱阳湖出发落户《鸭绿江》，像是有着某种别样的意义。

没想到还会见到他。

清明时节，总绕不开雨水与思念，总绕不过故土与亲人。彭老先生时隔十多年返乡探亲，时隔三十多年回乡授课。我在县政府会议室门口见到他，风衣围巾，礼帽拐杖，海派绅士着装的彭老先生，有着北方的高大挺拔，南方的温文明朗，笑容洋溢，神清气爽，春风与湖泊一般。我几乎不记得什么耄耋之年的老人。

他用了整整两个小时讲述，关于科学与文学，关于家乡与发展，关于成长与经历，关于精神与梦想。他从鄱阳湖娓娓而来，像一条鱼儿，从鄱阳的土井巷，撒着欢儿，越过凡俗与界规，穿过时光与时空，直游到浩渺的天际。他观点时尚，思维活跃，语言的转挪腾跳间，不时波光四起，浪花飞溅。我坐在底下，有些不适时宜地想起一些充满画风与音律的诗句，诸如，“忽如一夜春风来，千树万树梨花开”；“嘈嘈切切错杂弹，大珠小珠落玉盘。”

著名学者，鲁迅研究者，科研员……这是彭老先生最初被外界认可的正确打开方式。他在讲座上说他离开家乡多年后成为一个科研人员，却还没有成为一个作家。文学，才是他最初的梦想。后来，他创作了以故乡为背景的长篇小说《离离原上草》，接着是《离离原上草》（2），八十八岁的他说正在着手准备《离离原上草》（3）的创作。他朗朗地说着他的文学情结，故乡情愫，用一种鄱阳湖草洲般丰沛蓬勃的情感。这完全不是什么耄耋之年的老人。他被政治与岁月追赶着向前，他背井离乡，功成名就，垂垂老矣，然而，在文学面前，他还是那个情窦初开激情满怀的少年。文学像是他的忘年恋，给他以精神的支撑，以内在的照耀，为他按停了腐朽的岁月之手。他坐在那儿，情怀滔滔，是智者，更是赤子。像博大的鄱阳湖，风云变幻，波澜不惊，包罗万象，初心不改。

有多深邃，便有多清明。

彼时，东湖潋滟，芝山苍郁。鄱阳湖畔的草洲在一场春雨里醉态恣意。天鹅与湖水在谈情说爱。一叶小舟向青草更青处漫溯。有饶河调氤氲散开，落霞与孤鹜齐飞，秋水共长天一色。土井巷的青石板路泛着支离的光影，薄薄的炊烟里，一个长衫少年清瘦的背影，百般回眸。这一回眸，便是魂牵梦绕。这一远走，便是山高水长。这多少与文学有关。

对于彭老，乡愁滋养了他的文学，文学又抚慰了他的乡愁。乡愁是根，文学是壤。乡愁是湖水，文学是渔火。乡愁是床，文学是月光。彭老先生在他的《故乡吟》篇章之一《鄱阳，我的故乡》里写道，我的心性、文化、心理性格、情趣、创作底蕴都与故乡有着千丝万缕的精神的血肉联系。故乡的一山一水孕育着一个求知少年的审美心性，启迪着他最初的艺术觉醒。故乡，让他的文学鲜活。故乡，在他的文学里鲜活。是文学，承载并升华了乡愁；是文学，让彭老找回了那个在异乡里渐行渐远的最初的自我；是文学，让彭老找到了回家的路。我固执地认为，是文学，最终成就了八十八岁风雅睿智至情至性的彭老。

文学，到底有什么魔力，可以让人永葆初心，超越岁月？

记起本土作家范晓波在一次文学讲座中拿爱情戏说文学爱好者与文学的关系。大意是，有的人与文学仅是一场擦肩而过的懵懂初恋，有的人只是想和文学谈一场没有结果的恋爱，有的人和文学藕断丝连地保持着婚外情，只有一小部分人会与文学走进婚姻殿堂，终生相伴。

其实，还有一种忘年恋。在少年期便一见钟情，耽于生活与际遇，曾被把玩，被搁浅，被观望，然后，是离别与蛰伏。多年后相逢，你容颜未改，我初心仍在，彼此从容相望，时光静好。像一段水到渠成的爱情。沉淀于岁月，却与岁月无关。那时，文学的意义，不再是漂亮的文字，不再是当年的锦衣，它是内心的声音，是精神的附丽，是暗处的光，是回家的路，是挽住岁月的手，是伴你终老的灵魂伴侣。

是鄱阳湖一条鱼儿的寻找与呼吸。

譬如彭老。

或者，还有我们……

一种光

——遇见小说家付秀莹

阳光，从窗子挤进来，细微的粉尘在光照中纷纷扬扬，散淡，也活泼，有一种生命感。

这个北方女子，布衣，长裙，素颜，直发，带着江南的婉约，安静地坐在那里，讲她烟云缭绕的小说，柳暗花明的经历。七月的湖城，空气里越发有了湿润的味道。有一瞬间，某片湿润的分子竟然毫无防范地，飘到了我的眼睛里。

遇见小说家付秀莹，于我而言，总有些别致的意义。我不自觉地使用了范晓波的句式，因为在这场怦然心动的相遇里，范晓波无疑是“媒人”。我现在才知道，有些充满异性荷尔蒙的词语，其实是可以在同性中（大多是女性间）通用的，而且对于同性，更有了另一种妙不可言的意味。

不得不承认，三十来岁，是尴尬的年龄。追求仍是有，却也开始倦怠而矛盾了。再谈梦想，像是谈一种隐私，还未出口，便自顾瞻前顾后不好意思起来。对于小说阅读，尤其是小说语言，像是这日渐娇弱的脾胃，也开始有了局限与挑剔了。那些曾经湿润过我青春的作家，兀自停留在了从前的岁月，怀念仍是怀念，却也陈旧了。读莫言，倒是丰沛颠覆，但某些元素与气息至少是跑偏了我的审美。再看余华、王小波、冯唐，也打动，也惊奇，但那些男性的棱角，像是剃不净的胡茬，仍然不是最为妥帖的触碰。直到遇见付秀莹。那种恰到好处的世俗，充满质感与光泽的人性，那种青石板路一般厚实又泛着幽光的生活，那些细碎的温暖的存在又将失去的片段，由一种隐忍而又放达，安静而又奔放的语言铺张开来，尽是人间滋味。我读着读着，便在心里幸福地呢喃，就是这种味道！就是这种气息！竟像是为我的胃口量身定做般呢。

怎么说呢。是的，我不由地使用付秀莹的句式了。她的小说，竟会是这样的。绝没有跌宕起伏，也没有大悲大喜，湖面似的，却在光照下，波光粼粼，熠熠生姿。那些个人物，就是你小区里的某个邻居，路遇的某个过客，大众，琐碎，扁平，他们每天微尘般地活在你生活的某个角落，程序般地在你眼皮底下走过，你看不出一点故事与悲喜。但在付秀莹的笔下，就不一样了。她仿佛钻到她（他）们的心窝窝里去，开肠剖肚，掏心掏肝。是的，开肠剖肚，然而，却绝不生猛，也不悲情。倒像是一个产妇的剖腹术，不紧不慢，一层一层地剖，然后，一个鲜活的新生命，和着一种疼痛与希望，从笨拙庸常的母体里剥离，呈现出一种毛茸茸的生命的光泽。让你不由得，另眼相看，然后，会心一笑，或者，眼含泪光。

她笔下的故事，就是生活的片段，你的，我的，芸芸众生的。她用一种母性的光，照耀与关怀着她们，在她的文字里，我总是读到一种母亲般的不厌其烦，对那些似乎不值一提的人或事，带着一种偏袒般的放任，像是由着自己的孩子，无限释放自己的天性，各种情态，情绪，任着它们撒着欢儿地恣意流淌。她只是从容地看着，极尽包容与体恤。

语言，对于付秀莹，像是一种灵异附体，他们互相操控，直达巅峰。又像是最贴心的情人与势均力敌的对手，他们间的交融或对弈，自是心领神会，酣畅淋漓，完全容不下他人。她用语言的玉指，轻描淡写，和风细雨，轻巧迂回间，便已是罗裳尽解，泥沙俱下。她的语言有着水一般的张力，那些个人物、故事，像是干燥的茶叶从茶叶筒里跳入杯中，慢慢地，一点点舒展，鲜活，直至，完全盛开，于苦涩中漫出香来。她像是用一种独门暗器般，用她的语言撑起一个个湖面般平静却波光流转的故事。曲径通幽般。而结尾，却绝不故弄玄虚，戛然而止，又欲说还休。像是日头，在漫长的一天后，自然隐去了。然而，却又蛰伏着，在下一个日子。结束，也是开始。

付秀莹的小说魅力，和她的人一样，是东方的。含蓄而又曼妙，传统而又风情。有一种旗袍的美学。她的叙述方式也是不紧不慢，娓娓道来，恰如旗袍上的那些盘扣，繁复精致，有一种幽深的回旋感。读她的文字，你很容易想到另一个人，张爱玲。几乎同样的入情入世，典雅敏感。但又绝不重叠。如果用色系来区分她们，张是“冷”色系的，而付秀莹无疑是“暖”的。她的文字，有一种棉布的质地，是温和而熨帖的。读付秀莹的文字是需要心境的，你得慢慢去琢磨，急不得，一急便会错过许多妙处了。在某个静好的日子，沉入她的文字，你会仿佛回到很久很久以前的某个年月，日色慢，车，马，邮件都慢，一生只够爱一个人。在这个方便面与微信时代，这种感觉，几乎是奢侈的了。

从小说的落笔来说，“小女人”付秀莹尤为擅长抓“小”。关注小人物，呈现小日子，拽住小细节，放大小情绪。那些个“小”，像微尘一样，无处不在，被漠然的生活渐去的岁月模糊与湮没，然而，付秀莹用一种光，孜孜不倦地去寻找它们，让它们站上舞台，发光。

小说，也许就是生活的微尘，在光照中舞蹈。

这是一个“小女人”悲悯普世的大情怀。她用文字，让阳光照进现实，以微小实现宏大。我，一个在生活里踌躇不前的人，一个在小说写作里蹒跚学步的人，突然有一天，就被付秀莹的光照着。这无论如何，都有一种别致的意义。

梅“贞” 饶“孝”

在浩瀚的历史长河中，古代鄱阳女性的其中两位代表，梅氏与饶娥，就像一株坚韧的红梅、一滴轻盈的湖水，以其独特的女性风姿与人性魅力，穿越漫漫时空感染震撼着我们，也为鄱阳文化留下了浓墨重彩的瑰丽篇章。但当我以一个现代女性的视角，掀开历史厚重的幕帘，重新解读古代鄱阳女子的精神情感，却发现在她们的精魂深处，有着封建时代刚烈决绝的女性品质，以及浸淫在她们身体之内的儒家文化。

梅氏之“贞”

在鄱阳文化圈里，知道“梅氏”的应该不多，但知道“望夫冈”这个故事的应该不少。“望夫冈”地处我的家乡鄱阳县古南乡星塘村，在小时候，它于我只是一处学校组织去春游的地名，连接着春天与希望。我没有想到，它的美丽烂漫居然是一个古代女子的“贞节”所点染。

唐代类书《初学记》卷八中引述的《鄱阳记》，有着世界上最早关于“望夫冈”故事的记录：

“鄱阳西有望夫冈，昔县人陈明与梅氏为姻，未成，而妖魅诈迎妇去。诣卜者，决云：‘行西北五十里求之。’明如言，见一大穴，深邃无底。以绳悬入，遂得其妇。乃令妇先出。而明所将邻人秦文，遂不取明。其妇乃自誓执志，登此冈而望其夫，因以名焉。”

这则故事采用了神话的手法，描述了女子梅氏与未婚夫陈明的奇幻遭遇与坚贞爱情。两个青年男女，花好月圆只待嫁娶，谁知未婚妻却被妖魅诈走。形影单只的男主人公便开始了执着的寻妻之旅。无助中找到一占卦者指点迷津，得知妻子被困在往西北五十里处的山洞中，便约邻居秦文一同前去营救。谁知秦文实乃一见色忘义之小人，在陈明进洞找到妻子让秦文在外用绳索拉出梅氏后，秦文却贪恋美色心生歹念，遂收回了营救的绳索将陈明困于山洞之中。失去未婚夫的梅氏心若死灰，向秦文发誓明志，表明自己对未婚夫誓死跟随的忠贞与决心。贞女梅氏从此每日登山守望，思夫盼归。年年岁岁，一腔痴情一具凡身终是被岁月风化，随那石冈天荒地老。那山冈从此被世人烙上了忠贞的胎记，一到春天便若红梅点染，美若桃源。

这则传说虽然在故事形态上有着西方英雄主义的神幻情节，但在精神主题上却讴歌着一个古代东方女性对爱情与婚姻的忠贞情怀与誓死捍卫。望穿秋水，望尽天涯路，一个“望”字，表达着鄱阳女子梅氏对于丈夫多少痴情与期盼，最终望而成痴，望而成石，在历史的长河中，在岁月的风霜里化作一段凄美而永恒的传说。

一个风华女子，因为一段尚未成形的婚姻，一个仅有婚约的男子，而终生痴望，枯守于世，这样的痴情与勇气确实感天动地，让人钦佩。然钦佩之余也不禁唏嘘叹惋，叹情至痴处多悲凉，惋红颜付水虚光阴。叹惋之余既而又心生疑惑。故事原型中并没有为梅陈二人的爱情作铺垫渲染，这二人的关联是婚约或是爱情，这是故事主题的关键点。若两人青梅竹马，情真意切，倒是一段可歌可泣的爱情传奇。为爱情舍身殉死，浪漫而悲壮，符合人性对美好事物的追求向往。可是按古代封建礼俗，尚未婚嫁的男女基本为陌路之人，在那男女授受不亲的远古年代，莫说花前月下的谈情说爱，耳鬓厮磨的相知相欢，怕是面都不曾相谋。

若是如此，一纸轻薄的婚约怎就担起一生沉重的守望？为情而洁，情比金坚；为节而贞，命比纸薄。贞女梅氏，所为何般？

是爱情造就了梅氏、是时代造就了梅氏，还是文化造就了梅氏？我以一个现代女子的视觉沿着历史小心翼翼地窥探与思索。

在笔者看来，望夫冈传说歌颂的忠贞爱情，既代表了古代封建社会的传统美德，也折射出古代鄱阳女子根植于心的浓郁的儒家文化，反映出封建社会中儒家意识形态对女性思想的渗透与禁锢。儒家礼教对妇女一生在道德、行为、修养方面有着极其苛严的规范要求，自刘向的《列女传》在中国历史上开设专门为女性立传的先河后，专重贞烈的“烈女传”便大行其道，给广大女性套上了沉重的精神道德枷锁。而梅氏的“忠贞”望夫与儒家的“三纲五常”“三从四德”及贞烈教育文化似有着丝丝缕缕的契合。

梅氏的守望里，除了对丈夫的忠贞与缅怀，内心深处是不是也有一种对于命运的妥协、无奈、哀怨，一种处于社会与文化压制下的麻木、漠然、凄凉？以虚度生命与岁月来成就的贞洁，又真正存在多少正面有益的价值与意义？

在那个时代，又有多少梅氏“被”贞洁？她们在道德绳索的束缚下，在文化背景的绑架下，无视自身的精神世界与内心需求，或消极沉沦或刚烈决绝，以青春与生命去换取一个标签一种称号。那些曾被压抑扭曲的人性，被虚度荒埋的年华，似那荒野的冤魂，丛林的魅影，凄声一片，萦绕不绝。

再回过头来看望夫冈的传说，我多希望它只是一个浪漫凄婉的爱情故事，而不是一个歌功颂德的贞洁典范。

是的，我情愿，梅小姐只是一个为爱情殉情的痴女，而不是一个被文化埋葬的贞妇。

饶娥之“孝”

“饶娥”，被誉为鄱阳湖女神。2011 年，鄱阳湖湿地公园内湖兴建了饶娥像，让这个以孝义扬名的美丽女子得以掀开其神秘的面纱，从1200 年前走来，以温婉清丽的容颜依湖伫立，若莲花圣洁，如女神端雅。

唐代大文学家柳宗元《饶娥庙碑》记载：“饶娥，饶人，饶姓，饶名，世渔鄱水……娥父醉鱼，风卒起，不能舟，遂以溺死，求尸不得 。娥闻父死，走哭水上，三日不食，耳鼻流血，气尽伏死 。”

相传饶娥是唐代的一位孝女。饶娥自幼丧母，与父饶绩相依为命，其父以耕种为生，兼操捕鱼。一天，饶绩在江上捕鱼，船覆落水，沉入江中，下落不明。饶娥连续三天在江边痛哭寻找，水食不进，痛不欲生。第四天饶绩尸首浮出江面，乡邻认为是饶娥的孝行感动了天神，才使其父尸首浮出。父死后，饶娥决意随父而去，并绝食而终。因为民女饶娥感天动地的孝行，唐德宗李适钦准由官府拨银修建饶娥庙，钦赐“天下至孝”牌匾，并命时任礼部员外郎的大文学家柳宗元为其撰写碑文。柳宗元用简洁的语言概括并评价了此事，因而能让饶娥的孝行流芳百世，被列入中国古代十二烈女之一。

百善孝为先，孝文化是儒家文化的灵魂。孝是德之根本，是长善之基，铸品之要。在儒家道德体系中，孝敬是仁德的开始和基础。儒家宗教根源于对生命创造者的感恩之情与敬畏之心，“孝亲”是儒家宗教的重要内容。儒家文化主张对父母要“生，事之以礼；死，祭之以礼”，“事死如事生，事亡如事存”，父母在生时要在物质上尽力供养，在态度上恭敬和顺，父母过世后依然要如同他们在生时一样供奉祭祀。

饶娥，可称是儒家孝文化的女性代表人物。面对自己父亲离世的悲痛欲绝，忘我找寻，甚至以死追随，表达着她对父亲深切厚重无以言表的爱与眷，表达着她对给予她生命与亲情的亲人无以回报的痛与憾。虽然故事为了增强感染力依然附加了神幻色彩，认为饶娥的痛哭感动了天神。不管天神存不存在，我们依然为饶娥的孝行所动容所震撼。

大爱无言，大孝至美。饶娥，一名古代鄱阳女子，以自己的行动为儒家孝文化作了最深沉的注解。然而，我们依然会在感动之余，心生叹惜，为一个年轻的美好的生命。孝，可以是追随，更可以是延承。我不禁又想，如若生在当今，女子不用“三从四德”，不致“难养”，可以和男人一样自强自立，孝女饶娥，会不会演绎出另外一种更为动人的孝行？在今天，作为一个当代女子，我不得不说，饶娥的孝是感人的，同样也是消极的。

孝，是生而为人最需具有基本品性。一个有孝心的人才会在内心播出温暖仁爱的种子，以对抗这世界的凄雨寒冰，催开人间的亲情友爱之花。孝，是一个坚硬的男人温润如玉的情怀，也是一个弱小的女子深沉似海的担当。但我们提倡的孝，更应该是对生者的敬重、陪伴、承欢、服侍，逝者已逝，而生者要做的，是血脉的延承，精神的发扬。对逝者最好的孝，是尊重与圆满其内心尚未了却的心结与愿望。

以死追随的孝行，让饶娥这位寻常的鄱阳女子，扬名天下，属于她那个时代的儒家文化，仿佛舞台上的一束镁光，平地中的一块基石，将她照得光芒万丈，托得高高在上。

依湖伫立的饶姑娘，那么年轻美好，若一个让人心生敬意的圣洁女神，更像一个让人心生怜意的邻家女孩。或许，她本该就属于这片湖水，或许她原本就是湖水中的一滴水花，只有在那潭清澈的柔软里，她才可以守护世间最初的纯净与平静。

我仿佛看到一个女孩儿，在湖水边与父亲嬉戏打闹，女孩儿咯咯的笑声如铃儿一般清脆，粉嫩的脸像一朵绽放的杜鹃花。满脸沧桑的父亲微笑地看着女儿，慈爱，幸福，骄傲，眼神中充满着希望与力量。

我仿佛听到老人在天堂的一声叹息。作为一个父亲，他多么不愿意他的女儿成为一个以死相随感天动地被万人敬仰被后世歌颂的孝女，他只希望，她和所有寻常女子一样，成长，劳作，成家，繁衍，老去……

梅贞饶孝，源远流长。以一个现代女子的视角，她们的故事与美德闪烁着动人的人性光辉，表达着封建社会里古代女子对贞孝的理解，那份刚烈执拗的守望与追随背后，却也有着对生命本义的违抗。可褒赞，可质疑，就像是传承了千年的儒家文化，金玉玛瑙之中也存有碎石沙砾。

文化的渣砾终会在历史前进的车轮中灰飞烟灭，而思想的精髓却会在时间的验证下熠熠发光。作为现代鄱阳女子，我们可以越过几千年的时光，在梅贞饶孝的光影里肃穆动容，然后叹息一声，扯开那一层沉重的历史屏障，向着明媚新鲜的空气重新出发。

花堂栏下月明中

何似苏州安置处，花堂栏下月明中。

——白居易

1

我的老家，古县渡镇古南蔡家村，有一幢年岁已久的老花屋。

老花屋是村里唯一一处浸润着历史与文化的标志性场所，它曾是村里的第一所学堂，据说建造于清朝道光年间，至今已有二百多年的历史。老花屋坐落在村中心，占地近二亩，砖石木结构，前后有厢房楼阁，中堂天井光线充盈，东、西两边各有偏房走廊，书院花园。设计精巧，布局合理。中堂四周的木柱板门，窗棂梁壁，均雕有山川湖泊，人兽鸟虫，树木花草，画面美轮美奂，形象栩栩如生，叫人惊叹前辈能工巧匠的智慧及精湛手艺。

历史灰飞烟灭，繁华如梦凋零，在时代的变迁与动荡中，老花屋诸多精美工艺被毁坏剥离。如今的老花屋历经沧桑，已然面目全非，但仍是能在残骸处寻见惊艳，于颓废中嗅出风雅。

2

老花屋的主人叫蔡月明，曾是村里最有名望的文人达士。他天资聪颖，才识过人，从秀才到举人，曾被道光皇朝授予“文林郎”。关于蔡月明平生种种后世并没有太多传闻或记载，却是一个真正有着明月清辉般的至情至雅之人。他大费周章建一所如此风雅气派的庭院，却不为私住而是开门授道用作学堂，便可见其不同流俗胸襟广阔，是为儒雅君子。

蔡月明不仅留给蔡家村人一所标志性的学堂，还给蔡家村人带来了永世的和谐与福祉。古南蔡家有蔡李两大姓氏，虽不同宗同源但蔡李两姓世代交好，如一母所生之孪生兄弟，这种渊源还得由蔡月明被朝廷封官后的一场官司说起。蔡月明的曾祖父原是古南高源李氏，幼小随母转嫁到古南蔡氏，繁衍几代，两姓相互过继。蔡月明封官后，重情重义，心系先人，以蔡姓拜谒高源李氏祖先，却被李氏村人赶了回来，并向衙门告状打官司，以分清蔡李两姓。结果花了很多银两，也没有把官司断清，以至在当地流传了一句俗语“蔡不蔡，李不李，铜钱银子用了一箩箕”。

此后，蔡李一家亲成为蔡家村人默契于心的共识，两姓往来密切，不分彼此，蔡家村由此更加兴旺和美。

3

我初识老花屋时，它早已不是学堂了，而是住了三四户人家的一个大杂院。据父亲说，它在鼎盛时曾经住进过五姓七户人家，人口达近百人。那是解放土改后，政府把老花屋分给了一些穷苦没有住房的人，老花屋便成了一个收留所。说来也怪，凡住进这大杂院的，都人丁兴旺，邻里如亲，从未发生过打架斗殴、邻里不和事件，他们互帮互助，亲如一家。

在那个物质贫乏却精神丰硕的年代，老花屋仿佛恢复了它与生俱来的大户气派，井然有序，欢声笑语。哪家飘着肉香，同屋的孩子们碗里便都冒着油水，哪家有个头疼脑热，这个端茶送水那个嘘寒问暖，哪家媳妇生孩子，便仿佛每家都添了喜庆，相互贺喜，一派祥和。漫漫夏夜，妇人们一把扇子扇睡了一屋孩子。煤油灯下，凑在一起写作业的小脸蛋儿，像一朵朵枝缠蔓绕的小莲蓬。

4

小时候，老花屋于我恍若一处梦境。

那里始终萦绕着一股谜一般的气息，吸引着我观望与逗留。它不同于村里的任何一间屋子，像是一个雕龙画凤古色古香的大匣子，带着岁月的斑驳与暗香，仿佛远古的祖先在迁徙时不慎遗留，被时光固化，停在原处，沧桑又神秘，让年少的我无比好奇又心存敬仰。

在模糊散乱的童年记忆里，老花屋如米筛中不肯滑落的一颗豆子，坚实而饱满。印象最深的是中堂的天井。晴时，那是一处迷幻的光源，像明闪闪的镜子，把老花屋照得明朗通亮。那些梁木窗棂中渐渐晦暗模糊的雕花便灵动鲜活了起来，鱼儿跃出了水面，花儿飘出了芳香，山峦着上了青色，河面闪出了波光。有个孩子仰头端凝，若灵魂出窍。雨天，天井处便挂上了亮晶晶的雨帘，如天然的喷泉，若泼洒的珠玉。从下往上看，天井顶端仿佛藏着一个奇幻的巨型蚌壳，像是要从里面源源不断地淌出世间最晶莹的珍珠来。

我至今仍清晰地记得，老花屋天井周边的红石因常年被雨水浸染而泛出的幽幽青苔，带着生命的绿与陈年的光。亦还记得雨珠沿着瓦楞滴落到天井的声响，那声响，从记忆里缓缓滴落，湿润而温暖，安静而清脆。

5

老花屋住着蔡家村里最有学问的先生，一个嗜书如命爱才如子的先生，我的小学语文教师叶罕保。

他是我人生中第一个借给我课外读物并鼓励引导我阅读的老师，也是我人生中第一个将我的文章在班上拿来夸赞与示范的老师。

在那知识匮乏阅读贫瘠的乡村，唯有他在课堂与田地之余，手捧书卷，心怀苍生，在我心里勾勒出一个清正勤学的夫子形象。始终记得那个有着农夫一样的脸膛却有着慈母一般胸怀的老师，在那个曾经传经授道的学堂里，让一本本课外读物开启着我蒙昧的心智，将我带上远行的路。

我恰如一尾鱼儿，畅游在浩瀚的书海中，沉迷、欢腾。叶老师就像老花屋天井上空的那束光，照亮了我年少的梦。

是他，让我奔向老花屋时，也在奔向一份希望与辽阔。

6

很多年后的今天，当住在老花屋的叶老师离开人世之后，我才突然由他想起了花屋的主人蔡月明，他们隔着年代，隔着宗族，却是那样的一脉相承。而老花屋延承几代始终洋溢着书香与祥和，竟像是冥冥中被一轮明月照着，那一颗初始的博雅的心，穿过光阴年轮，播洒着圣洁的光辉，渗进老花屋的机体血脉，也流入与老花屋有缘的蔡家村民。

而那个两百年前的学堂，也恰是我人生的学堂，它为我打开了善美博广的寻觅之门，并种下了文学痴迷的因，我寻寻觅觅，终是为它停留。我挥动手中的笔，用文字镂刻心香，建一所心中的花屋。就像曾经中过举人的蔡月明痴心建一所流芳百世的学堂，就像朴实的小学老师叶罕保苦心为孩子择一扇通往缪斯的窗。

我痴想，或许若干年后的哪天，我的文字也被前人或后世的某缕光照着，便也鲜活芬芳了起来。

望月者

——宁宏翎散文集《船上人家》代序

对于一个在写作中患得患失又蹒跚前行的人，我常常会问自己，为什么要写作？写作对于一个非专业作家，一个文学爱好者来说，它的意义到底在哪里，有时候想，写作，就像是望月，与它般配的是清冷与孤寂。在俗世闹腾的日常生活里，它多少有点显得故作姿态，甚至矫情与虚妄。有时候，你哪怕把脖子仰酸了，也许仍望不出个子丑寅卯来。但望月的人在望的过程中，自顾多了一种清辉，一种通达。清风徐来，眼明心畅，天高地阔。那种心境，不写作的人是无法体悟的。

宁宏翎，就是这样一个望月者，三十余年，他用一种近乎痴情的姿态守望着自己的精神之月。

初识宁宏翎是二十多年前吧，他是我父亲的同事，一个常在《鄱阳报》发表一些豆腐块的满身文气的人。他与同样喜欢爬格子的父亲，让我对于工商这个职业有了某种爱屋及乌的好感与错觉。那时候，我还是某个初中校园里偷偷给《鄱阳报》寄习作却石沉大海的文艺青少年，能在《鄱阳报》上发表豆腐块的人在我心中便是阳春白雪的人物了。后来，我成了他的同事与文学晚辈，偶尔仰头做梦，又自我嫌弃，在文学与红尘之间僵持与拉扯，像磨合不好的夫妻。而他，始终是那个用文字保持着精神仰望的人。带着一种内心深处的善美与执念，禅定一般。

《船上人家》这本书，便是他写作与生活交合的结晶，是作者宁宏翎个人生活轨迹与精神世界的时光宝盒。《船上人家》收录宁宏翎三十余年来近百篇散文小品，归为故乡情结、湖城情缘、旅途情愫、红盾情怀四个章节，全书以情贯穿，通俗质朴又五光十色。文章中有书写其身边朴实善美的乡亲的绿色篇章，如《船上人家》《赔叔二三事》《葵花岭铃声》《那个嫂》《大哥》等，作者用深沉的笔触关注着故土与乡村一些小人物的悲喜人生，情感朴实动人，处处闪着人性中悲悯与感恩的光华，给人以生命与希望的绿意。有书写湖城风土人情的蓝色篇章，如《莲花山之恋》《朝圣鄱阳山》《赣文化，有一股饶河风》《千年古镇的文化符号》《故乡风韵》等，这些篇章文风清澈，文笔洗练，有一种诗性的铺陈，其故乡情怀在他的文字里呈现着天空般旷远的蔚蓝，及湖泊般深邃的幽蓝。有书写其军营青春及红盾情怀的红色篇章，《十七岁走向军营》《知青情结》《老屋下的誓言》《青春寄语》《不朽的军魂》等，记录着作者的成长轨迹与感悟，饱含红色的主旋律与正能量；有其对于文学与写作的一些思考的白色篇章，如《读文如读诗》《写诗札记》《学诗点滴》等，这些小品文精短，亲和，读来如清风拂面，带着鸡汤的原色与营养。作为一个数十年与消费权益保护打交道的工商人，该书还收录了作者一些工作杂记，兼知识性、趣味性、文学性于一体，让同样作为消费者的读者在文学里泛舟之时另有拾获。

作为一个从农村走出来的诗人，宁宏翎的散文语言有着土地的厚度，又有着诗意的宽度。他在《船上人家》一文中写道：“偌大的鄱阳湖，看起来浩浩荡荡，其实就像西施的豆腐一样，可以划块……”“小俩口初婚时，花姨在船头放卡子，姨爹在乌篷船尾划桨。夕阳西下，两张笑脸灿放得像盛开的荷花”。语言形象有张力，满屏的画面感。在《朝圣鄱阳山》中他这样描述鄱阳湖枯水期的草洲，“就像是一张偌大的席梦思床”。“鄱阳湖就像一个安睡的恬静乖乖女，坦荡裸露着湖底”。鄱阳湖草洲的丰美便诗情画意地长进了读者的心里，撩拨得你心神荡漾。在《鄱阳人讲普通话》一文中，作者对于鄱阳人讲普通话这一现象作了妙趣横生的解读，他说“讲普通话就像丰水期的鄱阳湖，波澜壮阔，四通八达；讲家乡话就像是一口水塘或是一座水库，蓄满的是乡情、亲情、乡音，音韵悦耳”。语言与意寓像鄱阳湖的水一样充满了想象、包容与延伸。语言之于文章，就像腊肉之于藜蒿，涟漪之于湖面，是一种锦上添花的美意。但好语言就像好声音，是一种禀赋，是属于作者个人的辨识度。声音不足，可用技巧支撑，更可用情感去饱和。我总是更喜欢那种安静唱歌的歌者，在情感面前任何的技巧都显得多余。像宁宏翎这样的质朴执着的歌者，总会打动一些渴望聆听岁月风声的耳朵。

写作，对于时间精力，是一种奢侈的消费，但对于有限而匆促的生命来说，它的价值，远比奢侈更奢侈。作者在该书的后记中写道，工作是安身之本，写作是精神之需。《船上人家》这本散文集是一个始终对精神保有追求的望月者诗性的剪影，展现的是作者缤纷而又高远的精神原乡。在这个绝大多数人只顾着在明媚的阳光与斑斓的灯光下取暖与作乐的时代，一个在清苦与孤寂中守望月光的人，是值得尊敬的。

不是每个人都能摘得月亮，有时候，我们只是想保持着一个昂扬的姿态。

解开语文阅读的“金钥匙”

蔡瑛作品阅读训练

提分策略　答题技巧

蔡　瑛　著

非卖品

目 录

节日的样子·清明

那个时候，清明并不具有悲情与肃穆的气质，它是一个最温润清朗的节气，像春的使者。

大约下过几场连绵的春雨，田野山林便怀春了，先是绿芽们迫不及待地探出头来，紧接着，花儿们也争相热闹起来，浓妆淡抹，尽显心机。

清明，要做清明饺。清明饺用来祭祖，也用来解馋。用粳米磨成粉，和上绿稠的水菊花汁，揉成粉团儿，捏成一个个圆形的薄皮，裹馅，收口，用手指匀称地按上秀气的花边儿，便是清明饺了。放进蒸笼里蒸熟后，水菊花汁与饺子融为一体，皮面翠绿透亮，玉饺儿一般。北方人爱吃面粉做的水饺，江西人则盛行吃米饺。米饺亦分节令，清明吃米饺，中元吃米饺，春节也吃米饺。但清明饺最为好吃，不同之处，在于水菊花。水菊花与粳米的交织碰撞，才是清明饺的精妙之处。水菊花也叫清明菜、鼠曲草，是一种春天长在田间地头的菊科类水草，一朵朵，一丛丛，绿茸茸的，水盈盈的，新生的雏菊一般。谁曾想，这满地的水菊花竟能与粳米对上亲呢？

清明前夕，是水菊花最为肥美的时候。遇上晴好的周末，父亲便吩咐我们去田间采水菊花。我暗自欢喜，正是天地万物最为滋润的季节，说是采水菊花，其实亦是去会一场明媚春光呢。有时候觉得，春天这个词，就像少女一样，自带一种娇媚新生的质地，任你什么词语，都没有春天形容春天本身更为确切。江南乡野的春天，可以打开一切闭塞混沌的毛孔，让人由衷地感知与热爱生命的蓬勃与斑斓。而采水菊花本身，也是一件极有意趣的事。一朵朵水菊花，在田野间肆意生长，水嫩诱人，叫人看着就欢喜。它们天真蓬勃，丝毫也不忸怩，丝毫也不躲藏，小半天工夫，便能采得满满一篮筐的春意了。采水菊花的过程如此美好，以至于后来，我无论在哪看到水菊花，都像是看到梦里的发小，想要与它们重温亲近一番。

清明饺的馅也最为鲜美。除了常规的韭菜豆腐馅、萝卜丝馅，还有正当季的竹笋馅与芥菜馅。肥白脆嫩的竹笋、碧绿芳香的芥菜，搁点肉丝蒜末，用猪油炒得发亮，嚼在嘴里，最是具有春天的清香。再被水菊花与粳米的香味一烘托，简直就是人间至味了。

每一次做清明饺都像做一件极大的事，头一天母亲便要忙乎一整天，备好馅料。父亲与母亲，一个揉粉，一个炒馅，一个捏皮，一个包饺，父亲捏的皮又薄又匀，母亲做的米饺又秀又巧，他们低头忙活，不时讨论几句，细声细语，眉头舒展，脸上带笑，屋子里一片和煦……米饺一笼一笼地蒸出来，不断考验着我们肚子的容量。每年，我们的肚皮总是被清明饺胀得滚圆，不得不去母亲的药房找来酵母片吃。

上山祭祖其实不用清明饺，而是用米粉团捏出一个个小动物，牛啊，鸡啊，猪狗之类的，这是祖上传下来的。大概是因为那时候穷，也让那头的亲人开开荤打个牙祭吧。清明扫墓的那天，父亲通常会带上我。那时候，寄托哀思好像只是父亲一个人的事，那边的亲人也只是父亲的亲人，我的爷爷奶奶及曾祖母我都从没见过，自是谈不上思念。我跟在父亲后面，心里头想的却是杜鹃花。杜鹃花也叫映山红，但我们把它叫作春天花。大概没有比春天花更适合春天的吧，漫山遍野，无拘无束，烂漫，热烈，仿佛不谙世事，不染风尘，最是纯真青春。满山坟茔的烟坡山被春天花们篡改了基调，尽显出活泼泼的生气。父亲在前头，跟我说着什么，大概又是在讲他祖母的故事吧。我的曾祖母，曾是父亲成长中唯一的亲人，每一次清明扫墓，父亲都会对我讲起她，动情而又郑重。然而，他讲着讲着，回过头来一看，那个跟着他后头的小女孩早就不见了。我被春天花给拐跑了。

自顾玩一圈回来，折一些春天花，插在先人们的坟前，然后看着父亲将祭品一样样摆出来，饭、菜、茶、酒、白水鸡蛋，以及憨稚的猪狗们，缤纷地摆开来，冰冷的墓前一下子有了五谷丰登、人畜兴旺的意思。烧纸，点香，燃炮，跪拜，父亲一丝不苟地完成着那些程序，脸上不悲不喜，却很庄重。在爆竹声与烟雾的缭绕下，被春天花点染得过于烂漫的烟坡山终于也变得庄重起来。我跪下去认真地磕头祭拜，心里也莫名庄重起来。

那个时候，父亲像一座山，隔断了人间的一切悲苦。后来，山没了，我们去祭拜父亲。我也学着父亲那样，烧纸，点香，燃炮，跪拜，一丝不苟。清明总是伴随着绵绵不断的阴雨，一座又一座新的坟茔快把烟坡山吞没了，春天花好像总是等不到盛放便凋谢了。

阅读理解及参考答案

1. 在古人的笔下，清明节令人心境凄冷，“清明时节雨纷纷，路上行人欲断魂”。而在作者笔下，清明是一个节日，请你概括出作者笔下清明节的特点。

答：少年时期：温润晴朗、春意盎然、清香四溢。

父亲离世后：庄重肃穆、淡淡凄凉。

2. 文章前后的感情色调有些变化，请加以分析。

答：文章前部分文字写“我”记忆中的清明节：采水菊花、做清明饺、摘杜鹃花，表现了孩子活泼的天性、对春天的喜爱、对生命的欣喜。文章后两段写上山祭奠父亲，欢快的笔调转为沉郁，表达了对父亲无尽的怀念，凸显了清明节的内涵。

3. 赏析语句："我无论在哪看到水菊花，都像看到梦里的发小，想要与它们重温亲近一番。"

答：运用比拟的手法，将水菊花比拟为"梦里的发小"，写出了"我"与水菊花的深厚感情，它承载了"我"少年时代美好的时光——清明节前夕，"我"奔向乡野，采摘水菊花感受春天的美好，收获满满的春意。它的天真蓬勃让"我"怀念，渴望亲近。

4. 从善用词语的角度赏析句子："肥白脆嫩的竹笋，碧绿芳香的荠菜，搁点肉丝蒜泥，用猪油炒得发亮，嚼在嘴里，最是具有春天的清香。"

答：从视觉、嗅觉、味觉等多角度描写清明饺的馅给人带来的享受。"肥白""碧绿""发亮"等词语从视觉角度写菜馅新鲜诱人的色泽；"脆嫩""芳香"从味觉与嗅觉角度写它的爽口与浓香。"嚼"，富有表现力的动词，给人动感，唇齿留香，令人回味。"具有春天的清香"，将菜馅的香扩展到整个春天的香，意境开阔，感情饱满，引人遐思。

节日的样子·端午

端午是除了过年最为隆重的农历大节。说端午，绕不过一些吃食与元素，咸鸭蛋，粽子，发粑，新衣，当然还有龙船。

哪怕是在那个食物匮乏的年代，我的味蕾对于端午的吃食都没有过太多的好感。但好像，它们也并不是完全为味蕾服务的，离了它们，端午就不是端午了。

发粑，像是端午的酵母，仿佛只有发粑的香味才能让端午发酵。发粑其实就是我们平时吃的馒头，只是发粑用酒水发酵，比起馒头，多了一种可靠的香甜。发粑通常做成圆形，大概取团圆之意。圆圆的发粑，蒸出来后，像一个个又白又胖的小娃娃，外婆取出一些颜料，用水和开，用筷子蘸上色，逐一给小娃娃们上妆，红的蕊，绿的叶，小娃娃们便一下子生动俏丽起来，煞是喜庆好看。

包粽子是外婆的绝活。外婆将一大串粽绳绑在椅背上，摆上糯米、粽叶，一个人慢慢悠悠地坐上一下午，干瘦的棕绳经了外婆的手，像被施了魔法，三下两下便开花结果，变成一摞摞饱满结实神气活现的粽子。外婆做的粽子极为精巧，小莲蓬似的，极像她的三寸小脚。每一次做粽子，外婆总是招呼我们，宝啊，过来，跟外婆学做粽子。我被外婆软糯的声音诱惑，兴致勃勃地试过一次，却完全不得要领，才知道那真是个特别讲技巧的活，对外婆油然佩服起来。暗自觉得外婆并不是真心要我们学，不过是对我们炫耀她的本领罢了。外婆包粽子的时候，总是笑盈盈的，无比专注，耐心，像一个要出嫁的姑娘给自己绣嫁妆，眉眼里都是和煦与喜乐。外婆只包两种口味的粽子，碱水粽、绿豆粽，口感咸香紧实，软糯不腻。我后来吃外面买的粽子，总感觉过于甜腻，像是吃到了赝品。只有外婆包的粽子，才是端午的味道。可是外婆并没有将包粽子的技巧传给母亲，她将它带走了，仿佛是特意给我们存一份念想。我后来一闻到粽子香，便无比想念她。

我们住在昌江边，每一年端午，镇上都会组织各村在昌江举行龙舟赛。那是昌江一年一度的盛会。那条昌江，平日里，是安静内敛的，江边的古县渡镇人不靠它打鱼营生，它只是终日寂寂地驼着往返对岸的几条渡船。每天，只有清晨洗衣的妇人溅起些桃色的口水，傍晚去县城的汽划子带回些兴奋的浪花。人们习惯性地享用它忽略它。到了端午，昌江终于是按捺不住了。

第一缕晨光仍在酣睡，端午便被锣鼓声唤醒了。龙舟们穿戴一新，像一个个蓄势待发的戏剧演员，咿咿呀呀，顾盼生辉，把月光下的昌江衬得活色生香流光溢彩。天空由深沉的幽蓝向明媚的蔚蓝渐变，整个世界都骚动起来，仿佛所有的色彩与声响都向昌江汇聚。沿河两岸一片脱了缰般的欢腾。

看龙舟赛，最上紧的是父亲。他是全家第一个早起的，然后扯着他的大嗓门惊心动魄地唤每一个人起床，好像看龙舟赛是一件多么了不得的大事。我们抹着惺忪睡眼，窗外仍是混沌一片，分不清到底是半夜还是清晨，眼皮刚打开又要合上了。还没合实呢，父亲的大嗓门像巴掌一样清脆地紧跟了过来，眼皮吓得使劲一撑，再也不敢合上了。拖拖拉拉，不情不愿，到底还是起来了。一到河边，我们便庆幸起来。倒也不是龙舟赛多有意思，只是那种氛围，全民联欢普天同庆的架势，滚滚热浪般，蒸腾着一种普世的欢喜，若不置身其中当真是遗憾了。昌江简直要沸腾了。河两岸都是挤挤挨挨的人群，喜气洋洋的笑脸，人们纷涌着追逐龙舟，仿佛追逐一种美好新生活。父亲那天最是情绪高涨，为了第一时间了解赛况，平日低调节俭的他，竟然豪放地煽动着几个家亲叔伯，租一条机子划船，一路追着龙舟看。那个时候我才发现，严肃刻板的父亲竟然也有天真率性的样子。

那时的端午，像初夏的阳光，一片耀眼的葱郁。父亲站在船头意气风发的样子，是关于端午最明亮的记忆。

阅读理解及参考答案

1. 围绕端午节，作者写了什么情节？融入了怎样的情感？

答：写了端午节的风俗：做发粑、包粽子、看龙舟赛等。其中详写外婆包粽子与父亲唤家人看龙舟赛的情景，表达了对心灵手巧、微笑慈爱的外婆的绵长的思念和对节日里意气风发的父亲的深切怀念。

2. 分析父亲的形象以及人物在文章中的作用。

答：父亲形象：平日里，低调节俭，严肃刻板；节日里，意气风发，天真率性，豪放热情。

作用：既表达了作者对父亲的怀念，又凸显了中国传统节日——端午节带给老百姓的欢乐和希望，丰富了节日的内涵，增强了文章的感染力。

3. 赏析语句："每天，只有清晨洗衣的妇人溅起些桃色的口水，傍晚去县城的汽划子带回些兴奋的浪花。"

答：运用拟人的手法，将昌江人格化，"桃色的口水"与"兴奋的浪花"将昌江写得富有情味，生动地表现了昌江平时的安静与内敛，反衬出端午节时昌江的热闹欢腾。

4. 你认为端午节的风俗与"我"的成长有怎样的联系？请结合具体语句分析。

答：端午节做发粑，给"我"带来视觉享受，丰富了"我"的想象力。"圆圆的发粑像一个个又白又胖的小娃娃"

“外婆用筷子蘸上色，逐一给小娃娃们上妆，红的蕊，绿的叶”，充满天真的童趣。

外婆包粽子，让“我”体会到劳动创造生活，劳动收获成就感与喜悦感。“干瘦的棕绳经了外婆的手，像被施了魔法，三下两下便开花结果，变成了一摞摞饱满结实神气活现的粽子。”

父亲唤我们起床看龙舟赛，让“我”看到了父亲的另一面——率性热情，拥抱了节日气氛带给人们的欢乐，增加了回忆的甜蜜。“父亲站在船头意气风发的样子，是关于端午最明亮的记忆。”

节日的样子·中秋

我总是会在中秋，怀念起一块麻酥饼。

那个年代的月饼可不像现在如此品种繁多，花样百出，最寻常的月饼是一种麦色的麻酥饼，饼面撒满白色的芝麻，里面是黑色的芝麻蓉及冰糖和成的馅，有一种纯正的香味与口感。说起麻酥饼，我总会自然地想起水保伯。那时候，麻酥饼属同村的水保伯做的最为地道，每到中秋，母亲便带我去水保伯家买麻酥饼，我总是迟迟疑疑不太愿去，因为我和这水保伯有一点小过节。事由颇为尴尬，有一次他在茅房挑粪，我恰巧经过，便自然地捂了鼻子跑开了。谁想他竟然为这事上我家告状，说粪水乃天地之气，我捂鼻的行为实在有失家教与体统，是对他劳动的侮辱。他对父亲说，顺保啊，现在的孩子日子过得好了，要忘本啰，你要好好教育，好好教育啊。一副痛心疾首的样子。我为此被父亲狠批了一顿。从此每路过挑粪的，我再也不敢捂住口鼻，反而会条件反射般暗吸几口气，仿佛能吸纳些天地之精华。说来也怪，打那以后还真就觉得粪水不臭了。因为这件事，我非但不记恨水保伯，反倒打心里觉得他是个挺高尚的人，对他另眼相看起来，仿佛他做的麻酥饼也别有一番特别的香味了。

中秋自然是从晚上开始的。月儿一上柳梢，母亲便将桌子搬到院外，摆上柚子，以及大大圆圆的麻酥饼，母亲说，中秋月亮为大，要先祭月。母亲的样子虔诚又温柔，像天上的月亮。我们都不懂祭月的意思，然而，我们仿佛被那样的月光给镇住了，她那么洁白，纯粹，圆满，像世间的一切善美。而月光下的母亲像是月亮的化身，她微笑地看着她的四个馋嘴的儿女，把一块大大的月饼用刀划成四个月牙儿，分给我们一人一块。我们拿着饼，也不着急着吃，一点一点地掰着，细嚼慢咽，仿佛生怕饼一吃完中秋便过去了。

一家人围坐，就着月光吃月饼，背歌谣，外婆又开始在讲陈旧又好听的月亮的传说，嫦娥奔月啦，吴刚伐桂啦。外婆说，宝啊，你们仔细瞧，月亮里面有桂花树呢。我们便睁大眼睛使劲看啊看啊，当真看出桂花树来，好大一棵，树干树枝树叶都一清二楚呢，我们都觉得太神奇了。

每逢中秋夜，洪伯伯必来家里坐坐，找父亲拉拉家常。他是我们家的常客，家中每做一件大事都是他来帮着前后操持。他是父亲的战友，却更像一个嫡亲的长兄，勤劳忠厚，像月亮一样照耀护爱着我们。我每一次看到他，心里都会涌起一种踏实的暖意。父亲和洪伯伯聊着天，外婆在给妹妹讲故事，我歪在椅子上，对着月亮发呆。他们细碎的声音密密地包围着我，像黑暗里的灯火，让我无比心安。院子里飘溢着柚子香，无声而又浓郁。像某种与生俱来的幸福。

离家后，我们总是赶回老家过中秋，仿佛只有回到家才算是真正亲近了中秋，才能获得某种节日的仪式感与归属感。只是，等我们过中秋的人越来越少了。老家终是渐渐空了。

唯有记忆里的中秋，月饼是圆的，月亮也是圆的，世事都是圆的。那银色月光下溢满笑声的小小院落，母亲的笑脸，外婆的歌谣，和月亮一样又圆又大的麻酥饼，是心灵深处一幅宁静而温馨的永恒画面。

阅读理解及参考答案

1. 作者为什么“总是会在中秋，怀念起一块麻酥饼”？

答：（1）“麻酥饼”是中秋节特色食品，是中秋节的一个符号，形状和月亮相似，寓意为生活的圆满、香甜。

（2）“麻酥饼”是贯穿全文的线索。到水保伯家买麻酥饼，母亲在月光下分麻酥饼，“我”怀念麻酥饼，它将中秋的风俗、家庭的温馨、人情的美好等主题表现出来了。

2. 水保伯为什么到“我”家告状？告状事件给作者以怎样的影响？

答：告状的原因：“我”遇见水保伯挑粪，捂着鼻子跑开；水保伯认为粪水乃天地之气，捂鼻的行为是对他劳动的污辱，日子好过了，但孩子不能忘本。

影响：“我”打那以后真觉得粪水不臭了，“我”懂得了尊重劳动，对劳动者有一种敬意。

3. 月光下的母亲很美，你分析一下美在何处？

答：(1) 母亲在祭月的过程中既虔诚又温柔。

(2) 母亲微笑地看着她的儿女，像月亮的化身。

(3) 母亲在皎洁的月光下说话做事，柔美的月色与微笑的母亲融为一体，充满爱的光辉。

4. 文中写了洪伯伯，你认为有必要写他吗？为什么？

答：有必要。

文章先写了父亲对“我”的教育、母亲在月光下分饼、外婆讲故事，表现了亲情的美好；接下来写洪伯伯与“我”父亲的交情，自然巧妙。由亲情扩展到友情、乡情，表现了人际关系的和谐，与中秋节的圆满喜乐的气氛相吻合，使家乡的中秋节更富有情味，更令人怀念。

5. 赏析语句：“只是，等我们过中秋的人越来越少了。老家终是渐渐空了。”

答：“我”记忆里的中秋节纯粹、圆满、美好，全家人在一起享受花好月圆。现在，至亲的人去世了，孩子们离开了老家，老家寂寞空虚了，“我”有淡淡的失落与怅惘。这样结尾，使文章萦绕着一种怀旧的气息，令人回味无穷。

节日的样子·春节

那时的春节似乎特别漫长，又格外短暂。从腊月二十起，我便在心里开始了倒计时。

农村过年有各种讲究，什么日子做什么事，急不得，乱不得。从腊月二十开始，年便算是拉开序幕了。过年是一出大戏，需要各种繁杂的铺垫。首先是各种采买，买新衣裳，新年画，新对联，置办五花八门的年货；然后是操办各种吃食，做冻米糖，炒花生、瓜子，包米饺子；以及各种劳动，大扫除，大清洗，写对联，贴门神……所有的铺垫都有声有色，有条不紊，只等着迎一个崭新芳香的年。

年味先是随着冻米糖及炒花生的香味一点点地铺陈开的，一天比一天声势浩大。我们一边心猿意马地受着差遣，一边觊觎各种美食，惦记春晚的进程，心里面揣着一片乱哄哄的激动。

当然，也有让人讨厌的事。腊月二十四，父亲便开始大清扫。我们小孩每年的任务是负责清洗，洗家里的各种器具摆设，案头的花瓶，塑料花，瓷器鸭子，毛主席瓷像等。冬天的手格外不听使唤，泡在冷水里，刺骨得很。我们胡乱地洗着，恨不得把那些塑料花叶子全都扯掉。然而，洗毛主席像是要格外小心仔细的，那是父亲心里的神。每一次，我和妹妹洗得都快哭了，外婆总是及时把我们唤回屋，给我们端上一碗滚烫的酒糟水。到了年关，每家每户必做水酒。水酒是一种糯米做的酒糟，盈白，沁甜，既有酒的属性，又有糖水的质地。大冬天，身子再怎么冷，用炉火煎一碗酒糟水喝，当甜蜜热乎的酒水经过喉咙到达肠胃时，风尘顿扫，寒气尽驱，仿佛整个世界都春暖花开了。水酒，是米与水最温和的结晶，最是具有一种人情与节气的特质。水酒与小雪的搭配，是记忆里最纯正的冬天的味道，是年关最具情调的打开方式。

朴素的小镇街面花哨起来。飘扬的年画生龙活虎，把街道渲染得联合国一般。在阳光大好的日子，周边乡村的人都向镇上围拢，只管往热闹里蹭，由着自己的性子买，仿佛是终于可以扬眉吐气一回。各种铺面都人头攒动。市声氤氲，俗世欢腾，一种属于年的气息与声响，浓郁而又滚烫，冬日暖阳一般，向人劈头盖脸地泼来。我和妹妹有事没事就去街上游荡，从街头游到街尾，什么都不买也是欢喜的。

年味终于在大年三十喷薄而出，弥漫在爆竹的烟雾里，浸染在大红的对联里，舒展在母亲的笑容里，飘散在饭菜的香味里。年三十的重头戏当然是年夜饭。年夜饭仿佛是一年到头的总结，马虎将就不得，菜品要硬，鸡鸭鱼肉是必不可少的，样式要繁，寓意要好，比如要炸肉丸子，那叫全家福，寓意一家子团圆和睦；比如要有红烧鲤鱼，寓意鱼跃龙门，红红火火年年有余的意思。人们借着年夜饭，尽情地抒发与释放，带着一种无法言喻的仪式感，仿佛这日子里的盼头与彩头，都在这一餐饭里头了。每一年，母亲为着这年夜饭的菜式总是颇费一番脑筋。记忆中的年夜饭总是特别耗时，母亲从一早就张罗，却要等到傍晚才开席。厨房的香味此起彼伏，害得我们的鼻子完全乱了分寸，一趟又一趟地往厨房里钻。母亲说年夜饭要等菜上齐，放了爆竹，才能开吃。然而，她说她的，我们哪里管得住自己！我们涎着脸，时不时地见机下手。年夜饭最撩人心魄的，不就在于开吃之前的等待与偷吃吗。

终于，一大家子，齐刷刷地围坐在桌子前。我们激动地端杯举筷，正准备对那一大桌子的精美菜肴大快朵颐释放激情时，却发现味蕾突然矫情起来。仿佛是幸福太多，反而无法消受了。这眼巴巴地等了一天的年夜饭啊，真是叫人索然。

除夕之夜的春晚，是全家另一顿精美绝伦的年夜饭。一大家子大的小的老的少的忙碌的玩耍的，到了晚上八点一准儿全都坐在电视机前。当主持人倪萍展开她那春光一样的笑容，用亲人般深情的语调说，亲爱的观众朋友们——我的心立马澎湃了。那时候追春晚，就是一种情结，是一种骨子里的追崇与喜欢。不像现在，大家都有些三心二意了，吃着碗里看着锅里，尽剩下些八卦与挑剔。从有第一台电视机开始，我们都是全家集体守到节目终结的，等零点钟声敲响时和主持人一起欢呼雀跃，互相拜年祝福。一直到曲终人散仍津津乐道，意犹未尽。

春晚过后和父亲一起吃消夜，是多年的习惯，更是除夕之夜美妙的终极。那时的父亲，最是慈爱宽厚，平日里搓衣板一样的面容舒展柔软开来，带着慈祥的笑意，与孩童的憨顽。姐妹几个围着父亲，大小脑袋凑在一块，将加餐的年夜饭吃得格外有滋有味。

一直到现在，我都清晰地记得老家每年除夕到初一的那一个个漫长的夜。枕边的新衣裳与红包，不绝于耳的爆竹声，不断撩拨着我，心里面像蓄着一坛米酒，甜美、芳香、温热，在一种微微的熏醉中，爆竹声越来越远，春天越来越近了……

阅读理解及参考答案

1. 本文按照什么顺序行文？有什么好处？

答：按照时间顺序。

好处：形散而神不散，条理清晰，主题鲜明。

2. 请厘清文章的脉络。

答：（1）腊月二十，春节拉开序幕，炒冻米糖、炒花生等；

（2）腊月二十四，小高潮，大清扫、和米酒；

（3）腊月三十，高潮，除夕年夜饭，全家看春晚；

（4）三十之夜，是结局也是开始，期待黎明，迎接春天。

3. 文章将小孩过年的心情写得生动有趣，请加以分析。

答：（1）乱哄哄的激动；

（2）在冷水里洗器具的煎熬；

（3）喝水酒的温暖；

（4）逛集镇的欢喜；

（5）偷吃年夜菜的乐趣；

（6）看春晚的兴奋；

（7）等待黎明的急切心情。

4. 赏析语句："厨房的香味此起彼伏，害得我们的鼻子完全乱了方寸，一趟一趟地往厨房里钻。"

答：（1）运用了拟人手法，将鼻子人格化，形象生动地写出了年夜饭的丰盛，孩子们被菜香诱惑，心猿意马，恨不得偷吃；

（2）"此起彼伏"，将厨房里飘出来的阵阵香味比喻成一波一波的潮水，化无形为有形，化抽象为具体；

（3）“钻”富有表现力的动词，再现了孩子们个小、机灵、活泼、可爱的样子，人物宛在眼前。

三寸天堂·爱上一种能开花的糖

我特别喜欢它的名字，泡花糖，像是一种能开出花的糖。事实上，它真的能开出花来。

我们这里对这种零食有个很乡土气的称呼，叫糖巴仂。泡花糖其实是糖巴仂的一种，另一种更普及的叫冻米糖。你们一定都听过或吃过冻米糖，但知道泡花糖的肯定不多。它其实是冻米糖的孪生姐妹。它们有相同的形状与制作过程，就像一母所生。但再是同胞姐妹也必有各自的坯子与脾性。它们都是糖，但冻米糖的原材料是米，而泡花糖是谷。先有谷再有米，所以，泡花糖应该是冻米糖的姐姐。

在舌头的记忆里，泡花糖可真是一个温柔甜美的可人儿。与泡花糖相关的记忆，像发酵的酒，芳香，甜蜜，浓郁，还有一些微微的酸。让人眷恋，也叫人惆怅。

泡花糖的香味，是年味的开篇语。大概腊月二十之后，人们便开始忙着做糖巴仂了。我们家总是做泡花糖，因为父亲的偏好。冻米糖口感紧脆，泡花糖较酥松，父亲一口好牙，一向偏爱脆硬之物，像炸花生米，海参饼，炒豆子。可父亲却更爱吃泡花糖，他说，泡花糖，有一种谷子特有的清香，更原汁原味。世间万物，越纯粹的东西越稀罕。我虽然没有父亲那样分明的口感，对世间万物更没有什么分明的体会，心里却也是更偏向了泡花糖。

做泡花糖时，总是会请姨父、洪伯伯他们过来帮忙。灶屋里暖和，明亮，升腾着一种蓄势待发的甜香。我们几个小孩子围在灶前，等着看个究竟。姨父拿着大锅铲朝我们挥手，小孩一边去，等踩糖的时候叫你们。我们退到灶膛口，看到父亲把一箩干净的谷子倒进烧红的大锅里，姨父拿着锅铲不断地翻炒，接着，听到一声声炸响，一颗颗谷子在锅里翻腾，跳跃，然后，真就开出一朵朵花来。谷子变泡花了！姨父把肥白的泡花铲进一个大筛子里，父亲拿起筛子来回摇晃，谷皮纷纷往下掉，筛子里便全是漂亮的泡花儿。第二个程序，便是把泡花们倒进大锅里面一种吐着泡泡的油亮浓稠的液体里，父亲说那是麦芽糖浆。谷物与糖，天生就是情人，它们遇一块儿，总是会你侬我侬秀出诸多恩爱，不断刷新你嗅觉与味蕾的想象力。然而，我们倒是不急着吃了，因为最让我们兴奋的环节——踩糖，要开始了。

泡花糖的最后成形，是要靠人力踩压出来的。洪伯伯把着了色的泡花们一股脑装进一个大木盆里，在上面盖上一层厚油纸。他第一个踩了上去。这种踩糖必须要足够的体重与力量才能压制成形。洪伯伯一个人肯定是不够的。父亲接着上去了，伏在洪伯伯背上的父亲好像变得有些孩子气了，他微笑着看着我们说，谁还想上来？我们纷纷自荐，一个个猴急得恨不得自己跃上去。父亲便说，老大先来吧。

姨父把我抱上了父亲的背。记忆中我极少和父亲这样亲近过，我趴在父亲的背上，心里涌动着一种微妙的感觉，激动，兴奋，也夹杂着一丝丝的委屈。然而，那个小姑娘那么一刹那间的婉转情绪很快就飘散了。父亲的背像一条小船，荡来荡去。整个灶屋里都是泡花糖热乎甜腻的香味。我闭上眼睛，把脸贴在父亲背上，很想就那样睡过去。父亲的背，真像一座天堂。

我不记得我是怎样从父亲背上下来的，大家都在忙着切糖吃糖了。父亲拿起一块泡花糖，咬一口说，这糖真是香。然后他笑眯眯地对身边的小姑娘说，妹伢吃糖啊，这么多糖你们可以吃个够了。我拿起一块泡花糖放进嘴里，甜蜜的泡花儿在舌尖上竞相绽放，满口生香…

很多年过去了。

父亲成了一帧镜框里的照片。

我们过年再也不做泡花糖了。

我的舌头从此再没尝过那么香甜纯粹的味道。

阅读理解及参考答案

1. 请概括泡花糖的制作过程。

答：(1) 翻炒干净的谷子，让谷子变泡花；

(2) 筛掉谷皮，留下漂亮的泡花；

(3) 将泡花倒入麦芽糖浆，搅拌；

(4) 将拌好的泡花糖倒入大木盆里，盖上油纸，踩糖；

(5) 切糖，分糖。

2. 作者为什么详写踩糖的情节？

答：(1) 踩糖是制作泡米糖的高潮，有情有趣，使人兴奋；

(2) 踩糖让父亲变得有些孩子气，亲切可爱；

(3) “我”伏在父亲背上踩糖，亲近父亲，感受父爱；

(4) 回忆踩糖趣事，怀念逝去的父亲，以乐景衬哀情，表达了“我”对父亲无尽的思念。

3. 作者笔下的泡花糖有什么特点？

答：(1) 漂亮，谷子开花；

(2) 比冻米糖酥松；

(3) 有一种谷子特有的清香，原汁原味；

(4) 给“我”温柔、甜蜜、浓郁的回忆，让“我”眷恋、惆怅。

4. 本文将叙事、描写、抒情有机地结合在一起，颇具感染力，请加以分析。

答：(1) 作者在描写泡米糖的特点时，插入了父亲对食物的偏好，表现了女儿对父亲的了解与爱意；

（2）作者在记叙泡米糖的制作过程中，对父亲进行了神态、动作的描写，表现了父亲的喜悦与慈爱；

（3）作者在描写踩糖的场景时，自然地抒发了对父亲的感情，表现了血脉亲情带给女孩的温暖与幸福，“父亲的背，真像一座天堂”。

（4）作者在完成甜蜜、欢乐的回忆之后，回到现实，写道“父亲成了一帧镜框里的照片”，简单的叙事包含无限情思，表达了对父亲的痛惜与怀念之情。